貴公子探偵は
チョイ足しグルメをご所望です

相沢泉見

ポプラ文庫ピュアフル

CONTENTS

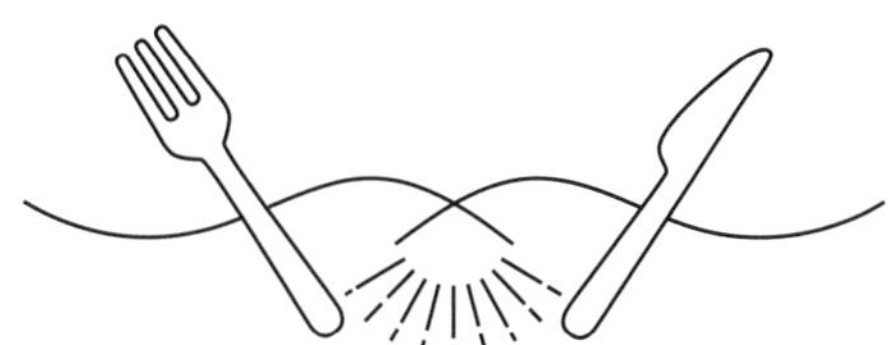

相沢泉見

IZUMI
AIZAWA

ポプラ文庫ピュアフル

チョイ足し一品目　ほんのりピリ辛バニラアイス

1

「うわぁ、なんだか……リッチなところ！」

三田村一花(みたむらいちか)は、路地の真ん中で感嘆の溜息を漏らした。五月の爽やかな風が吹き抜け、一つに括(くく)った真っ黒な髪が背中で揺れる。

繁華街のほど近くなのに、このあたりは静寂に満ちていた。四方を取り囲んでいる家々はどれも立派で、かなり大きい。

渋谷区松濤(しぶやくしょうとう)。

日本でも指折りの高級住宅街である。位置的には渋谷東急本店や、Ｂｕｎｋａｍｕｒａオーチャードホールのすぐ裏手。ほんの数百メートル先はもう渋谷駅だ。

一花はこれから、この松濤界隈にある家を訪問する予定だった。スマートフォンで時刻を確認すると、午前九時四十六分。約束した時間まであと十五分を切っている。

「この服……大丈夫かな」

自分の身体を見下ろして、首を捻った。

ブルーのストライプシャツに、カーキ色のチノパンツ。足元は履き古したスニーカー。後ろで一つに括っただけのヘアスタイルと相まって、いささか地味だ。

駅に降り立ってから道玄坂を通ってここまで歩いてきたが、若者の街・渋谷で一花の格好はやや浮いていた。端的に言ってしまえば、若さと華やかさが足りない。

まだ二十三歳だというのに。

（ま、大丈夫だよね。地味なのはしょうがない！）

少し落ち込みそうになったが、一花はふっと息を吐いて気を取り直した。

そもそも、生まれてこのかた、お洒落とは無縁である。見てくれに気を遣う余裕などなかったのだ。……貧乏すぎて。

一花の実家は東京都の東寄り、台東区の下谷にある。下町風情漂う一角の中でも、とりわけ古いアパートの一室だ。母親と十歳下の妹が、今でもその部屋に住んでいる。

父親は、一花が中学生のころ病死した。

家計を支えてきたのは、調理師の資格を持っている母の登美代である。二人の娘を抱え、母は大学の学食や給食センターなどの仕事をかけもちしていたが、暮らし向きは決して楽ではなかった。

爪に火を灯すような……いや、爪に灯す火にさえ事欠く日々。

食卓に上がるのは、格安の食材ばかりだった。調理師をしているだけあって母の料理はとても美味しかったが、頭の片隅ではいつもこう思っていた。「一度でいいから、ステーキが食べたい……」と。

そんなある日、おかずのもやし炒めを見て俯いた一花に、母は言った。

「一花、笑って！　笑顔が一番よ。みんなの笑顔と、ちょっとの工夫があれば、もやしだっておからだって、サーロインステーキと同じくらい美味しくなるんだから！」

笑顔が一番。

母の定番フレーズは、今や一花のモットーになっている。やや貧相な体格で、これといって取り柄のない一花だが、少なくとも怒っているより笑っている方が印象はいいはずだ。それに、笑みを浮かべるのにお金はかからない。

母の言葉……己のモットーを噛み締め、一花はきゅっと唇の端を持ち上げた。

何せ、今日はこれから大仕事が待ち受けている。働き口が見つかるかどうかの瀬戸際なのだ。

地元の都立高校を卒業してから、一花は母と同じ調理師の資格を取るため、一年間専門学校に通った。無事に資格を取ったあとは、とにかく家を出て自立しようと思った。登美代は「ずっと家にいていいのよ」と言ってくれたが、とうに成人した娘がいつまでも親の世話になるわけにはいかない。

とはいえ、働いて得たお金は一銭も無駄にしたくなかった。高校と専門学校の学費は奨学金で賄ったので、まずはそれを返さなければならないし、進学を控えている妹や母親の老後のために仕送りもしたい。

そうなってくると、家賃の高さがネックである。どうせ働くなら職住一体……つまり、住み込みで雇ってもらえるところがいい。

調理師の資格が活かせて、住み込みで働ける仕事——もろもろのことを考慮した結果、辿り着いたのが『家政婦』だった。

一花は現在、『日だまりハウスサービス』という家政婦紹介所に所属している。登録された個人宅に家政婦を派遣する会社である。一日数時間だけの通いの家政婦から、家に住み込んでみっちり家事や雑用をこなすタイプまで、希望によって様々な働き方が選べる。

一花がこの紹介所に所属して三年。半年ほどは、先輩について見習い家政婦として過ごした。

初めて派遣されたのは、多摩市にある老夫婦の家だ。

夫婦は一花を孫娘のようにかわいがってくれた。派遣期間は二年ほどだったが、ここで家政婦としてのスキルがだいぶ身についたように思う。充実した日々は、夫婦が揃って老人ホームに入ったことで終わりを迎えた。

次の派遣先は、世田谷（せたがや）区にある一軒家だった。

そこに住んでいたのは六十代の男性で、とある不動産会社の社長を務めていた。足腰は丈夫だが仕事が忙しく、家のことまで手が回らないので家政婦を雇ったらしい。

提示された賃金は比較的高めだったので、その点はよかった。……だが、よんどころない事情があり、たった半年でそこを去ることになってしまった。

というわけで、これから訪問する家が一花の新たな派遣先……になるはずである。

日だまりハウスサービスは業界内でも評判のいい会社だが、そこに所属しているからといってすんなりと次の仕事が見つかるわけではない。時には働く前に派遣先の家族が面接を希望することがある。顔を突き合わせて話をした結果、「この家政婦とは合わない」と言われれば、それまでだ。

これから訪ねる家も、面接を希望していた。一花としては、なんとしても面接をクリアして、少しでも早く仕事を再開したい。

世田谷の家を辞してから十日。現在は台東区の自宅に身を寄せている。

母や妹は戻ってきた一花を温かく迎えてくれたが、いつまでも甘えているわけにはいかないだろう。何せ、家政婦の給料は派遣先から支払われる。つまり完全歩合制なので、仕事がなければ入ってくるものもゼロなのだ。

「よし！　面接、気合い入れなきゃ！」

一花はそう呟いて、頬をパシッとはたいた。ついでに、肩に掛けていたトートバッグから、日だまりハウスサービスのロゴが入った封筒を取り出す。

封筒の中には二枚の紙が入っていた。一枚は日だまりハウスサービスの本部スタッフが用意してくれた地図だ。赤いペンで、訪問先までの道順が書き込まれている。

残るもう一枚は履歴書だった。こちらは面接の際、相手方に渡す予定である。

「えーと……『東雲邸。黒い塀で囲まれた角地。かなり広いからすぐ分かるはず』かぁ」

地図の余白にそんなメモが書かれていた。「東雲さん、東雲さん」と呪文のように唱えながら、一花は歩き始める。

松濤は、やはり高級住宅街だ。周りにあるのは、ゆったりとした住み心地のよさそうな家々。外観はどれも、かなりハイセンスである。おそらくデザイナーズ物件だろう。

リッチな雰囲気に引かれて泥棒が寄ってきやすいのか、セキュリティー会社のステッカーがあちこちに貼られ、防犯カメラまで設置されていた。

ただ歩いているだけなのに、漂ってくるセレブの空気に包まれて「ふわぁ～」と溜息が出てしまう。それに、渋谷とは思えないほど静かだ。

「え、もしかして、ここ？」

しばらく歩いたところで、一花は足を止めた。

目の前に現れたのは、艶出し加工がなされた黒御影石のブロック塀。高さは一花の背丈の三倍ほどあり、それがずーっと長く続いている。

塀の中がどうなっているのか分からないが、囲まれた部分が一軒の家なのだろう。ざっと見渡す限り、敷地はかなり広そうだ。

その塀に沿って進むと、やがて『東雲』という表札が見えた。すぐ横には大きな鉄製の門がある。

目指していた場所に辿り着いた。時刻は九時五十五分。ちょうどいい頃合いである。

一花は深呼吸をして心を落ち着けてから右手で封筒を抱え直し、左手でインターフォンを押した。

「日だまりハウスサービスから参りました、三田村一花です」

インターフォンのマイクに向かってそう話すと、門がゆっくり開いた。

そこをくぐると、すぐになだらかな上り坂になっていた。敷地の大部分に盛り土がしてあるようだ。門から奥に向かって、石のタイルが敷かれた幅二メートルほどのアプローチが延びている。

その先に、四角い建物が見えた。

鉄筋コンクリート製の母屋だ。右側にはシャッター付きの車庫と思われるものがくっついている。左側には芝生が生えた地面が広がっており、母屋へのアプローチから枝分かれする形で奥の方まで石畳の小径が延びていた。

敷地を囲む塀の長さを考えると、小径の先……母屋の裏側は広大な庭になっていると思われる。総面積は一体どのくらいなのだろう。

これだけ土地が広いなら建物をもう少し大きくしてもよさそうなものだが、あえてそうしていないようだった。ゆとりを残した贅沢な建て方だ。

一花はこの家の主(あるじ)について、日だまりハウスサービスの本部スタッフから少しだけ話を聞いている。

それによると、面接を希望している東雲氏は独り身。現在はこの家で、使用人と一緒に暮らしているらしい。

その他のことについては、実際に会って確認してくれと言われている。

（こんなに立派な家の主って、どんな人なのかな……）

未だ姿の見えない東雲氏のことを想像しつつ小径を進むと、やがて玄関の前に辿り着いた。全く同じタイミングで、観音開きの重厚な木戸が内側から開く。

「ようこそいらっしゃいました。どうぞこちらへ」

玄関先に現れたのは、見事な白髪の老紳士だった。痩躯をぴったりした燕尾服で包み、鼻の下には髪と同じ色の髭をたくわえている。

銀縁の丸い眼鏡をかけていて、やたらと姿勢がよかった。顔には穏やかな微笑みが浮かんでおり、向き合っていると自然と気分が和んでくる。

この人物が東雲氏だろうか。それにしては、なんだか執事みたいな格好だが……と一花が首を傾げたところで、当の老紳士が口を開いた。

「東雲家の執事、服部林蔵（はっとりりんぞう）と申します」

やはり執事だったようだ。東雲氏と一緒に暮らしているという使用人だろう。一花が改めて名前と面接を受けに来た旨を告げると、すぐにこう返ってきた。

「面接の件は存じております。その前に、まずは私（わたくし）からいくつかお話をさせていただきましょう」

家主と会う前に、この執事のお眼鏡に適う必要があるということか――そう思って少し身を硬くした一花に、穏やかな笑みが向けられた。

「おや、緊張させてしまいましたか。これは失礼。私の話は面接とは関係ありません。簡単な確認です。まずはこちらへどうぞ。庭に、見ていただきたいものがあるのですよ」

白い手袋に包まれた執事の手が、外を指し示している。玄関先に立っていた一花は、導かれるまま庭に回った。

個人の家の庭なのに、下手したら小学校の校庭と同じくらいはありそうだ。大部分は手入れの行き届いた芝生に覆われていて、敷地の端には庭木が何本も植えられている。

中ほどには花壇があり、今はツツジが咲き誇っていた。五月の爽やかな気候も手伝って、立っているだけで気持ちがいい。うっかりすると、渋谷にいるのを忘れてしまいそうなほど緑豊かだ。

ふと片隅に目をやると、倉庫のようなものがポツンと建っていた。老執事は一花を伴って、その小屋の前まで赴く。

「ここは『離れ』になっております。と言っても、ご覧の通りプレハブの簡易なもので、以前は物置だったのですよ」

執事の手で小屋の引き戸が開け放たれ、一花は中を覗き込んだ。

「うわーっ、綺麗な部屋ですね！」

外観は確かに質素だが、内側は思いのほかしっかりしている。

まず、出入り口にはちゃんと靴脱ぎスペースがあった。続く二畳ほどの板の間はキッチンで、一口のガスコンロや小さな冷蔵庫などが備え付けられている。

　奥に見えるのは、六畳の和室だった。要するに、一Ｋのマンションのような内装になっているのだ。

「当方の主は独り身の男性でして……。いろいろと気を遣うこともおありでしょうから、家政婦を迎えるにあたって取り急ぎこの離れを設えました。もし当家で働くことになりましたら、ここで寝起きしていただきたいのです。当然家賃はかかりませんし、光熱費は当家が負担いたしますが、母屋と比べると手狭ゆえ、ややご不便かもしれません。ご了承いただけますかな」

「手狭だなんて、そんな！」

　申し訳なさそうな態度を見せる老執事に向かって、一花は身を乗り出した。

「十分広いし、素敵です。それにここ……お風呂が付いてる！」

　そう。この離れにはバスルームがある。トイレと一体化したユニットバスのようだが、それでも風呂に変わりはない。

「はぁ……仰る通り、浴室は付いておりますが……」

　目を輝かせる一花を、執事は驚いた様子で見つめていた。「この娘は、風呂ごときでなぜ感激しているのだろう」と思っているに違いない。

　家に風呂が付いている――目の前の執事にとっては……いや、割と多くの者にとっては当たり前のことなのかもしれないが、そうでない場合もある。

何を隠そう、一花の実家は『風呂ナシ物件』だ。間取りは六畳二間に、狭いキッチンとトイレが付いた二Kである。

幸いにも斜め向かいに銭湯があるのだが、入浴するために洗面道具を抱えていちいち外に出なければならず、寒い日や雨の日はひどく億劫だった。

だが、内湯があればその煩わしさから解放される。自分の部屋から湯船に直行できるなんて、なんと素晴らしいことか！

「離れの件は問題ありませんな。では、今度は中へどうぞ。もう少し詳しいお話をいたしましょう」

執事はプレハブ小屋に施錠すると、一花とともに来た道を戻り、家の中に入った。

鉄筋コンクリート製の母屋の間取りは、七ＬＤＫだという。そのうち、通されたのは一階の客間だった。

ベージュの壁紙で覆われ、天井からシャンデリアが下がったその部屋の広さは、およそ二十五畳。ふかふかの絨毯の真ん中にソファーセットが設置してあり、一花と執事はそこに向かい合って座る。

「……三田村一花さん。現在二十三歳。家政婦になられて三年ほどですか」

執事は丸眼鏡を押し上げながら、一花が手渡した履歴書をしげしげと見つめた。

「住み込みで働ける家をご希望なのですな。その点はこちらの条件とも合致いたします。しかし……ご実家は下谷ですか。下谷にお住まいであれば、二十三区内どこでも移動は楽でしょう。当家ではなく、どこか別の家で通いの家政婦になられてもよろしいのでは？」

そう聞かれて、一花はすぐさま答えた。

「うちはあまり裕福ではなくて、家もかなり狭いので……。私だけでも家を出た方がいいかな、と思いまして」

忙しく働く母の代わりに、十歳下の妹・芽衣の面倒は一花が見てきた。

実家では、二つある六畳間のうち一つが姉妹の部屋だ。残ったもう一つは、居間と客間と母の寝室を兼ねている。

つまり、姉が家を出れば、妹が個室を使える。

一花は昔から、自分一人だけの部屋というものにずっと憧れを抱いていた。口には出さないが、芽衣も同じ気持ちだろう。自分が個室を持てなかった分、妹の夢を叶えてやりたい。

そのあたりのことも含め、すべてを包み隠さず説明した。母に仕送りをしたいことや、奨学金を返さなければならないことも、もちろん言い添える。

調べればいずれ分かることだ。隠しても意味がないし……何より、嘘は吐けない。

「さようですか。家族想いなのですな」

一花の話が終わると、執事は優しそうな笑みを浮かべた。それから再び履歴書に視線を落とし、「おや」と首を傾げる。

「この項目に書かれていることですが……」

執事の骨ばった指が示したのは、一花の住所でも経歴でもなく、最後に設けられた『特記事項』の欄だった。

「ここに『嘘が吐けない体質』とありますが、これは一体、どういうことですかな？」

「あ、え、えーと……」

一花はごくりと喉を鳴らした。

やはり、突っ込まれてしまった。もしかしたらスルーしてくれるかもしれないと思ったが、甘かったようだ。

質問されたからには、正直に答えるしかない。何せ一花は――文字通り嘘が吐けないのだ。

「そこに書かれている通りです」

「……と、言いますと？」

「私は、嘘が吐けない体質なんです」

「それはつまり……正直者ということですかな？」

「えーと、それとは少し、違うような……」

一花が言葉を濁していると、突如として客間のドアがバーンと開いた。

「話は聞かせてもらったよ」

出入り口の方から、凛とした声が響く。

そこに佇んでいた『誰か』を見て、一花は目を見開いた。

切り揃えられたサラサラの金髪と、緑がかった青い瞳。すっと通った鼻筋に、形の綺麗な唇。

とにかく、顔立ちが甘く整っている。しなやかな体軀に、金ボタンの付いたベストと揃いのズボンがよく似合っていた。

息を吞むほどの美男子――まるで、ヨーロッパの貴公子のようだ。

その美しさに、一花はただただ、うっとりと見惚れていた。熱くなってくる頰と、速くなる鼓動をほったらかしにして……。

2

客間の出入り口に佇んでいた貴公子は、部屋の真ん中までつかつかと歩いてきて、一人がけのソファーに悠然と腰を下ろした。

近くで見ると、ますます美しい。そして、遠目で見るより若い……というか、あどけない気がした。年齢はおそらく、十代後半くらいだろう。

身長百六十センチの一花より五センチほど背が高い。男性にしては小柄だが、身体つきがすらりとしていて足が長く、モデルのようなスタイルだ。

美麗な貴公子は、ゆっくり口を開いた。

「僕の名は東雲リヒト。ここの家主だ」

「あなたが……家主さん？」

聞こえてきたのは、流暢な日本語だった。どう見ても西洋系の顔立ちなのに、ちょっと意外である。

家主という言葉もミスマッチだ。自己紹介からすると彼こそが東雲氏――つまり、家政婦を雇いたがっているこの家の主ということになるのだが、それにしては歳が若すぎる。

勝手なイメージだが、一花は東雲氏のことを独り身のおじいさんだと思っていた。実際、日だまりハウスサービスに登録している独身の男性は、六十代以上が多いのだ。

目の前の情報を処理しきれずにいると、すぐ傍で綺麗な唇に笑みが乗った。

「林蔵と話してたことは把握してる。続きは、僕が直(じか)に聞こう」

「面接の本番ということでありますか、リヒトさま」

尋ねたのは老執事だ。貴公子は笑顔で頷く。

「そういうことだね。準備はいいかな、三田村一花」

美形に名前を呼んでもらった。たったそれだけのことで、一花の心臓が跳ね上がる。面接の本番と言われて、さらに頭もフル回転し始めた。

「はい。面接、よろしくお願いします。えーと……東雲さま」

ぺこっと頭を下げた一花の傍らで、綺麗な顔が僅かに歪む。

「うーん、ファミリーネームで呼ばれるのは好きじゃないな。『さま』はいらない。リヒトって呼んでよ。それから、『さま』はいらない」

「えっ……でも」

一花は咄嗟に前を見る。そこにいた執事は、主を『リヒトさま』と呼んでいた。さっきはそれに倣って『さま』と付けたのだ。

そんな一花の視線に気付いたのか、貴公子は苦笑した。

「ああ……林蔵は、僕がいくら言っても呼び方を変えてくれないんだ。もう諦めた」

名指しされた当人は「老いぼれ執事の習慣ゆえ、申し訳ありません」と頭を下げる。

「堅苦しいから、フルネームはやめて一花と呼ばせてもらう。だから、僕のこともリヒトと呼んでくれないかな。『さま』も付けないでほしい」

「この老いぼれのことは、林蔵とお呼びください」

二人からそう言われて、一花は頷いた。

「分かりました。じゃあ……リヒトさんに、林蔵さん。改めまして、家政婦希望の三田村一花です」

一花は意識して口角を引き上げた。とにもかくにも、このリヒトに気に入られなければ働き口にありつけない。一花は美しくないしお金もないが、母親譲りの笑顔だけは誰にも負けないはずだ。

だから、必死に笑った。

リヒトの顔にも天使のような笑みが浮かんだ……と思ったら、すぐさま射るような視線が飛んでくる。

「間抜けな顔だね」

　やや低く、重い声だった。さっきまでとは明らかにトーンが違う。

「……え？」

「一花は僕に雇ってもらいたいんだよね？　なのに何のアピールもしないでへらへらしてるなんて、どういうつもりかな。笑顔だけで面接を乗りきれると思ってるの？　甘いよ」

　形のいい唇から零れた言葉が信じられなくて、一花は眉をひそめた。そうしている間にも、リヒトは林蔵が持っていた履歴書を手にする。

「ふーん。一花はここに来る前、別の家で家政婦をしていたんだね。期間は半年か」

　なんとなく棘のある言い方だった。

　口元は笑っているが、視線は鋭いままだ。まるでカタログ片手に、品定めでもされているような気分である。一花の胃がキュッと縮み、背中に嫌な汗が伝った。

「なぜ前の家の家政婦をやめちゃったの？　林蔵と話してたことは、僕も聞いてたよ。一花はお金に困ってるみたいじゃないか。住み込みを希望していたなら、前の家でも長く働く前提だったんだろう？　それなのにたった半年でやめるなんて矛盾してるよね」

「うっ……」

　痛いところを突かれて、唸り声が漏れる。「ねぇ、どうしてやめたの？」と追い打ちをかけられ、さらに言葉に詰まった。

　ここは適当なことを言って切り抜けたいところだが、そういうわけにもいかない。一花はどうしても……どうしても、嘘が吐けないのだ。

「……を、揉まれたんです」

しぶしぶ絞り出した声はひどく掠れていて、一花自身も聞き取り辛かった。案の定、リヒトが怪訝そうな顔をする。

「揉まれた？　何を」

「何ってその、お…………お尻です」

貴公子はポカンと口を開けたまま固まった。そんな顔をしているのに、やはりとても美しい。

「前の家主に卑劣な振る舞いをされたため、家政婦をやめた……ということですかな」

上手いこと話をまとめてくれたのは、執事の林蔵だった。一花はこくりと頷いて、膝の上で拳を握る。

脳裡をよぎったのは、前の派遣先である世田谷の家の主——腹がポコンと出ていてずんぐりとした、タヌキそっくりの人物だ。

彼は最初のうちは、一花に優しく接してくれた。

だが、すぐに本性を現した。とにかく、朝起きてから夜寝るまで、暇さえあれば一花の尻を触って撫でて揉んでくるのだ。

しばらくは我慢したが、住み込みで働いていたので逃げ場がない。毎日毎日毎日……しつこく粘っこく尻を追いかけ回され、十日前、ついに一花はブチ切れた。

タヌキ親父の頬に張り手を一発――それであっさりクビである。

「そりゃ、ビンタしたのは私が悪かったですよ?! でも、耐えられなかったんです!」

すべてをありのままに説明すると、一人がけのソファーにふんぞり返っていたリヒトはいかにもつまらなそうに「ふーん」と呟いた。

「そういう経緯があるなら、こっちが聞く前に話してほしいな。じゃないと『たった半年でやめていく自分勝手な家政婦』だって誤解するだろう。さっきも言ったけど、ただへらへら笑ってるだけじゃ意味がない。何のためにわざわざ面接してるか分かってる? 僕は、一花が信用できる人物かどうか見極めたいんだ」

「ううっ……」

言うことがいちいち辛辣である。しかも、内容は正しい。

「そもそも履歴書を見せた時点で『なぜ前の職場を半年でやめたの?』と聞かれるのは想定できたはずだよね。あらかじめ伝えておいてくれれば僕から質問する手間が省けたのに。時間を無駄にした。一花は人生において時間がどれだけ大切か分かる? 一度過ぎた時間は、もう二度と戻ってこないんだよ」

「す、すみません」

一花より若そうなのに『人生において』とは大仰である。辛辣な上に、ちょっと嫌みだ。まるで姑に叱られている嫁のような気分になってくる。

「さて一花」

貴公子は、悠然と座ったまま一花の名を呼んだ。

「一花は、この家の家政婦になりたいんだよね。つまり、僕のために働きたいわけだ」

「えっ！　は、はい」

「だったら聞くけど――僕のことをどう思う？」

「……は？」

「一花がここで働くとしたら、ほぼ毎日、一緒に過ごすことになる。僕は共同生活を営むのに相応しい人物かな」

「ええっ！」

突然そんなことを聞かれて、面食らった。

最初、一花はリヒトの華麗な容姿に見惚れた。だがこの貴公子は、完全に毒舌家だ。畳みかけるような言い回しが、いちいち心にグサッとくる。

正直なところ、絶対に友達にはなりたくないタイプである。

「僕のこと、どう思う？」

再びリヒトに聞かれて、言葉に詰まった。

東雲家の主であるリヒトは、一花を雇うかどうかの決定権を持っている。「ぶっちゃけ性格悪いですよね」などと馬鹿正直な感想を伝えたら、どうなるかは目に見えている。

とりあえず、ここは愛想よくしておくべきだろう。

「……リヒトさんは、た、大変素晴らしい人だと思います！」

一花は腹にぐっと力を込め、最後まで言いきった。

が、途端に鼻がムズムズし始めて、慌てて口を押さえる。

「……っくしょん！」

堪えきれなかった。飛び出したくしゃみが、静かな客間にこだまする。

「ふーん、素晴らしい人か。それは一花の本音なの？」

リヒトの問いに、一花はこくこく頷いた。

「も、もちろん、本音ですよ。……っくしゅん！」

「正直に言ってほしいな。本当に僕のこと、いい人だと思ってる？」

「思ってます。リヒトさんは穏やかで優しそうで、いい人に違いない……っくしょん、くしゅん、は、はっくしょん！」

その後、派手なくしゃみが十回以上乱れ飛んだ。なんとか抑えようと顔に力を入れたせいで、目にうっすらと涙が滲む。

「大丈夫ですかな」

林蔵が、心配そうな顔を向けてきた。一花は「大丈夫です」と返そうとしたが、またもやくしゃみに遮られる。

（だ、駄目。もう誤魔化せない……！）

こうなったら話すしかない——己の厄介な『体質』について。

「私、嘘を吐くとくしゃみが出ちゃうんです」

一花は、心に思っていることと反対のこと……つまり嘘を口にすると、鼻がムズムズしてくしゃみが出る。

このくしゃみセンサーは、どんな些細な嘘でも敏感に反応する。嘘の度合いが大きければ大きいほど派手なくしゃみが数多く飛び出して、頑張っても堪えることができない。

一花は物心ついたころからこの体質に悩まされてきた。無論、何度か医者にかかったが、原因は分からずじまいだ。

母や妹はこのことを理解してくれているが、外ではそうもいかない。

人付き合いを円滑にするためには多少の嘘も必要なのだ。なのに、社交辞令を口にするたびに「はっくしょん！」とくしゃみを連発。

傍から見たらふざけているとしか思えないし、お世辞なのがバレバレである。まるでコントだ。この厄介な体質のせいで、何度場を白けさせたことか……。

本当はこんなこと、履歴書に書きたくなかった。でも、体質のことが万が一明るみに出た場合、「どうして初めから言わなかったんだ」と突っ込まれたら申し開きができない。

「というわけで、私は嘘が吐けません」

一花の話が終わると、リヒトはすんなりした指を顎に当てた。

「特記事項に記載してあった『嘘が吐けない体質』って、そういうことか。なるほどね。確かにそれじゃ、嘘を吐いてもすぐに分かる。どんな体質だろうと思ってちょっと煽ってみたんだけど、面白いなぁ」

「は？　煽った……？」

一花の頭の中に、今までのリヒトの言動が蘇る。

考えてみれば、無駄に挑発的だった。一花が嘘を吐くように仕向けていたのだとしたら、すべてが腑に落ちる。

「じゃあ、わざとだったんですか?!　あの嫌みったらしい辛辣な態度とか、はっ倒したくなるような笑顔も全部?!」

「あはは。一花は実に正直者だね。……気に入った」

一花の質問を笑顔でかわして、リヒトは僅かに身を乗り出した。そのままひょいと片手を差し出す。

「とりあえず、今日のところは仮採用にしておくよ。よろしく、一花」

「あ、ええっ?!」

握手を求められているのだと分かって、一花は動転した。『採用』という言葉まで聞こえてさらに驚く。

「私、この家で働けるんですか?!」

「うん。さっきも言ったけど、ひとまずは仮採用だ。正式に採用するかどうかは、しばらく様子を見てから決める」

あとは頑張り次第ということか。とりあえずは一歩前進である。

「ありがとうございます！　『仮』でも嬉しいです！」

お礼を言って握手をしてから、一花ははたと我に返った。

「でも、何が仮採用の決め手だったんですか？　私、前の家のご主人にビンタしちゃったことも話しましたし、変な体質も持ってるし……」

正直なところ、くしゃみが出てしまった時点で「そんな家政婦はいらない」と突っぱねられる覚悟はしていた。

おまけに、どさくさに紛れて辛辣だの嫌みだの、めちゃくちゃ正直な感想を言ってしまった気がする。

「その体質が気に入ったんだよ。嘘が吐けないなんて、最高じゃないか！」

と、リヒトが満面の笑みを浮かべた瞬間、どこからかボーン、ボーンと音が聞こえてきた。客間の掛け時計が鳴ったようだ。

「おっと、もう十一時か。林蔵、今日は一件アポイントが入っていたよね。そろそろ出発しよう」

「承知いたしました。車を準備してまいります」

執事がすぐさま部屋を出ていった。リヒト自身も颯爽と立ち上がり、身を翻す。

「あの、どこかへ行くんですか？」

ベストを纏った背中に、一花はおずおずと声をかけた。

「うん。ちょっと『趣味』を楽しみにね。……ああ、そうだ！」

言いながら、リヒトはパチンと指を鳴らして振り返った。

「せっかくだから一花もおいでよ。この家で働くなら、いずれは説明しないといけないことだ。実際に立ち会ってもらった方が手っ取り早い。……あのね、今から僕は『謎』を解きに行くんだよ」

数メートル先に、ものすごく整った顔がある。その芸術品のような美しさに内心ドキドキしつつ、一花は首を傾げた。

「謎解き?」

「そう。僕は謎が好きなんだ。誰にも解けないような――厄介で『美味しい謎』がね」

リヒトは優雅に微笑んで、サッと一花の手を取った。

3

東雲リヒト、十七歳。

父親は日本人で、母親はドイツ人だという。三年ほど前まで母親の故郷・ドイツに住んでいたが、今は日本に移り、林蔵と一緒に松濤の家で暮らしているとのこと。日本語とドイツ語の他、英語と中国語も堪能なクワドリンガルだ。『リヒト』という名前は、日本とドイツのどちらでも通用するように母親が付けたものらしい。

そんな話を、一花は広々とした車の中でリヒト本人から聞いた。

乗っているのは、金色のエンブレムが付いた黒塗りの高級車だ。ハンドルを握っているのは林蔵で、一花はリヒトとともに後部座席に座っている。使用人は後ろではなく前に乗るものだというのは知っていたが、リヒトに「話がしたいから隣に来てよ」と言われて従った。

「今は林蔵さんと暮らしてるんですね。ご両親は、別の場所に住んでるんですか?」

一花が尋ねると、リヒトは「うーん、どう言ったらいいのかな」と軽く腕を組んだ。

家の中ではシャツとベストに揃いのズボンという服装だったが、今はその上にジャケットが重ねられている。首元にはループタイ。これが、貴公子の外出スタイルなのだろう。

少女漫画も真っ青な超絶美男子は、やがてゆっくりと話し出した。

「まず、僕の母さんは亡くなってる。三年前に、交通事故に巻き込まれた」

リヒトの顔は僅かにこわばった。だがそれも一瞬のことで、すぐに貴公子スマイルが戻ってくる。

「僕の戸籍上の父親は……大きな会社の社長みたいなものなんだ。事情があって、僕とは別居してる。毎月、生活費として使いきれないほどのお金を寄越してくるよ。まぁ、道楽息子が気ままに暮らしてるとでも思ってくれればいい」

「は、はぁ」

一花はひとまず頷いた。

話が曖昧すぎてよく分からないが、リヒトが度を越えたお金持ちであることだけは把握した。そうでなければ、あんな立派な家に住めるはずがない。

「僕はおおむね今の暮らしを楽しんでるよ。経済的な苦労はないし……何より、林蔵がいるからね。林蔵は、僕が三年前に日本に移ってから、ずっと傍についてくれているんだ」

嬉しそうな口調で、リヒトは運転席でハンドルを握る執事のことを教えてくれた。

林蔵は、もともとリヒトの父親のもとで長年執事を務めていたという。子供はおらず、十年ほど前に伴侶も亡くし、現在は独身とのこと。

三年前、リヒトの父親に命じられてリヒト付きの執事になった。今は十七歳の主と一緒に、松濤の家に住み込んでいる。

「林蔵はすごいんだよ。イギリスの執事専門学校を出たスペシャリストで、家事でも庭木の手入れでも、なんだって一通りこなせる」

一花の傍らに、十七歳らしい屈託のない笑みがあった。リヒトが心から林蔵を慕っているのが窺える。

手放しで褒められた執事は、運転を続けつつ穏やかに微笑んだ。

「スペシャリストなどと……滅相もない。あの立派なお屋敷と庭は、老いぼれには広すぎるゆえ、どうしても手入れが行き届きません。そこで、日だまりハウスサービスに家政婦の派遣を依頼したのですよ」

その結果、こうして一花が採用されたわけだ。まだ（仮）だが。

話が一段落したところで、今度は別の質問をしてみる。

「十七歳ということは、リヒトさんって高校生なんですか？」

「ああ、違うよ。僕はドイツにいる間に飛び級で大学を出てるから、ハイスクールには通ってない」

「と、飛び級?!」

さらっとすごい単語が出てきた。容姿端麗で、大金持ちで、なおかつ十七歳にして大学を出ているとは……。

あんぐりと口を開けてしまった一花の横で、リヒトは何かに気が付いたように窓の外を見た。

「そろそろ現場に着くようだね。さて、今回は『美味しい謎』に巡り合えるかな」

「美味しい……謎?」

「そうだよ、美味しい謎さ。母さんが言ってた。『難解な謎を解決したあとの食事は、どんなフルコースよりも美味しい』ってね」

リヒトの口角がくいっと上がる。綺麗な青い目が、獲物を狙うかのように細められた。

「僕は美味しい謎を探して、解いて回ってるんだ。最初は趣味で首を突っ込んでたけど、そのうち『厄介な謎があるから解いてくれ』と人から頼まれるようになってね。今は依頼人の家に向かってるんだよ」

謎解きのあとのご飯は美味しい――四時間目のプールのあと、お腹ペコペコの状態で食べる給食が絶品なのと同じ理屈だろうか。依頼人の厄介事を解決しているというリヒトは、言うなれば『探偵』である。

その探偵は、すんなりした長い指で前方を示した。

「ほら一花、依頼人の家が見えてきたよ。あそこだ」

言われるまま窓の外に目を移した一花は、まず息を呑んだ。

次にパチパチと瞬きをしてみた。何度かそれを繰り返し、最後に思いっきり顔を顰める。

「……あ、あの家って！」

迫りくる豪邸を前に……一花の脳裡には、スケベなタヌキ親父の姿がくっきりと浮かんでいた。


車が辿り着いたのは、世田谷区の一角。大正時代の洋館を模して造られた、瀟洒な一軒家だ。

大理石の玄関や、あちこちにごてごて飾られた動物の剝製。それに高級な絵画や壺がわざとらしく置かれた客間……何もかも見覚えがある。

当たり前だ。一花はほんの十日前まで、ここで働いていたのだから。

「──お、お前は、ついこの間までうちにいた家政婦じゃないか！」

客間で対峙した相手は、一花を見て驚愕の声を上げた。

突き出た腹と団子鼻がタヌキを彷彿とさせるこの人物の名は、黄場勝馬。年齢は六十歳。

好物は──若い女性のお尻。

そう、例のスケベタヌキ親父である。リヒトの依頼人は、偶然にも一花が前に働いていた家の主だったのだ。

「なぜお前がここにいるんだ！　俺に平手打ちしたことを詫びにきたのか？　謝っても許さんぞ！　だいたい、ちょっと尻に触れた程度であんな……」

案の定、黄場は大柄な身体をゆすっていきり立った。身に着けているシャツとズボンがはち切れそうだ。

そんなタヌキ親父と一花の間に、リヒトがサッと割って入る。

「初めまして。電話で僕に謎解きの依頼をしてきた黄場さんだね。こちらは林蔵と一花。二人とも僕の助手だよ。何か言いたいことがあるなら、主の僕を通してほしいな」

リヒトは四十も年上の相手を前にして、少しも怯んでいなかった。連れに文句は言わせないという『圧』を感じる。

黄場はそれに押されたのか、身を竦めるようにして客間のソファーに座った。リヒトがその向かい側に腰を下ろす。林蔵は立ったままだったので、一花もそれに倣った。

それぞれがポジションに収まったところで、形のよい唇がおもむろに開く。

「だいたいのことは電話を受けた林蔵が説明してくれたけど、僕は本人の口からもっと詳しい話が聞きたいな。黄場さんは、誰かに脅迫されてるんだって？」

「きょ……脅迫?!」

惚れ惚れするほどの笑顔から禍々しい言葉が飛び出し、一花は思わず声を上げた。

黄場はそんな一花をぎろりと睨んだが、すぐに俯きがちになって話し始める。

「何通か変な手紙が届いてな……。開封してみたら、脅迫状だった。これがその実物だ」

グローブのような分厚い手が、ズボンのポケットから白い紙を引っ張り出す。

『S駅前のショッピングモール開発から手を引け。さもなくば、お前の秘密を暴露する。これは悪戯ではない。その証拠に、近々お前の身に何かが起こるだろう』

何の変哲もないコピー用紙に、ワープロ書きの文字で以上のことが書かれていた。たった二行程度の文章だが、シンプルなだけにいささか不気味である。

「誰が送ってきたか分からん。この紙面にも封筒にも、署名はなかった」

黄場は肩を落として溜息を吐いた。

脅迫状を受け取ったのだから無理もない。一花とその隣に立つ林蔵は、揃って表情を曇らせる。

そんな中、リヒトが一人、嬉々とした様子で尋ねた。

「誰が脅迫状を送ってきたか——その謎を突き止めるのが、今回の依頼内容ってことでいいんだね？」

「そうだ。今のところ、取り立てて何かが起こっているわけじゃない。ただの悪戯かもしれんが……この俺を脅そうとしているのがどこのどいつか、突き止めてやりたい」

沈みがちだった黄場の顔に、怒りがみなぎっていく。

「何通か……ということは、脅迫状は複数届いたってことだね？　最初に受け取ったのはいつごろかな」

「一週間前だ。今まで五通ほど届いている。全部普通郵便で、自宅に配達された。消印を見る限り都内で投函されたものだな。文面は毎回、判で押したように同じだ」

黄場が脅迫状を受け取ったのは、一花がこの家を去ってからのようだ。話を聞いたリヒトは、ソファーの上で優雅に足を組み替えた。

「一つ聞いていいかな。手紙に書いてある『秘密』って、一体何のこと？　何か、外部に漏れたら困ることでもあるの？」

「――そ、それは！　知らん。秘密などない！　俺は日々、公明正大に生きている！」

黄場は首を横に振ったが、タヌキに似た顔は明らかに引きつっていた。一花の尻を追いかけ回していたことも『公明正大』なのだろうか。

「ふーん、秘密はないんだ。じゃあもう一つ聞くけど、脅迫状の差出人について心当たりはない？　文面には『S駅前のショッピングモール開発から手を引け』とあったよね。単純に考えて、差出人はその開発に絡んでいる人なんじゃないの？　トラブルの一つや二つ、あるはずだよね」

リヒトはさらに黄場を追及した。その綺麗な顔には、楽しげな笑みが浮かんでいる。謎は厄介なほど『美味しい』とでも思っているのかもしれない。

対する黄場は「とんでもない！」と首を横に振った。

「S駅前の開発は、社長の俺が直々に率いる大プロジェクトだ。寂しい商店街をぶっ潰して、ショッピングモールを作る。まだ計画段階だが、必ず成功させてやる。トラブルなどという話は……」

「一つもない？　本当に？」

リヒトは黄場の話を途中で遮った。タヌキ顔に、焦りの色が浮かぶ。

「全く何もないわけではない。開発に犠牲はつきものだからな。それに、末端まで含めたら開発に関わる者は数千人いる。その中におかしな奴が一人や二人交じっていてもおかしくないだろう。……だが、俺は今まで似たような案件をいくつもこなしてきた。脅迫状なんぞを受け取ったのはこれが初めてだ！」

「やっぱり、多少は脛に傷があるんだね」

リヒトが話をまとめると、頃合いよく客間のドアが控えめに叩かれた。黄場は「入れ」と声を張る。

すぐに、部屋の中に二人の人物が入ってきた。スーツを纏った逞しい身体つきの男性と、小柄だが毬のようにふくよかな女性だ。

そのうち男性の方が、「あ」と口を開く。

「一花ちゃん！　どうしてここに？」

呼ばれた一花は、ぺこっとお辞儀をしてから言った。

「こんにちは。十日ぶりですね……諏訪野（すわの）さん」

4

客間に入ってきたスーツ姿の男性は、諏訪野慶（けい）。女性の方は里見（さとみ）マツ子（こ）と名乗り、それぞれ頭を下げた。一花たちも、簡単に自己紹介を済ませる。

諏訪野は、黄場が経営する不動産会社『イエローエステート』の社員だ。まだ三十二歳と若手だが、社内では社長の右腕と呼ばれており、黄場の直属の部下である。

身長は百八十センチ超。大学時代に野球をやっていたらしく、身体が引き締まっていて、スポーツ刈りに近い短髪がとてもよく似合っている。爽やかな好青年という感じだ。

黄場は家で仕事をすることも多いが、その際は必ず諏訪野も傍に付き添う。

そんなわけで、黄場家の家政婦をしていたころ、一花と諏訪野は毎日のように顔を合わせていた。もうすっかりお馴染みの間柄である。

いっぽう、マツ子とは初対面だった。彼女は一花のあとに雇われた家政婦で、今は黄場家に住み込んでいるという。現在四十八歳。パンチパーマが当てられた頭に赤いバンダナを巻き、花柄のワンピースを纏った陽気なおばさまだ。

客間で話をしているうちに、いつの間にか十二時半を過ぎていた。諏訪野とマツ子は、昼食をどうするか黄場に聞きにきたようである。

黄場はしばらく思案したあと、リヒトの方を見て言った。

「そういえば、客に茶の一つも出していなかったな。代わりに昼食を食べていったらどうだ。今から用意するとなると少々時間がかかるが、脅迫状についてまだ何か質問があれば、そのときにでも聞いてくれ。諏訪野も一緒だ。そこの執事と家政婦も同席させたらいい」

この提案に、リヒトは頷いた。

昼食を用意するのは家政婦の役目だ。話がまとまると、マツ子はすぐにキッチンへ向かう。

リヒトが「食事が用意できるまでの間、参考までに家の中を見たい」と言い出したので、黄場は諏訪野を案内役に命じた。自身は自室で仕事をするらしく、二階へと上がっていく。

こうして、黄場邸探検ツアーが始まった。

歩き始めてすぐ、みんなを先導していた諏訪野が、一花を振り返って感慨深げに言う。

「一花ちゃんにまた会えてよかったよ。急に家政婦をやめちゃっただろ？　俺、どうしてるか心配してたんだ」

「挨拶もしないままでごめんなさい。私、どうしてもスケ……」

スケベタヌキに耐えられなくて、と言いかけて、慌てて言葉を飲み込む。

「謝らなくていいよ。もう次の派遣先で働いてるのなら、よかった。頼もしそうな同僚もいるみたいだし」

諏訪野は、リヒトの後ろに影のように控えている執事を見つめた。林蔵はさっきからずっと黙っているが、見る人が見れば穏やかな雰囲気は伝わるのだろう。

「実はさっき客間で一花ちゃんを見たとき、戻ってきてくれたのかと思って嬉しくなったんだ。だけど……こればかりはしょうがないな」

精悍な諏訪野の顔には、爽やかな笑みが浮かんでいた。ちらりと見える白い歯が眩しい。尻を追いかけ回されてうんざりしていた一花に向かって、優しい声をかけてくれたのが諏訪野だった。いわば、彼は兄のような存在だ。十日ぶりに会ってもやはり優しくて、胸の奥がじんわりと温かくなってくる。

そんな諏訪野に案内されて黄場家の中を歩いた。

室内の調度品や装飾品はどれも高級だが、これ見よがしに置いてあって雑多な印象を受ける。これらをいちいちどかして掃除するのが、どんなに大変だったことか。

飾られているのは、すべて家主が蒐集したものだ。家の中を見たいというリヒトの希望を黄場が聞き入れたのは、自慢のコレクションを見せびらかしたかったからだろう。

「どうしてこんな狭い家にチープな玩具ばかり飾ってるの？　片付けた方がいいよ。歩きにくいから。それとも、しまう場所がないの？」

ところが、リヒトはそのご自慢の品々を家ごとまとめて切り捨てた。さすがは松濤の邸宅に住む真の貴公子である。

一花はここで半年働いていたので、だいたいのものに見覚えがあった。唯一初見だったのは、あちこちに取り付けられた補助錠と防犯センサーだ。

「なんだか、随分厳重になったなぁ……」

思わず漏らした呟きに、諏訪野が眉をひそめる。

「脅迫状が届いてから、社長の命令で取り急ぎ鍵とセンサーを取り付けたんだ。夜間は特に厳重に戸締まりをしていて、泥棒どころか猫の子一匹入れない。ここ一週間、社長は出社しないで在宅勤務だよ。だいたいは自室に鍵を掛けて籠もってる。今みたいにね」

黄場は脅迫状の差出人を警戒しているのだろう。敵はどこから来るか分からない。『お前の身に何かが起こる』などと言われたら、一花だって家に引き籠もる。

「ところで、諏訪野さんは脅迫状のことを知ってたのかな」

歩きながら、リヒトが尋ねた。諏訪野は半分首を傾げつつ「うん」と答える。

「そういうものが届いたのは知ってる。諏訪野は半分首を傾げつつ」

「そういうものが届いたのは知ってる。S駅前の開発について書かれていたそうだね。最初、社長はたいして気にしてなかったんだ。こんなの悪戯だろう、って言ってた。でも、これだけ厳重に防犯対策をしているところを見ると、それなりに警戒してるのかな」

話をしているうちに、一階の端まで来た。家の中をほぼ一回りして、まだ確認していないのは目の前にあるドアの先だけだ。

そのドアを開ける前に、諏訪野は微笑んだ。

「君、名前は確かリヒトくんといったね。まだ若そうなのに、いくつも事件を解決してるんだって？　すごいじゃないか。今、何歳かな」

「……十七歳だけど、それがどうかしたの？　能力があれば、年齢は関係ない」

リヒトは不機嫌そうな顔で吐き捨てた。

「おっと、失礼。リヒトくんの言う通りだね。子供扱いしてすまなかった」

すかさず諏訪野の謝罪が入る。かなり年下の相手にも深々と頭を下げる様は、潔くて爽やかだ。

好青年は、ドアに手をかけた。

「さて、ここが最後の部屋だよ。と言っても、キッチンだけどね。今はマツ子さんが食事の支度をしているはずだ」

開放された入り口から中を見て、一花は硬直した。諏訪野やリヒト、最後尾にいた林蔵までもが呆然と目を見開く。

みんなの視線の先で、マツ子が大きな口を開けていた。美味しそうなローストビーフの塊が、その中へ……。

「あっ、あらやだ！　見られちゃった！」

みんなの注目を集めたマツ子は、手をぶんぶん振り回した。額には玉のような汗がたくさん浮いている。

「これはね、味見。味見なのよ！　美味しいかどうか、確かめただけなの」

味見にしては、分量が多かった気がする。握り拳くらいはあったような……。

訝しんで視線を送る一花に、諏訪野が耳打ちした。

「マツ子さん、食事を作るときは毎回こうなんだ。家政婦の仕事は大変だから腹が減るんだろうね。仕方ないよ。社長には報告しないでやって」

どうやら新しい家政婦はつまみ食い常習犯らしい。そんなマツ子に「お疲れさまです」と微笑んでから、諏訪野はリヒトに向き直る。

「一応、これで家の中はすべて案内したよ。今日の昼食は人数が多いし、俺はこれからマツ子さんを手伝う。君たちは、さっきの客間か隣の食事室で待っていてくれ」

「なら、私も手伝います」

十日前までここで働いていたので勝手は分かる。一花はそう申し出たが、諏訪野に止められた。

「駄目だよ、一花ちゃんはお客さまだ。だから、向こうで待ってて」

5

言われた通り、一花はキッチンの隣の食事室で大人しく待っていた。真ん中に大きなテーブルが置かれたこの部屋には、リヒトと林蔵もいる。

一花の脳裡に、諏訪野の笑顔が浮かんだ。「会えてよかった」と言ってくれたことを思い出し、心の中がほわんと温かくなる。

「ねぇ一花。諏訪野は一花の恋人なの？」

「はっ、はぁ?! ごっ、ごほっ！」

唐突にそんなことを聞かれて、一花は激しくむせた。諏訪野のことを考えていただけにタイミングは絶妙である。

ごほごほしながら慌てて頭を振った。

「恋人なんかじゃないですよ！　諏訪野さんはあのスケベタヌ……黄場さんの部下で、この家によく来てたから、顔見知りなだけです」

「本当に？　随分仲がよさそうだったけど、二人は特別な関係じゃないの？」

青い瞳が、まっすぐ一花を捉えていた。至近距離で美形の貴公子に見つめられると、意味もなくドキドキしてしまう。

「ほ、本当です。諏訪野さんとは仲よくさせてもらってますけど、そんな、恋人とかじゃなくて……」

「ふーん。くしゃみが出ないということは、嘘じゃないみたいだね」

たじたじになって否定する一花を見て、リヒトはしばらく険しい顔をしていたが、やがてふっと肩の力を抜いて笑った。挙句の果てに、こう言い添える。

「まぁ、質問する前からなんとなく分かってたよ。一花って、恋愛とは無縁そうだから」

「なっ……！」

美麗な貴公子の背後に漂う、人を見下したような態度。これは明らかに一花を小馬鹿にしている。

頬がかぁーっと熱くなった。ここは一つ、言い返さないと気が済まない。

「無縁とか、勝手に決めつけないでください！　私だって、恋愛経験の一つや二つ、ちゃんとありますよ………っくしょん！」

肝心なところで、盛大にくしゃみが出てしまった。

洟を啜っているとすぐに林蔵が走り寄ってきて、「大丈夫ですかな」と真っ白なハンカチを差し出してくる。

「一花は、自分の体質のことをもっとよく考えてから発言した方がいいと思うよ」

リヒトは呆れ顔で溜息を吐いた。

こう言われたら、一花としては立場がない。見栄を張ることも嘘になり、くしゃみに繋がってしまうのだ。

「子供なのに、大人をからかうなんてひどい」

一花がぽつりと呟くと、リヒトの眉間に皺が寄った。

「……僕は子供じゃないよ」

どうやら、子供扱いされたことに腹を立てているようだ。

そういえば、さっき諏訪野に「何歳かな」と聞かれたときも不機嫌になっていた。「子供じゃない」と怒るところが余計に子供っぽい。リヒトはまだ十七歳。本来であれば男子高校生だ。きっと、今が一番『大人ぶりたいお年頃』なのだろう。

「お待たせ～。ご飯ができましたよぉ～」

その陽気な声で、あたりの雰囲気がパッと明るくなった。

食事室のドアが勢いよく開き、花柄のワンピースを身に着けたマツ子が大きなワゴンを押して入ってくる。

木製のワゴンの上には、様々な料理が載っていた。盛り付けてあるのはだいたいが白い皿だが、目の覚めるような黄色い皿もいくつかある。

「美味しそうですね！」

一花が料理を眺めていると、部屋の中にもう一つワゴンが現れた。

押しているのは諏訪野だ。そちらにもいくつか皿が置かれていて、他にグラスやカトラリーが載っている。

「待たせたね。昼食にしよう。あ……ちょうど社長もいらっしゃった」

諏訪野は一花に微笑んでから、食事室に現れた黄場の方へ歩み寄った。

黄場は腹をゆすってテーブルの縁をぐるっと回り、諏訪野に椅子を引かせて一番奥まった席につく。

リヒトがその向かい側の席に目をやると、林蔵が素早く椅子を引いた。

「そこの執事と家政婦も座れ。諏訪野もな」

黄場に促され、一花たちは出入り口付近の末席に腰を落ち着ける。

こうしてランチタイムが始まった。マツ子だけが立ったままで、それぞれの席にカトラリーと炭酸水の入ったグラスを並べていく。

まず出てきたのは、コンソメスープだった。透き通った茶色い液体が深めの皿に盛られていて、とてもいい香りが漂ってくる。

(なんだか落ち着かないなぁ)

一花は十日前までここで働いており、そのときは給仕をする側だった。恭しくもてなされるなんて、いまいちピンとこない。それに、ただの家政婦(仮)が、主と同席してもいいのだろうか。

そわそわしつつ部屋の中をきょろきょろ見回していると、やがてあることに気付いた。黄場の皿だけ、他のものと違っている。リヒトや一花、林蔵や諏訪野の前にある皿は白いのに、黄場のそれは黄色なのだ。

さっきワゴンに載っていた、目の覚めるようなあの皿である。一花の視線に気付いたのか、黄場はニヤッと口角を上げた。

「この黄色い皿は、世界に一セットしかない俺専用の皿だ。有名どころの窯元に特注して焼かせた。黄色は苗字の『黄場』と、屋号の『イエローエステート』にかけている。風水的にも金運が上がる色だ。つい先日仕上がったばかりでな。ここ数日はもっぱら、この皿を使っている」

一花がここの家政婦をやめてから手に入れたものらしい。まん丸の黄色い皿は、まるでお月さまのようだ。

「さて、食事にしよう。昼には少々遅くなったが、遠慮なく食べてくれ」

ひとしきり自分専用の皿を自慢した黄場は、やがてそう言った。続けて、パンパンと二度、手を叩く。

「……おい、諏訪野、里見。お前らは、例の『あれ』を頼む」

あれって何のこと？　と一花が首を傾げていると、諏訪野がサッと立ち上がって黄場の左側に歩み寄った。右側には家政婦のマツ子が立つ。

まず動いたのは諏訪野だった。黄場の前に置かれたスプーンを手に取り、黄色い皿に盛られたスープをそっとすくって自分の口に運ぶ。

「異常ありません、社長」

同じスプーンが、今度は陽気な家政婦に渡った。マツ子はそれを皿の中に勢いよく突っ込み、スープをガバッとすくって大きな口へ……。

「大丈夫です。美味しいですよぉ～」

主の皿に注がれたスープを味わい、心の底から幸せそうな顔をしているマツ子を見て、リヒトがぼそっと呟いた。

「毒見でもしてるのかな」

すぐさま黄場が「そうだ」と返す。

「防犯対策は厳重にしているが、食べ物は外から持ち込むしかない。俺は脅迫者に狙われているんだぞ。どこで何が混入されるか分からんだろう。それに……身近に内通者がいる可能性もあるしな」

タヌキっぽい丸い目が、左右に立っている諏訪野とマツ子を捉える。

（二人のことまで疑ってるんだ……！）

息を呑む一花をよそに、部下と家政婦は平然とした顔で元の場所に戻った。疑われているというのに、何も言い返さない。主の言うことには絶対服従、という感じだ。

二人の毒見が済むと、黄場はようやく黄色い皿の中身を口にした。席に戻った諏訪野や一花たちも、そこでスプーンを手に取る。

スープの皿が空になると、今度はローストビーフの載ったサラダが運ばれてきた。

諏訪野とマツ子はスープのときと同じように、黄場の前に置かれたカトラリーを使って盛られたものを一口ずつ食べる。

(まさか、全部の料理を毒見させるつもり?)

一花が思った通りになった。

サラダの次に出てきたのは、メイン料理のチキンソテーである。黄場は左側に立つ諏訪野を見ながら、こんがり焼かれた一枚肉の端っこを指さした。

「おい諏訪野。お前はこのあたりを毒見しろ」

諏訪野は黄場のナイフとフォークを使って指示通りの場所を切り分け、迷わず口に入れた。「問題ありません」と答えてから、カトラリーをマツ子に渡す。

「お前は真ん中あたりを試してみろ」

次に黄場が指さしたのは、肉の真ん中だ。

マツ子は「分かりましたぁ~」と言いながらフォークをずぶりと肉に突き刺し、ナイフを小刻みに動かし始める。

「いただきまぁーす」

大きな塊が吸い込まれるようにしてマツ子の口の中に消えた。

チキンソテー全体の四分の一……いや、三分の一はありそうだ。しかも真ん中の、一番美味しいところである。

一花は思わず苦笑いした。食事を始めたときは、マツ子だけが食べられないのをちょっと気の毒に思ったが、ちゃっかりしっかり味わっている。料理を作っている間も、きっと散々味見をしたに違いない。

「あぁ、俺の肉が……」

黄場も眉をハの字にして嘆いたが、自分が指示したことなので強くは言えないようだった。マツ子の「美味しぃ！」という報告……いや、ただの感想を聞くと、肩を落として残った肉を食べ始める。

「徹底した毒見だね」

リヒトが半分呆れ顔で言った。

黄場は毒見の際、自分のフォークやナイフを使わせているが、これはカトラリーに毒が塗られていないか確かめるためだろう。チキンソテーの部位をランダムに指定したのは、偏った場所に毒が仕込まれていないか警戒しているせいだ。

二人に毒見をさせたら、自分で食べる量がかなり減ってしまう。にも拘わらず黄場がその行為をやめないのは、それだけ己の身が心配だからに違いない。

一花は料理を口に運びながら、つくづく思った。いくらお金が儲かるとしても、誰かに命を狙われるような生き方だけはしたくない。

毒見の様子をまざまざと見せつけられて、すっかり気が滅入った。せっかくの料理が台無しである。

溜息を吐きながらふと視線を移すと、そこにリヒトの姿があった。ぼんやりと虚空を見つめ、なんだか憂鬱な顔をしている。

皿の上にはまだ料理が残っているのに、フォークとナイフをすでに置いていた。確か、スープやサラダも残していたはずだ。食が進まないのだろうか。

「口に合わなかったかな、リヒトくん」

そんな様子に諏訪野が気付いて、そっと話しかけた。リヒトはアンニュイな顔つきのまま答える。

「ああ……僕のことは気にしないで。いつもこんな感じだから」

一花は、隣に座っていた林蔵に小さな声で尋ねた。

「リヒトさんって、いつもあんなに少食なんですか？」

林蔵は途端に、困り顔になった。

「はぁ……。いろいろと事情がございまして」

そうこうしているうちに、デザートとコーヒーが運ばれてきた。これが本日最後のメニューである。

デザートは、白くてぷるんとしたパンナコッタだった。ミントの葉が添えられ、カラメルソースがかかっていて、とても美味しそうだ。

相変わらず、黄場のデザート皿だけが黄色い。もちろん、コーヒーカップとソーサーも同じ色だ。

黄色い皿の持ち主は、テーブルについた一花たちを見回して満足そうに笑った。

「どうだ。料理は美味かっただろう。俺の好みに合わせて作らせたメニューだ」

正直なところ、雰囲気に押されて味はよく分からなかった。

が、盛り付けは綺麗だったし、仕事が丁寧だ。マツ子はよく食べる分、料理をするのも大好きなのだろう。

この家で家政婦を半年やっていたので、一花は黄場の食の好みをだいたい把握している。確か、好物は鶏肉と鯛の刺身、それから濃いコーヒーだ。

逆に、酸っぱいものが嫌いだった。柑橘類や酢の物、酸味の強いワインなどは、口に入れただけで吐き出すと言っていたので食卓に上げたことはない。

「諏訪野、里見。デザートの毒見をしろ」

黄場が顎をしゃくると、二人がすっ飛んできて両側に立った。

まずは諏訪野が親指の先ほどの量を毒見する。続けてマツ子が、スプーン山盛り一杯分を口の中に放り込んだ。

「問題ありません」

「う～ん、甘くて美味しいですよぉ～」

報告とただの感想を聞くと、黄場は安堵の表情を浮かべた。二人が毒見に使ったスプーンを手に取り、ぷるぷるのパンナコッタをすくい上げる。

「…………っうっ！」

ほどなくして、室内に呻き声が響いた。

黄場が口元を両手で覆い、苦しそうに顔を歪めている。そのまま椅子から立ち上がろうとしたが、よろめいてどーんと尻餅をついてしまった。

ガチャンと派手な音がして、テーブルの上にあったカップがいくつか倒れる。

「社長！」

諏訪野が叫んで立ち上がった。そのまま黄場のもとへ駆け寄り、床に倒れ込んだ恰幅のいい身体を支える。

「社長、社長！　しっかりしてください！」

その光景を、一花は呆然と見ていた。普段は色艶のいいタヌキ顔が、驚くほど真っ青だ。どんどん生気（せいき）が抜けていって、今にも死んでしまいそうである。

（ま、まさか、毒――?!）

恐ろしい言葉を思い浮かべて震え上がった一花の耳に、弱々しい声が届いた。

「す…………酸っぱい」

「……え？」

一花が聞き返すと、黄場の絶叫が響き渡った。

「酸っぱい！　そのデザートは、酸っぱいんだあぁぁぁぁぁっ――!!」

素早く反応したのはリヒトだった。黄色いデザート皿に盛られたぷるぷるの塊をいろいろな角度から眺め、顰め面をする。

「この皿のデザートだけ、表面が瑞々しい。よく観察して初めて分かる程度の差だけど。何か、全体的に酸味のある液体が振りかけられてるみたいだね」

「黄場さま、ひとまずお水を」

林蔵が手近なグラスに水を注ぎ、念のため自分の手の平に少し零して、味見してから差し出した。黄場はそれを飲んでようやく落ち着き、よろよろと立ち上がる。

「これは、どういうことだ」

低い、威嚇するような声だった。ぎょろりとしたどんぐり眼が、一花たちを順番に射貫いていく。

「おい、誰か答えろ！　どうして皿の中身がこんなことになってるんだ！　一体、誰がやった。俺を脅迫してる奴の仕業なのか?!　毒見までさせたのに、どうやって、どうやってこんな……うわぁぁぁぁぁぁっ――!!」

ひとしきり叫んだあと、黄場は食事室の床にがくりとへたり込んだ。

6

念のため一花たちはデザートに手を付けないまま、ランチタイムはお開きになった。

リヒトがテーブルの上に残っていた皿をすべて調べた結果、酸味のある液体が振りかけられていたのは、黄場の前に置いてあったパンナコッタだけだった。

混入された液体に臭いはなく、ただ酸っぱいだけで害はないようだ。その正体について、リヒトは「クエン酸を水に溶かしたものじゃないかな」と推測した。

クエン酸なら毒性はない。手作りのスポーツドリンクに入れたりするし、汚れを落とす力があるので、子供が口にしても安全な掃除用洗剤としても利用できる。

黄場が苦しんでいたのは、ただ単に酸っぱいものが苦手だからだ。つまり、味さえ我慢できれば食べても平気だったのだが……問題はそこではない。

『S駅前のショッピングモール開発から手を引け。さもなくば、お前の秘密を暴露する。これは悪戯ではない。その証拠に、近々お前の身に何かが起こるだろう』

まさに、黄場の身に『何か』が起きてしまった。

混入されたのが無害なものだからよかったものの、これが毒だったらどうなっていたことか……。

液体が振りかけられていたのは、黄場の黄色い皿だけだ。脅迫者が黄場だけを狙って混入したのだろうか。

そうだとしても、方法が分からない。

黄場は諏訪野とマツ子に毒見をさせていた。二人は黄場が口にしたのと全く同じデザートを食べたが、なんともない様子だった。

特にマツ子はかなりの量を味わったはずなのに『甘くて美味しいですよぉ～』とまで言ったのだ。

にも拘わらず、黄場が食べたときは酸っぱくなっていた。

「手伝ってもらっちゃって悪いわねぇ～」

一花がこれまで起きたことをつらつら考えていると、横合いから呑気そうな声がした。見ると、マツ子が布巾を手ににしてにっこり微笑んでいる。

ここは、ついさっきまで昼食をとっていた食事室だ。黄場は青い顔のまま、諏訪野に肩を支えられて隣の客間に行った。リヒトと林蔵もそれに付き添っている。

客だからといってじっとしていられる状況でもなく、一花はマツ子を手伝ってこの部屋の後片付けをしていた。『あとで調べるかもしれないから』とリヒトに言われ、黄場が使った食器だけはそのままにしてあるが、それ以外はすでにキッチンに運んで洗ってある。あとはテーブルを拭いて椅子を整えれば終了だ。

「とんでもないことになっちゃったわねぇ。旦那さま、脅迫されてるんですって？　無理もないわぁ。ちょっときつい人だし。……それに比べて、部下の諏訪野さんはいい人よねぇ。よく見るとイケメンだし。あたし、あの人がいなかったら三日でここの家政婦をやめてたと思うわぁ」

「分かります！　諏訪野さんはとってもいい人です！」

一花はマツ子にすかさず同意した。

「あの人は会社でも評判がいいみたいよぉ。面倒見がよくてねぇ。下にきょうだいがいるせいかしら」

「そういえば、弟さんがいるって言ってましたね」

以前、諏訪野本人から弟の話を聞いたことがある。一花にも妹がいることを伝えてあった。

「弟さんは三歳くらい下で、今はどこかでスイーツのお店をやってるって言ってたわよぉ。珍しいフルーツを使ったお菓子がたくさん置いてあるんですって」

「へぇー、それは初めて聞きました」

「店を出すのに、諏訪野さんもいくらか出資したみたい。弟想いねぇ。あの人、あたしがつまみ食……味見してもうるさく言わないの。時々、美味しいものを差し入れてくれるのよ。さっきお昼ご飯を作ってたときも、キッチンで果物をくれたの。あたし、その場でぺろっと食べちゃった」

ローストビーフをあれだけたくさんつまみ食いしていたのに、差し入れの果物まで平らげていたとは……。

一花が半分呆れ、半分感心していると、食事室のドアが開いた。入ってきたのは麗しき貴公子と、彼に影のように付き従う執事である。

「リヒトさん、林蔵さん、あの……黄場さんは大丈夫でしたか？」

一花の質問に答えたのはリヒトだった。

「身体に異常はないよ。精神的には堪えてるみたいだけどね。これから警備会社に連絡を取って、ガードマンを呼ぶことになった」

害がなかったとはいえ、食べ物に異物が混入していたのだ。もしかしたら事件性はなく、何かの手違いかもしれないが、脅迫状が届いたことも考えて大事を取るべきである。

「警備はプロに任せるから、僕たちは帰っていいと言われた。……というわけで、引き上げよう。林蔵、運転を頼む」

「承知いたしました、リヒトさま」

林蔵がサッと部屋を出ていった。リヒトも踵を返し、退去の姿勢を示す。

「あ、待ってください。まだ片付けがちょっと残ってて……」

という一花の声を遮って、マツ子がすす……とリヒトに歩み寄った。

「んまぁっ、いい男ねぇ～。近くで見るとますます男前だわぁ！」

なれなれしく身体に触れられ、リヒトは若干顔を引きつらせた。思う存分美男子にタッチしたマツ子は、うっとりとした面持ちで口を開く。

「旦那さまから聞いたわよぉ。あなた、お金持ちの家で起こった事件を次々解決してるんでしょう。この間は南青山のセレブ姉妹を助けたんですってね。すごいわぁ～。その辺の怪しい探偵より、よっぽど優秀ね！」

どうやら、貴公子探偵は一花が思っている以上にすごい実績を出しているらしい。

「これも旦那さまが言ってたけど、あなたって相当いいところのお坊ちゃんなのよね。顔がよくて仕事もできてお金持ちだなんて、神様みたい。ちょっと拝ませて」

マツ子はリヒトの前で両手を合わせた。

一花もつられて心の中で合掌した。「将来、風呂付きの家に住めますように」と祈りながら。

時刻は夕方の六時半。広大な庭に、茜色の光が注いでいる。

一花とリヒトと林蔵は、松濤の家に戻ってきた。今は広いリビングで、揃って休憩を取っているところだ。

リビングには二人がけのソファーが向かい合わせに一つずつ置いてある。奥まった側にリヒトが座り、反対側に一花と林蔵が並んでいた。

「黄場さんのこと、警察に連絡した方がいいんじゃないでしょうか……」

部屋の中はしばらく静まり返っていたが、一花はやがて、おずおずとそう口にした。

リヒトはソファーの背もたれに身体を預け、溜息を吐く。

「警察か……。常識的に考えたら、僕も警察の手を借りる方がいいと思う。だけど、黄場はそうしないだろうね」

一花は「どうしてですか？」と尋ねた。

今回の件は、何と言っても人の命がかかっているのだ。もちろん悪戯の線は捨てきれないし、ガードマンを雇うのも一つの手だが、やはりここは警察に捜査をしてもらった方がいいように思う。

「警察に通報すれば身を守ってもらえるかもしれないけど、そのときは探られたくないことまで探られる。黄場にはきっと、触れられたくない脛の傷があるんだよ」

「脛の傷……って、何でしょう」

「詳しくは分からないけど、脅迫状には『さもなくば、お前の秘密を暴露する』って書いてあっただろう。その『秘密』が関係してるんじゃないかな。そもそもあんな物騒な手紙が届いた時点ですぐ警察に行けばよかったんだ。だけど、そんなことをしたら秘密について突っ込まれる。よほど触れられたくないことなんだろうね。だから黄場は、僕に解決を依頼してきた」

リヒトの顔にはどこかシニカルな笑みが浮かんでいた。時折綺麗な金色の髪をかきあげながら、淡々と話を続ける。

「探偵なら僕以外にもたくさんいるだろうけど、金持ちはそうじゃない人間をまるで信用してないんだよ。だからたとえ何か厄介事が起こったとしても、自分より貧しい人間に調査は頼まない」

「そういうものなんですか？　私が探偵を雇うとしたら、実績を見て決めますけど……」

「実績も大事だよ。だけど、雇った探偵が資金繰りに困っていたらどうかな。家の中を調べていて何か金目のものがあったら、こっそりポケットに入れてしまうかもしれない。金持ち連中は、そんな探偵を家の中に入れたくないって考えるのさ」

「えぇ～。それ、探偵のことを泥棒扱いしてませんか？」

「もちろん全員が全員、そう思ってるわけじゃないけどね。実際のところ、疑り深い金持ちは多い。そういう連中が求めているのが『金持ちの探偵』なんだ。だからこそ、僕が引っ張り出される。何せ、この通りの暮らしぶりだからね」

リヒトは両手を投げ出すように広げて肩を竦めた。

確かに、リヒトほどお金持ちな探偵はいないだろう。しかもマツ子の話によれば、この貴公子探偵は相当いろいろな事件を解決しているらしい。

「このお家を見たら、みんなリヒトさんがお金持ちだって納得しますね。実績の点でも問題なしだ。

ブルジョワな空気にすっかり中てられ、一花はしみじみと言った。

そのほんの些細な呟きに、リヒトの顔がふっと曇る。

「この家は、ただの入れ物だよ。厄介者の僕を追い払うための」

「厄介者……？」

一花が首を傾げたとき、ずっと黙っていた林蔵がピクッと動いた。

「リヒトさま。一花さんにご家庭のことをお話しになるのですか？」

「うん。もう面倒だから話すことにする」

リヒトが頷いたのを見て、執事は再び口を噤んだ。青く澄んだ瞳が、一花の方に向けられる。

「黄場家に行く前も少し話したけど、僕の戸籍上の父親は、会社を経営している日本人だ。……ただし、僕の母は正妻じゃなかった。要するに僕は、隠し子なんだよ」

「隠し子……?!」

そんな単語は、フィクションかワイドショーでしか聞いたことがない。

「そう。母さんが僕を身籠った時点で、父には正妻と息子がいた。ドイツ人の母さんは日本の事情に疎くてね。父が会社の経営者であることも、妻帯者だということも知らなかったんだ。妊娠を告げられた父は、母さんを置いて一人で逃げた」

「ひ、ひどい！」

一花は拳を握り締めていた。独身だと偽って不倫をしておいて、子供ができたら逃げるなんて、典型的な駄目男だ。

「母さんは僕を一人で育てた。祖父母……母さんの両親はもう亡くなってたけど、もともと資産家で、家と財産を残してくれたんだ。だから全然苦労はなかったよ。二人で楽しく暮らしてたんだ。……三年前、母さんが事故で死ぬまでは」

リヒトが父親の件を知ったのは、母親のなきがらが荼毘に付されてからだった。

当時まだ十四歳だったリヒトに手を差し伸べたのは、母親と旧知の仲だった弁護士だ。

その弁護士は職権をフルに利用してリヒトの父親を探し当て、息子を認知するように迫ったという。

「『これからは親としての務めを果たす』と父は言った。だから僕はドイツの家を引き払って日本に来た。……でも、所詮は隠し子だからね。家族として受け入れられることはなかったよ。父親には本妻と息子がいて、僕のことを嫌ってる。お金だけ寄越して僕をこの家に押し込んで、あとは我関せずだ。認知もするし養育もしてやるから、東雲家とは関わるなと言われてる。『務めを果たす』なんて、大嘘だったんだ」

聞いていて、気分が落ち込んでくる。いくら隠し子とはいえ、実の父親を含めてみんなで仲間外れにするなんてあんまりだ。

リヒトの言動を見ていると、貴公子ぶりが染みついている。生まれ育ったドイツの家も、きっと裕福だったに違いない。

それをわざわざ引き払って日本にやってきたのは、一緒に暮らす家族が欲しかったからだろう。なのに……。

「そんなに深刻な顔しないでよ、一花。東雲の本家に爪弾きにされているからこそ、僕はこうやって好き勝手に謎解きができるんだ。大丈夫。そこそこ満足してるよ」

「でも……」

一花は一瞬顔を伏せたが、そのときはたと気付いた。

すでに時刻は夜の七時を回っている。なのに、夕飯をまだ食べていない。今日は昼食が遅めだったので一花はまだ満腹だが、リヒトはほとんど残していた。きっと空腹だろう。

「あの、私そろそろ、夕飯作ります！」

勢い込んで立ち上がる。仮採用とはいえ、一花は家政婦だ。今はちょっと妙なことに巻き込まれているが、本来の仕事は家事である。いよいよ腕の見せ所だ。

「林蔵さん、キッチン使いますね！　冷蔵庫の中に使えそうな食材があるか、見てもいいですか？」

「ええ、それは構いませんが……」

一花のやる気満々の視線を受けて、林蔵は困惑の表情を浮かべた。しばらく思案してから「実際にお見せした方が早いですな」と呟いて、広いリビングの果てを指さす。

「冷蔵庫はあちらです。案内いたしましょう」

黄場家は食事室とリビングとキッチンがそれぞれ独立していたが、この松濤の家は違う。だだっ広いリビングにソファーセットとダイニングテーブルが置かれ、一番端にカウンター付きのキッチンがある形だ。

林蔵に伴われてキッチンスペースに足を踏み入れると、シンプルな冷蔵庫が設置されていた。年齢を刻んだ手が、おもむろにその扉を開く。

「えっ……何これ」

すーっと流れてくる冷気を顔で受け止めながら、一花は絶句した。

冷蔵庫の中に入っていたのは、大量の箱、箱、箱。無機質なパッケージには『バランスサプリフード』という文字が印刷されている。中身は、おそらく栄養価の高いブロック型のクッキーだろう。

　他に入っているものといえば、紙パックの牛乳と作り置きのお茶くらいだ。野菜や肉、卵など、生鮮食品の類は一切ない。

　林蔵は詰め込まれた箱を二つ手に取って、一花に見せた。

「リヒトさまのお食事は、定期的に取り寄せているこの栄養食品です。味は四種類あり、いつも二種類を選んでお出ししております」

「……嘘でしょ？　まさか一日三食、そのクッキーだけですか？」

「ええ」

　首肯する執事を見て、一花は少し気が遠くなった。それからハッとして尋ねる。

「アレルギーとか、そういう事情があるんでしょうか」

「いえ……そういうわけでは」

「僕は、食べることに興味が持てないんだよ」

　言葉を濁した林蔵の代わりに、リヒトが割って入ってきた。ソファーに座っていたはずなのに、いつの間にやらキッチンの出入り口に立って一花たちを見つめている。

「いつからか、食欲が湧かなくなった。何も食べたくない気持ちが日に日に強くなる。なんとかしようと思って、日本に来てから美味しいと言われているものはたいてい食べたけど、駄目だったよ。みんな似たり寄ったりで何かが足りないんだ。どれも、僕の探している味とは違う」

滑らかな頬に、長い睫毛の影が落ちていた。視線を落とすリヒトの周りに、どこか切ない雰囲気が漂っている。

「難解な謎を解決したあとの食事は、どんなフルコースよりも美味しい……母さんはそう言ってた。確かに、頭を使うと身体が栄養を求める気がするよ。今のところ、謎解きだけが唯一、僕の食欲を少しだけ引き出してくれる」

黄場家で出された食事をほとんど残していたリヒト。林蔵は「いろいろと事情がございまして」と言っていたが、その事情がようやく明らかになった。

リヒトは食欲を繋ぎ止めてくれるもの……『美味しい謎』を、常に追い求めている。そうしなければきっと、何も食べる気になれないのだ。

「謎解きのお陰で栄養をとっておこうと思うようにはなった。けど、きっと何を食べても美味しくない。だから、僕の食事は毎回その栄養食品で構わないよ……」

「そんなの駄目です！」

投げやりな呟きを打ち消すように、一花は身を乗り出して叫んだ。

「大丈夫だよ。それは完全栄養食だから、毎日六箱食べれば飢え死にすることはない」

「いいえ、これじゃ駄目です！　食事は気分が大事なんです。いえ、むしろ気分をアゲるためのものなんです。こんな、クッキーみたいなものだけなんて……そんなの全然楽しくない！」

調理師をしている一花の母が言っていた。

『みんなの笑顔と、ちょっとの工夫があれば、もやしだっておからだって、サーロインステーキと同じくらい美味しくなるんだから！』

ちょっとの工夫——母がかけたその魔法で、格安のメニューは驚くほど美味しくなった。母と妹と、三人で笑い合って食べた温かいご飯が、この世で何よりのご馳走だ。

毎日毎日クッキーを齧るだけなんて、考えただけで気が滅入る。栄養面では完璧でも、気持ちの面ではあまりにも不健全だ。

一花にとって、食事はとても楽しい時間である。家政婦として、リヒトにもできれば同じ楽しみを味わってもらいたい。

「リヒトさん、もっと別のものを食べましょう。私、こう見えて調理師の免許を持ってるんです。リクエストがあれば言ってください」

どんと胸を叩く一花に対し、リヒトは顔を顰めた。

「別に、今のままでいいよ。どうせ何を食べても変わらないから」

「そんなことないです。クッキーだけなんて……！」

「一花さん。お気持ちは分かりますが、こればかりは。どうかお控えください」

反論しようとしたところを、林蔵にやんわりと止められる。しかし一花はその腕を振りきって、リヒトを見つめた。

「もっと、いろいろなものを食べた方がいいです。リヒトさんはまだ十七歳なんですよ。

まさに育ち盛りなんですから！」

その途端、整った顔に怒りの色が浮かんだ。リヒトは一花との間合いを詰め、ゆっくりと口を開く。

「……分かった。一花がそこまで言うなら、何か作って見せてよ」

リヒトはしばらく一花を睨んでいたが、やがて冷ややかに口角を上げた。冷蔵庫の扉に、手の平をバンと叩きつける。

「ただし、使っていいのはこの家にある材料だけだ。それから……もし美味しくなかったら、家政婦の仮採用は取り消す」

「えぇぇっ！　そんな！」

突如として、目の前に難題が降ってきた。

悠然と佇む貴公子と、ろくに食べ物が入っていない冷蔵庫を眺めながら、一花は呆然とその場に立ち竦んだ。

7

（家の中にある材料だけって……）

一花は焦って冷蔵庫の中を見回した。だが、何度確認しても入っているものは変わらない。大量の栄養食品と牛乳、そしてお茶だけだ。

いくら調理師の免許を持っているとはいえ、材料がたったこれだけでは……。

「どうしたの、一花。何か美味しいものを作って見せてよ」

急かすようなリヒトの声を聞いて、背中に嫌な汗が伝う。

一品でもいい。限られた材料を使って何か考えなければ。そうしないと、せっかくの仮採用が取り消されてしまう。要するに、クビだ。ここを追い出されたら、またしばらく母と妹に迷惑をかけることになる。それなのに……。

一花はがっくりと肩を落とした。その拍子に、背の高い冷蔵庫の下半分が視界に入ってくる。

「あれ……？」

今しがた開けた扉の下に、もう一つ扉がついていた。抽斗タイプの冷凍室だ。

（こっちに、何か入ってるかも！）

はやる気持ちを抑えて取っ手を引っ張る。

中に入っていたのは、プラスチックの大きな容器だった。某有名パティスリーが出しているバニラアイスクリームだ。しかも、業務用サイズである。

「それは来客があった際にお茶と一緒にお出ししています。リヒトさまに探偵の依頼をされる方が、直接この家にいらっしゃることもあるのです。五月に入って暑くなりましたので、最近は冷たいものを用意しております」

林蔵が丁寧に説明してくれた。

半分ほど減ったバニラアイス。それを見て、一花の脳内にビビビッと電流が流れる。

（——これだ！）

すぐさまリヒトに向き直った。

「リヒトさん。『使っていいのはこの家にある材料だけ』って言いましたよね。家の中にさえあれば、なんでもいいですか？」

リヒトは突然振り向いた一花に多少面食らいながらも、皮肉な笑みを崩さなかった。

「別に構わないよ。でも、うちにある食材は、その冷蔵庫の中身だけだと思うけど」

「いいえ、もう一つあります！」

言うが早いか、一花はリビングのソファーに置きっぱなしだった自分のトートバッグに駆け寄った。

「えーと、確かこのへんに……あった！」

全財産・三千八百円が入った財布に、スマートフォン。百円ショップで買ったハンドタオル……それらをかき分けて探し当てたのは、円柱形の小さなビンだった。中には、赤い粉が入っている。

七味唐辛子——日本が誇る万能の調味料だ。

一花はそれをぎゅっと握り締め、リヒトと林蔵の待つキッチンへ戻った。

「このアイス、使わせてもらいますね」

業務用サイズのバニラアイスをスプーンですくって、ガラスの器に盛る。少し待って、端が溶けてきたところでリヒトに差し出した。

「ん？　アイスクリームを盛り付けただけ？　僕はこれ、客に付き合って一口食べたことがあるよ。普通の味だった。これだけじゃ、とても及第点はあげられないな」

「ただのアイスじゃありません。これを加えてみてください！」

訝しげな顔をするリヒトに、一花はあるものを見せた。言わずもがな、さっき持ってきた七味唐辛子の小ビンだ。

「これ……唐辛子？　まさかこれをアイスクリームにかけろって言うの？　嘘だよね?!」

「嘘じゃないです。もし嘘だったら、私、とっくにくしゃみを連発してます」

「無理だよ。アイスクリームに唐辛子なんて、合うわけないじゃないか！」

リヒトは顔を引きつらせて後ずさりした。しかし、一花はめげない。唐辛子の小ビンを持って、じわりじわりと追い詰めていく。

「この家にある材料で何か作れと言ったのはリヒトさんでしょう。約束通り作ったので、食べてください。ほら、早くしないと溶けちゃいますよ！」

「断る。美味しいわけない」

「美味しいか不味いかは、一口食べてから判断してください。さあ！」

止めに入ろうとする林蔵を押し退け、一花はリヒトに迫った。クビがかかっているのだから、なりふりなど構っていられない。

それに、適当なことを言っているわけではない。とにかく一口、食べてほしい。

一花の祈り……いや、執念が通じたのか、リヒトはアイスの載った器と七味唐辛子の小ビンを持って、キッチンの前にあるダイニングテーブルについた。たどたどしい手つきで小ビンの蓋を開け、赤い粉を白いアイスの上にそっと振りかける。

「もうちょっと多めに。一人分のアイスに対して、小匙一杯くらい足してください」

一花が横から口を挟むと、恨めしそうな目つきが飛んできた。

「……本当に美味しいの、これ」

それに対する答えは、ただ一つだ。

「食べてみてください」

覚悟を決めたのか、リヒトは小ビンを思いきり振った。アイスの表面が真っ赤になったあたりで手を止め、デザートスプーンを差し込む。

「……あれ？」

七味の化粧が施されたアイスを食べたリヒトの顔に、驚愕の色が広がった。

「何だろう、この食感。パリパリしてて、クラッカー入りのアイスクリームみたいだ。甘さのあとに、ぴりっと辛みを感じる。辛いけど、爽やかだ。バニラの風味が引き立つ……」

あれ？　あれ？　と首を傾げながら、リヒトは次々と器の中身を口に運んだ。盛られていたアイスがあっという間になくなる。

最後の最後に、出てきた言葉がこれだった。

「美味しい……」

やった！　と心の中で叫んで、一花は胸を撫で下ろした。これでひとまずクビは回避だ。

「リヒトさまが、栄養食品以外のものをお召し上がりになるとは……」

傍らでは、林蔵が感極まって泣きそうになっている。リヒトの指示通り栄養食品を出しつつも、内心では心配していたのだろう。

「おかしいな。合うはずないと思ったのに……美味しかった」

自分で空にした器を見て、リヒトはやや困惑していた。一花はテーブルに置いてあった七味の小ビンを持ち上げる。

「七味は何にでも合うんですよ。『チョイ足し』するだけで、食べ物が美味しくなります。私、いつも持ち歩いてるんです」

七味唐辛子は、数々の薬味や香辛料が合わさった日本のブレンドスパイスだ。最も優れているのは、ササッと振りかけるだけで手軽に使える点である。

アイスに足せば、七味に含まれているゴマや麻（あさ）の実が香ばしさとパリパリした食感を演出し、辛さが甘みをさらに引き立てる。ただのバニラアイスが全く別のデザートに早変わり。まるで魔法だ。

七味の便利さは、一花の母が教えてくれた。七味アイスを勧めてくれたのも母だ。

母はチョイ足しの天才である。何気ない料理にちょっと振りかけるだけ、混ぜるだけ。そんな僅かな工夫で、なんでも美味しくしてしまう。

一花もチョイ足しレシピを受け継いで、少しずつ実践している。

七味を持ち歩いているのもその一環だ。外出先でテイクアウトの料理を食べる際にちょっと振りかけて、新たな味を発掘している。

「不思議だな……。七味を結構たくさんかけたのに、思ったより辛くないんだね。ぴりっとして、いい刺激だった」

リヒトは一花の手の中にある小ビンを興味津々な様子で見つめた。

「アイスに含まれる油分が、唐辛子の辛みを抑えてくれるんです。だから七味をたくさんかけても辛くならないんですよ」

一花は、調理師の専門学校で習ったことをそのまま説明した。

唐辛子の辛み成分・カプサイシンは、油に溶けやすい性質がある。だからもし辛すぎるものを口に入れてしまったときは、水ではなく油分の多いものを飲んで舌の上に残った辛みを溶かすといい。

唐辛子だけでなく、カレーの辛み成分も油に溶けやすい。インドカレーの店にラッシーが置いてあるのは、ラッシーに含まれる油分で舌に残る辛さを落ち着かせるためだ。

「油が、辛さを感じにくくさせるのか」

リヒトは一花の説明を聞いてふむふむと頷いている。素直に感心しているようだ。

と、そこへ、林蔵がすーっと近づいてきた。

「アイスクリームに七味をかけるとはお見事。この林蔵、感服いたしましたぞ。今度お客さまにも出してみようかと思うのですが、いかがでしょう、一花さん」

　随分年上の執事に褒められ、一花は半分照れながらも首を傾げた。

「うーん、七味アイスは美味しいですけど、いきなり出てきたらびっくりするかもしれません。見た目にインパクトがあるので……」

　実際、リヒトはアイスと七味を見てかなり引いていた。

「言われてみればその通りですなぁ。……では、どこか評判のいい菓子店をご存じありませんか。お客さまに出す茶菓を探しているのです。定番のものもいいですが、変化をつけたいと思っているのですよ。このあたりの店は、すでに行き尽くしました」

「お菓子屋さんですか。うーん……」

　普段から質素な生活を送っている一花は、高級な菓子店に縁がない。知りません、と答えようとしたが、その前に思い出したことがあった。

「そういえば、諏訪野さんの弟さんが、どこかでスイーツの店をやっているって聞きました。珍しいフルーツを使ったお菓子が置いてあるって……」

「珍しいフルーツ？」

　反応したのは、林蔵ではなくリヒトだった。端整な顔を僅かに傾け、続けて一花に問いかける。

「他に、一花が黄場の家で見聞きしたことはある？」

「えーと、他には……ああ、昼食を作っているとき、マツ子さんが諏訪野さんから果物をもらって食べたと言ってましたね」

「果物……」

青い瞳がみるみる見開かれ、そのままのポーズで静止する。微動だにしない貴公子の姿は、とりわけ美しく作られた人形のようだ。

が、止まっていた時間は、すぐに動き出した。

「林蔵。諏訪野の弟がやっている店について、至急調べてくれ！」

リヒトは鋭い声で指示を飛ばすと、貴公子スマイルを浮かべて一花を振り返った。

「ありがとう、一花。アイスクリームに唐辛子をかけてくれたお陰で——謎が解けたよ」

8

一花とリヒトと林蔵は、再び黄場家に赴いた。

時刻は夜の九時。瀟洒な建物の周りには、黄場が雇ったガードマンたちの姿が見える。

（本当に、謎は解けたのかなぁ）

通された客間で、一花は隣に立っている美麗な貴公子をそっと見つめた。

リヒトは松濤の家で林蔵に何件か電話をかけさせたあと、さらにどこかに使いに出した。

その林蔵が戻ってくるのを待って、黄場家に乗り込んだのだ。

一花はなんとなく流れでリヒトについてきただけで、詳しいことは何も聞いていない。

謎が解けたとはどういうことだろう。黄場を脅迫していたのは一体誰なのか。毒見係が二人もいたのに、黄場の黄色い皿にどうやって異物を混入したのか……。

「お前ら、また来たのか。こんな時間に」

やがて、客間にこの家の主・黄場が現れた。昼の一件が尾を引いているのか顔色はまだ冴えず、横に諏訪野がぴったりと付き添っている。

黄場とリヒトがソファーに向かい合って座り、一花と林蔵、そして諏訪野は適当な場所に立った。

「みんな揃ったね。じゃあ始めようか。早速だけど——謎が解けたよ」

リヒトは優雅に足を組み、開口一番そう言った。途端に黄場が目を丸くする。

「本当か?! この俺を脅迫していたのが誰か、分かったと言うのか?!」

「うん。分かった。黄場さんを脅迫していたのは——」

たっぷりと間を置いて、リヒトの長い指がある方向に向けられた。そこに立っていたのは、爽やかな好青年だ。

「——諏訪野さん、あなただよね。あなたが黄場さんを脅迫して、デザートに酸味のある液体を振りかけたんだ」

「ええぇぇぇぇっ——!! どういうことですか、それ!!」

名指しされた本人ではなく、一花の絶叫が部屋の中に響き渡る。

「どういうことって聞かれても、ありのままの事実だよ」

リヒトは顔色一つ変えずに言ってのけた。

「そんなの嘘です！　だって、諏訪野さんは黄場さんの直属の部下ですよ。そんなことあるわけ……」

さらに突っ込もうとした一花の腕を、誰かが遠慮がちに引っ張った。横を見ると、林蔵の神妙な顔が目に飛び込んでくる。

「一花さん、この場はリヒトさまにお任せいたしましょう」

横から、諏訪野も口を挟んだ。

「俺も執事さんに賛成。リヒトくんの言い分を聞いてみようよ」

疑いをかけられている当の本人にそう言われたら、一花も引き下がらざるを得ない。いろいろ突っ込みたい気持ちを抑えて口を噤む。

「諏訪野が俺を脅迫していただと？　詳しく話してみろ」

依頼主である黄場も、話を聞く姿勢を見せた。

リヒトはソファーの上で一度足を組み直してから、ゆっくり話し出す。

「脅迫状には『S駅前のショッピングモール開発から手を引け』と書いてあったよね。そして黄場さんは『寂しい商店街をぶっ潰して、ショッピングモールを作る』と言ってた。林蔵に調べさせたら、問題のS駅の近くには、確かに商店街があったよ」

黄場はニヤリと顔を歪めた。

「商店街と呼ぶのもおこがましい。並んでいるのは、どれもちっぽけでみすぼらしい店ばかりだ。あんな時代錯誤なものは潰して、最新鋭の商業施設にする。客だって、その方が嬉しいだろう」

「客が喜ぶかどうかなんて、僕は知らないよ。肝心なのは『商店街の中に店を構えている人』の存在さ。開発を進めるなら、その人たちに店を畳んでもらわないといけないよね。全員が全員、首を縦に振ったのかな」

「それは……鋭意交渉中だ。それに、閉店しろと言ってるんじゃない。いったん店を畳んで、新しいショッピングモールに出店し直すよう勧めてるんだ。その方が客足も伸びるだろう」

「新しい施設に出店するとなると、テナント料がかかるんじゃないの？　駅前のショッピングモールなら、かなり高額になるよね。それが払えなくて泣く泣く店を畳む人だって出てくると思うけど。……まぁ、それでも黄場さんたちは頑張って交渉を進めているみたいだけどね。かなり荒っぽいやり方で」

「お、俺は、違法な手段は取ってないぞ！」

黄場はソファーに腰かけたまま、半分身を乗り出した。口調は強いが、タヌキ顔には焦りの色が浮かんでいる。

おそらく、限りなく黒に近い交渉だろう。ダークな勢力を総動員して、小さな商店街に押しかけているに違いない。

「とりあえず、交渉の件は深追いしないでおくよ。今回の依頼とは関係ないからね。問題なのは、この中に商店街の関係者がいるってことさ。……諏訪野さん。あなたの弟、稔さんは、あの商店街でスイーツの店を経営してるそうだね」

リヒトは諏訪野に視線を送った。

「……何?!　そうなのか、諏訪野!」

黄場の驚愕の声があたりにこだまする。

リヒトと黄場に見つめられ、諏訪野はふっと一つ息を吐いた。

「その通りだよ、リヒトくん。俺の弟は、S駅前の商店街でパティシエをしてる。……その様子だともう知ってると思うから言うけど、稔はイエローエステートと揉めていたんだ。店を畳めとしつこく迫られて、かなり困っていた」

「なぜそのことを黙っていたんだ、諏訪野!」

怒鳴った黄場に、諏訪野の鋭い視線が飛んだ。

「俺が正直に話したら、交渉をやめてくれましたか?　むしろ社長は俺を利用して、もっと卑劣な手段に出るでしょう」

押し黙るタヌキと、彼の部下。二人の間にリヒトの声が割って入る。

「だから諏訪野さんは、黄場さんに脅迫状を出して開発をストップさせようとしたの?」

「脅迫状なんて……俺は身に覚えがないな」

「覚えがない?　ふーん。でも、今日黄場さんの皿に異物を入れたのは、間違いなく諏訪野さんだよね」

そこで、鍛え抜かれた諏訪野の長身がビクッと震えた。一花も林蔵も、黄場までもがその場に凍り付く。

「俺の皿に、どうやって酸っぱい液体を混入したんだ……？」

呆然と沈黙の空気を破ったのは黄場だった。

幾分落ち着きを取り戻したのか、諏訪野もリヒトを真正面から見据えて口を開く。

「社長の言う通りだよ。俺がデザートの皿に何か入れたって？　一体どうやって？　俺が毒見をしたときは異常がなかった。俺だけならともかく、毒見にはマツ子さんも加わったんだよ。社長がデザートを食べたのは毒見の直後だ。リヒトくんも見ていたから分かると思うけど、俺には何かを混入する時間なんてなかった」

諏訪野の話を聞きながら、一花は昼間の出来事を反芻した。

覚えている限り、毒見係の二人が不審な動きをしていた様子はない。毒見にしては、マツ子の口に入った量が多すぎたくらいで……。

「俺がやったと言うなら、一体どんな手を使ったのか説明してほしいね、リヒトくん」

挑むような諏訪野の視線。

それを受けたリヒトの口角が、くっと上がった。

「簡単な話だよ。あのデザートは、もともと酸っぱかったんだ」

「何だと！」

「えぇぇっ！」

黄場と一花が、全く同じタイミングで声を上げる。そんな一花たちに言い聞かせるように、リヒトは淡々と説明を開始した。

「あのデザートは初めから酸っぱかった——毒見のタイミングを考えたら、それ以外の結論はないよ。諏訪野さんは多分、酸味のある液体を食事の前に仕込んでおいたんだ。今日、キッチンで料理の手伝いをしてたよね。あのときにやったんじゃないかな。あらかじめ液体を用意しておけば、ものの数秒で片が付く。黄場さんの皿は黄色いから間違えることもない。家政婦のマツ子さんの隙を見て混入したんだ」

「ちょっと待ってよ、リヒトくん」

諏訪野がリヒトを遮った。引きつった笑みを浮かべ、首を横に振る。

「初めから酸っぱかったって……毒見をした俺が嘘を言ったと思ってるのか？　仮に俺が嘘吐きだったとしても、マツ子さんは違うだろう。彼女は『甘い』と太鼓判を押していたんだぞ。あの美味しそうな顔、リヒトくんも見たよな」

リヒトだけではない。あの場にいた全員が見ていた。大口を開けて、心の底から美味しそうにデザートを味わうマツ子の姿を……。あんなに陽気で呑気なおばさまが、酸っぱさを堪えて演技をしていたとは思えない。

部屋の中にいる全員が、一点を見つめていた。熱い視線の真ん中で、貴公子探偵が優雅に微笑む。

「諏訪野さんとマツ子さんにとっては、酸っぱくなかったんだよ」

「……は？」

意味が分からず、一花は派手に首を傾げた。

あのデザートは黄場がふらふらになるほど酸っぱかったはずだ。それが『酸っぱくなかった』とは、一体……。

「諏訪野さんは、自分とマツ子さんの味覚を『操作』して、酸味を感じにくくしていたんだ。『とあるもの』を使ってね。……林蔵！」

リヒトはパチンと指を鳴らした。林蔵がすぐさま駆け寄り、燕尾服の内ポケットから何かを取り出して渡す。

植物の実のようなものだった。親指の先より少し大きい楕円形で、赤い色をしており、いくつかまとめて透明なビニールの小袋に入れられている。

「これは『ミラクルフルーツ』だよ。西アフリカ原産の果実だ。ここに来る前、林蔵に買ってきてもらった」

ミラクルフルーツが入った小袋を掲げて、リヒトは言った。さっき林蔵を使いに出したのは、これを手に入れるためだったようだ。

「ミラクルフルーツには不思議な特性があってね。この実を食べたあとだと、酸っぱいものを甘く感じるんだ。果実に含まれるミラクリンっていうタンパク質が、舌にとりついて味覚を修飾する。これは林蔵が渋谷の青果店で買ってきたものだけど、諏訪野さんの弟、稔さんの店でも同じものを扱っているらしい……そうだよね、諏訪野さん」

リヒトの透き通った瞳が、諏訪野に向けられる。

「………」

若き探偵にじっと見つめられた当人は、黙っていた。……わなわなと、肩を震わせて。

「諏訪野さんとマツ子さんは、このミラクルフルーツを事前に食べていた。だから酸っぱいデザートを毒見しても平気だったんだよ。……これは想像だけど、諏訪野さんは稔さんの店でミラクルフルーツの効果を知って、今回の計画を立てたんじゃないかな？　そして今日、食事の準備をしている最中に、差し入れと言ってこの実をマツ子さんに食べさせた。もちろん自分自身も食べておく。ミラクリンは酸味と少しの苦みだけを抑えるから、他のメニューにさほど味の変化はない。マツ子さんは、ミラクルフルーツを食べさせられたことを知らずに毒見をしてたんだ」

今日この家で起こったことや、マツ子から聞いた話。

バラバラに散っていたそれらの断片が、リヒトによって理路整然と組み立てられていく。もはや、誰も突っ込むことができない。

「諏訪野さんにとって、今日は絶好のチャンスだったんだ。僕ら……観客の前で堂々と毒見をすれば、異物を混入する暇などなかったとアピールできる。そうすることで、自分を容疑者から外したのさ」

そこまで言うと、リヒトは腰かけていたソファーからおもむろに立ち上がり、諏訪野の顔を覗き込んだ。

「脅迫状を送りつけたのも諏訪野さんだよね。『秘密をばらす』と匂わせて、開発をストップさせようとしたんだ。本気の度合いを示すために、デザートに異物を混入した。脛に傷のある黄場さんなら、警察に通報はしない——そこまで見越しての計画だよ。稔さんの店を守ろうとしたんでしょう？」

「お、俺は……俺は何も……」

諏訪野はおどおどと首を横に振り、じりじりと後ずさった。やがてその長身が、ドンとドアにぶつかる。

しっかり閉まっていなかったのか、それはギィーッと音を立てて開いた。

「あらぁ、みなさん、お揃いで」

部屋の外には、花柄のワンピースを纏った陽気なおばさまが立っていた。すっかりお馴染み、家政婦のマツ子である。

「あぁ～、それ、その実！」

マツ子はリヒトが手にしていた小袋を見て、目を輝かせた。ずかずかと部屋の中に入ってきて、にっこり笑う。

「あたし今日、その実を食べたわよぉ。お昼ご飯を作っているときに、諏訪野さんからもらったの。諏訪野さん、差し入れありがとう～」

部屋の中に、呑気な声が響き渡る。

諏訪野はその場にがっくりと膝をついた。まるで、探偵に屈服するように。

9

「あ、本当だ、甘い！」

一花は、じわりと舌の上に広がっていく味に驚いた。口に入れたのは酸っぱいものの代表・レモンの薄切りだ。なのに、とても甘い。

自分の味覚が信じられなくて目をパチパチしていると、リヒトが言った。

「それがミラクルフルーツの効果だよ」

ここは松濤の家のリビングだ。窓の外には広大な庭が広がっており、昼下がりの太陽が燦々と降り注いでいる。

部屋にいるのはリヒトと一花だけ。林蔵はリヒトに何か用事を言いつけられて、外出中である。

午後のゆったりした時間。一花はリヒトに紅茶を淹れた。そこに添えたレモンを見ていたら、ミラクルフルーツを試してみたくなったのだ。

「こんなに甘く感じるんだ……」

口の中に広がる味を確かめながら、そっと呟く。

一花がミラクルフルーツを食べたのは十分ほど前だ。黄場家で謎解きをしたあの日、リヒトの言いつけで林蔵が買ってきたものである。生の果実ではなくフリーズドライタイプなので、結構長持ちするらしい。

「アイスクリームの油分が辛さを抑える……一花からそれを聞いて、僕は味覚を操作する効果があるミラクルフルーツの存在を思い出したんだ。お陰で謎が解けたよ。ありがとう」

リヒトは笑顔でお礼を言ってくれた。

だが、一花は素直に喜べなかった。頭の中に、優しい好青年の顔が浮かんでくる。

(諏訪野さん……)

謎が解けてから、五日が過ぎた。

黄場は、諏訪野のことを警察に届ける気はないと言っている。庇っているわけではなく、警察沙汰にすると余計なことまで明るみに出るからだろう。

いっぽう、諏訪野はイエローエステートを退社した。公になっていないとはいえ、社長を脅迫していたのだ。会社に留まるのは難しい。

貴公子探偵がすべてのことを明らかにしたあの日以来、一花は諏訪野と会っていなかった。連絡も一切ない。今ごろどこで、どうしていることか。

「諏訪野さん、大丈夫かな……」

一花の溜息に、リヒトが反応した。

「そんなにあの人のことが心配なの？」

「そりゃ心配ですよ。諏訪野さん、会社やめちゃったし……弟さんの店も、どうなるか分かりません」

部下を失うことになったが、脅迫の件は解決した。商魂逞しい黄場なら、S駅前の開発をやめたりしないだろう。リヒトの言う『かなり荒っぽいやり方』で迫られたら、諏訪野の弟・稔は、店を手放すことになるかもしれない。

「商店街のことなら、なるようになるよ、きっと」

溜息を連発する一花をよそに、リヒトはのんびりと紅茶を啜った。

「そんな他人事みたいな言い方、ひどいです」

「ひどいも何も、実際、他人事じゃないか。僕が依頼を受けたのは脅迫状の件だけだからね。だいたい、諏訪野は人を脅迫して食べ物に異物を混入したんだよ？　そんな人を心配するなんて、一花はお人好しだなぁ」

「だって、とっても優しい人だったんですよ。私、諏訪野さんがあんなことをしたなんて、今でもちょっと信じられません……」

「分かってないね、一花」

カチャンと音を立てて、リヒトは紅茶のカップをテーブルに置いた。身体ごと向き直って、まっすぐ一花を見つめる。

「人は嘘を吐く生き物なんだよ。たとえ、どんなに優しそうに見えても」

星をちりばめたような瞳が、微かに潤んでいた。澄んだ青い色の奥に、もっともっと深い色がある。

（なんだか寂しそう……）

一花がリヒトに見入っていると、リビングのドアが静かに開いた。

「リヒトさま、ただいま戻りました」

林蔵が一礼して、部屋に入ってくる。外出先から戻ってきたようだ。途端に、リヒトの瞳から悲しげな色がパッと消える。

「首尾は？」

主の簡潔な問いに、執事は素早く口を開いた。

「おおむね、上々でございます。先ほどイエローエステートに監査が入り、裏帳簿を発見したそうです」

「う、裏帳簿?!」

一花は素っ頓狂な声を上げた。対して、リヒトは落ち着き払った顔で言う。

「脅迫状に『お前の秘密を暴露する』って書いてあっただろう。見つかった裏帳簿が、黄場の『秘密』だよ」

「まさか、そんなものがあったなんて……」

脅迫状が届いていたにも拘わらず、黄場が警察に行きたがらなかった理由がようやく分かった。これは脛に傷どころではない。大怪我だ。公明正大が、聞いて呆れる。

「諏訪野は黄場の部下だし、なんとなく怪しいと思ってたんじゃないかな。だから脅迫状で匂わせたんだ」

「え、諏訪野さんも裏帳簿の存在に気付いてたんですか？　なら、脅迫状なんか出さないで、警察か役所に行けばよかったのに」

　通報した結果、黄場の会社に何か影響が出れば、S駅前の開発を止められたかもしれない。

「多分、諏訪野は確実な証拠を摑めなかったんだよ。だから脅迫状では匂わせる程度にした。そうしたら黄場が必要以上に怯えたから、ミラクルフルーツを使って一気に畳みかけようとしたんだ」

　確かに、脅迫状を受け取った黄場はかなり参っていた。家じゅうに設置された防犯カメラがそれを示している。

「怯えるってことは、黄場は確実に何かを隠してる。よく探せば証拠が出ると思ったんだ。監査までこぎつけるのに、林蔵がいろいろ手配してくれたよ。ありがとう、林蔵」

　美麗な主に礼を言われた執事は、恭しく頭を下げた。

「お役に立てて何よりです。……それから、もう一つの件も上手くいきました。リヒトさまのご指示通り手筈を整えたところ、S駅前商店街のみなさまは一致団結して開発反対運動を始められた模様です」

「そうか、よかった。林蔵にはいろいろ手間をかけさせたね」

「いえ、とんでもございません」

「ちょっと待ってください。開発反対運動って……？」

　一花だけ、まるで話に入っていけない。一人で困惑していると、林蔵が説明してくれた。

「商店街のみなさまが、S駅前の開発に反対する運動を始めたのですよ。リヒトさまがいろいろ助言なさったのです。弁護士や活動拠点など、必要なものや人材も、リヒトさまのご指示でこの林蔵が用意いたしました。反対運動が起これば、黄場さまの会社は強引に開発を進めることが難しくなると思われます。それに加えて、裏帳簿が見つかったことにより、事態はさらに難航するかと」

「リヒトさんの指示って……」

一花はようやく、何もかも理解した。

黄場家の件が片付いてから、リヒトはあれこれ動いていたのだ。稔の店を守るため……ひいては、諏訪野のために。

「ありがとうございます！　リヒトさんって、本当は優しいんですね！」

礼を言うと、リヒトは照れたようにそっぽを向いた。

「たいしたことはしてないよ。僕は裏帳簿の件や反対運動の件で少し助言しただけで、開発をストップさせたわけじゃないし」

「それでも、私は嬉しいです！　諏訪野さんのこと、ちゃんと考えてくれてたんですね。さっきは他人事だって言ってたのに」

「ただの暇つぶしだよ。べ、別に……諏訪野のためじゃないから」

一花は思わず噴き出した。この言い回しは、まるで少年漫画のツンデレヒロインだ。傍らでは、林蔵も微笑んでいる。

しばらくして、リヒトは照れを吹き飛ばすように金色の髪をかきあげた。

「あー、もう、この話はおしまい！　そんなことより一花、ちょっとだけお茶請けが欲しくなった。アイスクリームでも出してよ」

ほんのり頬が赤い貴公子に向かって、一花は大きく頷いた。

「分かりました、用意しますね。ついでに、七味唐辛子も！」

チョイ足し二品目　海の香りの絶品カレー

1

「あれ……美味しい」

五月下旬の日曜日、朝の八時。

渋谷のただ中にあるゆったりした家のリビングで、金髪の美男子がそう呟いた。小さなスプーンを持ったまま、サファイヤのような瞳をまん丸に見開く。

とてもシンプルでまっすぐな感想を聞いて、一花は「やった！」と拳を握り締めた。

リビングにいるのは、一花とリヒトの二人だけだ。執事の林蔵は、ガレージで車の整備点検をしている。

「こんなに美味しいとは思わなかったよ。……ヨーグルトに黄粉（きなこ）を入れただけなのに」

不思議だなぁ、と言いながらもリヒトはせっせと手を動かし、ガラスの器の中身を次々と口に運んでいる。

家政婦に仮採用されてから半月余り。当初は味気ない栄養食品を食事代わりにしていたリヒトだが、ここ最近は一花が作った料理を少しずつ食べてくれるようになった。

もともと食が細いらしく、一気に完食……とまではいかないが、家政婦（仮）としてはそれでも嬉しい。

食べ物の好みを知りたくて、半月の間いろいろな料理を作ってみた。

最初に試したのは、いわゆる高級食材である。豪華な家が建ち並ぶ松濤に住んでいるだけあって、リヒトの口に合うのはステーキや特上鰻かな……と思ったのだ。

だが、実際はそうでもなかった。リヒトはどちらかといえば、ハンバーグやオムライス、鮭の塩焼きなど、家庭的なメニューに興味を示す。「こんなの食べたことないや」としきりに驚いていたので、貴公子にとっては大衆料理が却って新鮮なのかもしれない。

中でもとりわけよく食べてくれるのが『チョイ足しメニュー』だった。

いつもの食べ物に何かをちょっと足したり混ぜたりするだけの、一花の十八番。その中から今、朝食として出したのが『黄粉ヨーグルト』である。

リヒトは初体験だったようだが、チョイ足し界隈では知名度が高いレシピだ。黄粉もヨーグルトも腸を整えてくれる食べ物なので、特に美容に気を遣う女性の間で広く親しまれている。

「それは甘みが加えられたヨーグルトなので単に黄粉をかけただけですけど、プレーンの場合は砂糖かはちみつを足すと美味しいですよ。あ、黒みつなんかも合います！」

一花がそう説明すると、すっかり器を空にしたリヒトが腕組みしながら尋ねてきた。

「何だろう、この味は。高級なスイーツ……いや、和菓子かな。料亭で出てきてもおかしくない。これ、本当にただのヨーグルトなの？」

「そうですよ。ヨーグルトも黄粉も、近所のスーパーで買いました。チラシに載ってた特売品です。私のチョイ足しの基本は『安いものを少しでも美味しく』ですから！」

安いものを少しでも美味しく——これは、一花にチョイ足しレシピを伝授してくれた母もよく口にしていたことだ。

一花の家は、昔からとても貧乏だった。父の晴彦は、母の登美代と結婚したとき、まだ大学院生だったという。時々塾の講師などをして小銭を得ていたが、基本的に毎日研究に打ち込んでいて、家計はずっと登美代が支えてきた。家族四人、六畳二間の貧乏暮らしだ。

晴彦は、働く母の代わりに家事や育児に奮闘してくれた。一花や妹の芽衣のおもちゃは、流行りのお姫さま変身セットではなく、父が廃材で手作りした謎のオブジェだった。洋服はもちろん、誰かのお下がりだ。

だが、手作りのおもちゃには、理系の大学院に籍を置いていた晴彦の工夫がちりばめられていた。お下がりの洋服はアップリケなどでかわいくアレンジされ、いつも皺がピンと伸びていた。

貧しかったが、家族のみんながおおむね笑って過ごしていたように思う。

晴彦が倒れたのは、そんなある日のことだ。脳に腫瘍ができていて、病院に駆け込んだ時点で手の施しようがなかったという。

医師たちの奮闘の甲斐なく、一年ほどの闘病の末に父は亡くなった。享年は三十八。一花は当時中学生で、妹の芽衣は四歳になったばかりだった。

入院費が家計を圧迫し、貧しさはますます加速した。食卓に肉など滅多に出ず、おかずはいつも『値下げシール』が貼られた食材だ。

チョイ足しレシピは、そんな貧しい生活の中で生まれた。『少しでも美味しいものが食べたい』という切実な願いを叶えるための、とっておきの方法である。

だから基本的に高級な食材は使わない。

ついでに、手間のかかることもしない。煮たり焼いたりせず、あくまでも『チョイ』と足すだけ。安いもの＋安いもので、美味しさの可能性を引き出すのだ。

「やっぱり、不思議だ」

一花がキッチンのシンクで器を洗っていると、水音と被ってリヒトの声がした。

「僕は日本に来てから、美味しい料理を探し回ったんだ。三ツ星のレストランはたいてい行ったし、最上級の肉や野菜をたくさん取り寄せたよ。……でも、どれもピンとこなかった。何を食べてもつまらなくて、最終的には栄養さえとれていればいいと思ったんだ」

その結果が、冷蔵庫を占領していた栄養食品である。

ここ最近、食事は一花が手作りするようになったが、例のクッキーもまだ一応取ってあった。リヒトは全体的に少食なので、栄養を補うのに使っている。

「チョイ足しメニューはただ美味しいだけじゃなくて、舌に馴染む。一花の作るものはどことなく……僕が探している『あの料理』に近い気がする」

独り言のようなリヒトの呟きを聞いて、一花は洗い終わった食器を拭きながら尋ねた。

「『あの料理』って何ですか？　リヒトさん、何か食べ物を探してるんですか？」

すると、リヒトは細い指を鋭角気味の顎に当て、俯きがちになって黙り込んだ。

が、しばらくして何かを決意したように顔を上げる。

「一花には話しておくよ。僕が探しているのは……」

その声を遮るように、どこかからけたたましい電子音が聞こえてきた。

「あ、この音、電話ですね」

音の正体に気付いて、一花はだだっ広いリビングの片隅に目をやる。そこに設置されている電話を取ろうとしたが、一瞬早く別の人物の手が伸びた。

燕尾服をきっちり纏ったこの家の執事・林蔵である。車の整備を終えて、家の中に戻ってきたようだ。

林蔵は受話器の向こうの相手といくらか話したあと、リヒトを振り返った。

「リヒトさま、探偵の依頼が入りました。依頼人は、至急自宅まで来てほしいと……。場所は、港区白金でございます」

その瞬間、リヒトの顔がパッと輝いた。

「すぐ出発しよう。難解で厄介な、美味しい謎に巡り合えるかもしれない」

2

港区白金。

言わずと知れた高級住宅街である。付近には名門のお嬢さま学校や、旧朝香宮邸……現庭園美術館などがあり、建ち並んでいるのは豪邸ばかりだった。松濤に負けず劣らず、リッチな香りが漂っている。

依頼人、発田亀代（はったかめよ）の家は、その白金にあった。

ステンドグラスの窓がいくつもはめ込まれ、三角屋根の載った壮麗な発田家の外観は、『白亜の豪邸』という言葉がしっくりくる。

屋敷自体が少し高台に建っており、玄関の前で振り返ると白金の街並みが見渡せた。

「わたしが発田亀代だよ」

一花たちが自己紹介を終えると、老婆が厳かに口を開いた。

灰色のワンピースを纏い、短い白髪の一部を紫色に染めているこの人物こそ、今回の依頼人である。

一花、リヒト、林蔵の三人は、発田家の広々とした客間に通され、一人がけのソファーに座る亀代と対峙していた。

リヒトは亀代の斜め右にある二人がけのソファーに身を沈め、一花と林蔵はその後ろに立つ。家の中には他にも人の気配があるが、客間にいるのは四人だけだ。

松濤からこの白金の家まで来る途中、リヒトや林蔵がいろいろ教えてくれた。

発田家はかなりの名門で、お金持ちの間では知らぬものはない。その名が歴史に初めて刻まれたのは戦国時代である。江戸時代には大名家となり、白金の地に下屋敷を構えた。明治に入ってからはその下屋敷を本邸とし、学者や政治家を多く輩出している。

また、発田家は数々の事業を手掛け、資産を着実に増やしてきた。今ではこの邸宅の他、多くの土地や株などを保有している。

対峙している亀代は、御年八十歳。夫はすでに亡くなっているそうだ。

その顔には深い皺が刻まれ、ややきつい印象を受ける。一花たちを見据える目は、銃を構えるスナイパーのように鋭い。

「久しぶりだね、リヒト。元気そうじゃないか」

「まぁね。この前亀代さんと会ったのは……名家が顔を揃えた華道の展示会だっけ」

「そうだよ。あのときは妙な事件に巻き込まれたが、お前さんが見事に解決した。最近も大活躍してるみたいじゃないか。あちこちで名探偵の話を耳に挟んでるよ。それで……東雲の本家は、今でもお前さんのことを放ったらかしかい？」

「相変わらずだよ。……だけど、別に僕は気にしてないから。あんな嘘吐き一家」

「そうかい。まぁいくら家族でも、分かり合えるとは限らないからね」

どうやらリヒトと亀代は昔からの知り合いのようだ。だからこそ、今回の依頼に繋がったのだろう。

「で、亀代さん。今回の依頼内容は何かな」

　リヒトは、改めて亀代の方へ向き直った。三つ揃いのスーツにループタイというお馴染みの探偵ルックで、優雅な笑みを浮かべる。

「まずはこれを見ておくれ」

　亀代は一枚の写真を取り出した。リヒトは座っていたソファーから少し腰を浮かせ、それを手元に持ってくる。

「わぁ、素敵な指輪ですね」

　リヒトの肩越しに写真を見て、一花は感嘆の声を上げた。

　写っていたのは、青い宝石が付いた指輪だった。それは年齢の刻まれた指にはまっており、どうやら亀代の手をアップで撮影した写真のようだ。

　指との対比で、宝石がかなり大きいことが見て取れる。直径二センチ……いや、もう少しあるだろうか。青い石の周りにはダイヤモンドと思われる透明な石がちりばめられていて、なんとも豪華な指輪である。

「青い石はブルーサファイヤだよ。大きさは二十カラット。その指輪はね、わたしの父が昭和の初めごろに手に入れたものなんだ」

　亀代の話によれば、政治家だった亀代の父・鶴松（つるまつ）は宝石を集めるのが趣味だったという。写真の指輪は、フランスの宝石商から買ったものらしい。

発田家には鶴松が集めた宝石のコレクションがたくさんあるが、中でもこのブルーサファイヤはとりわけ大きく、価値のある品とのこと。

亀代の亡き夫は婿養子だった。今現在、この指輪を含めた資産の多くは、発田家の正統な子孫である亀代が管理している。

要するに、対峙しているこの老婆こそが、発田家を統べる女主人なのだ。鋭すぎる視線は、一家をまとめ、数々の事業をこなしていくための武器なのかもしれない。

写真だと分かっているのに、溜息が出るほど美しい。中心に向かって色が濃くなる様は、金の土台にはめ込まれたブルーサファイヤは、緑がかった青い色をしていた。

(綺麗な宝石。リヒトさんの瞳に似てる……)

リヒトの瞳そのものだ。

一花が呼吸も忘れて写真に見入っていると、亀代がおもむろに言った。

「指輪にはまったブルーサファイヤは、大きさからしても質からしても、世界有数の貴重なものだ。人の近寄らない荒野から発掘されたことにちなんで、『ワイルドブルー』という異名がある。この宝石には、ちょっとした逸話があるんだよ」

そこで女当主はいったん言葉を切った。余裕の笑みを浮かべているリヒトに、射貫くような眼光を向けて再び口を開く。

「『ワイルドブルー』の持ち主は――『呪われる』と言われている」

「えええぇぇぇぇっ！　呪い?!」

動揺したのは、亀代の視線の先にいたリヒトではなく、一花だった。素っ頓狂な声が客間に響き渡る。

「呪いとはまた……古風な」

隣に立っていた林蔵も驚いたようで、丸眼鏡を指で押し上げながら白い眉をピクリと動かした。

そんな中、リヒトは表情一つ変えずに亀代を見つめ返す。

「貴重な宝石には、その手の話がついて回るよね。スミソニアン博物館にある『ホープダイヤモンド』あたりが有名かな。持ち主が次々と不幸になったから『呪われたダイヤ』なんて呼ばれてる。ワイルドブルーも、似たような感じなの？」

亀代はゆっくりと頷いた。

「いろいろな話を聞いてるよ。ワイルドブルーが発見されたのは、一八〇〇年代の後半。日本だと明治時代だ。発見後、すぐ宝飾品に加工され、まずはヨーロッパの貴族の手に渡った。……だがその直後、持ち主の貴族はお家騒動に巻き込まれて没落してしまったんだ。ワイルドブルーは別の者の手に渡った」

次の持ち主は、アメリカの億万長者だったらしい。

ところがワイルドブルーを手に入れたあとすぐ、株価が暴落。持ち主は宝石を手放すとともに、家も家族も失ってしまったという。

同じようなことは次々と続いた。ワイルドブルーを手にした者が、何らかの不幸に見舞われたのだ。場合によっては命を落とすことさえあった。

　次第に『持ち主を呪う宝石』という噂が広がった。青い宝石を巡る一連の騒動は、『ワイルドブルーの悲劇』と呼ばれているんだよ」

亀代の口から放たれた言葉が、一花の胸にのしかかる。

世にも美しい宝石が人を呪うなんて、そんなことが本当にあるのだろうか。そういえば、亀代の夫はもう亡くなっているというが、まさか……。

「わたしは呪いなんて信じてないよ」

一花の不安そうな視線に気付いたのか、亀代がきっぱりと言い放った。老いた声は低いが、力強い。

「わたしの父は珍しいものが好きでね。ワイルドブルーを手に入れたのも好奇心からだった。父が亡くなったあとは、わたしが受け継いでいる。……けどね、わたしはこの通り、傘寿を過ぎても風邪一つ引きやしない。父も長生きだった。わたしの夫は五年前に死んだけど、享年は九十だったよ。引き継いだ事業も、今のところ順調だね」

「ふーん。じゃあ、亀代さんは呪いが怖くないんだね」

リヒトは無邪気に首を傾げる。

「当たり前じゃないか。だいたい、呪いなんてこの世に存在しないよ。大きな宝石は金銭的に価値がある。そういうものの周りには、意地汚い連中が集まりやすいのさ。色と欲は愚かな事件を引き起こす。『悲劇』とやらの正体は、おおかたそんなところだろうね」

「だったら――何が問題なの？」

貴公子探偵の顔つきが引き締まった。

話が核心に迫ったせいか亀代も居住まいを正し、もともと鋭い目をさらに細める。

「そのワイルドブルーが……消え失せたんだよ」

「えぇぇぇっ、お高い宝石が……っ」

またもや素っ頓狂な声を上げそうになって、一花は慌てて自分の口を手で覆った。

「『消え失せた』ってどういうこと。『盗まれた』でも『なくしてしまった』でもなく？」

問いかけたリヒトの声は冷静そのものだった。二十カラットの貴重なサファイヤが消えたというのに、まるで動揺していない。

亀代は渋い顔のまま視線を虚空に向けた。

「わたしは盗まれたと思ってる。だが、誰がやったか分からない。それに、どういう方法で持ち出したのか……。何せ、ワイルドブルーは皆の前で『忽然と消えた』んだよ」

すると、リヒトの身体がぐっと前のめりになった。

「……面白そうな謎だね。もっと詳しく聞かせてよ」

「ワイルドブルーが消えたのは、三日前。この家で行われていたパーティーの最中さ。家族は全員、広間に集まっていた」

しわがれた声が、三日前の出来事を語り出す。

当日は亀代の傘寿の誕生日だった。それを祝うため、発田家の広間でささやかなパーティーが行われたらしい。

出席者は亀代の長男夫妻に、彼らの息子と娘。さらに、次男の妻とその娘である。亀代も含めて合計七名。全員が、普段からこの家で同居している。使用人は雇っておらず、料理や会場のセッティングなど、パーティーの準備は次男の妻が担当した。

会場の広間は、パーティーや会合に使われる他、発田家が所有する宝石の展示室も兼ねている。ワイルドブルーは普段、その広間の陳列棚にしまわれていたという。

パーティーが始まると、長男の妻と娘が「ワイルドブルーを近くで見たい」と言い出した。そこで亀代は、自らがいつも肌身離さず持っている鍵を使って陳列棚の扉を開け、ワイルドブルーを見せてやった。

以降、貴重な宝石がはめ込まれた指輪は、広間の片隅にあった小さな台……コンソールテーブルの上に置いてあった。

「それが、気付いたらなくなっていたんだ。ワイルドブルーは、家族が全員集まっていた部屋から忽然と消えたんだよ」

そのときの衝撃を思い出したのか、亀代は悔しそうに唇を噛んだ。

「亀代さんは、誰かに盗まれたと思ってるんだね」

リヒトは淡々と尋ねる。

「そうだよ。それしか考えられない」

「根拠は?」

「あのときパーティー会場にいた者たちのほとんどが、ワイルドブルーを欲しがっていたのさ。あれは二十カラットのサファイヤだ。売れば相当な金になる」

がめつい連中だよ、と亀代は吐き捨てるように呟いた。

「パーティー会場にいた者たち……ということは、亀代さんは自分の身内を疑ってるのか。ふーん。厄介な事情がありそうだね」

リヒトはおかしそうに笑い声を立てたが、一花は黙って眉根を寄せた。

価値のある宝石が盗まれ、身内に窃盗の容疑がかかるなんて、なんともやりきれない話だ。ふと横を見ると、林蔵も険しい顔つきをしている。

「亀代さんが身内を疑う理由は動機だけ？　他にはないの？」

再びリヒトの質問が飛んだ。

「理由はもっとある。断言するけどね、あのときは身内以外、ワイルドブルーを盗めた者はいないんだ」

「随分はっきり言うんだね」

「そりゃそうさ。パーティーが始まったのが午後一時。指輪がないことに気付いたのは、一時間後の午後二時だ。その間、会場の広間を出入りした者はいない。この状況で指輪がなくなったんだ。犯人はおのずと、わたしの家族に限られる」

老齢の女主人の口調には、自信がみなぎっている。

これだけ言いきるのだから、記憶に間違いはなさそうだ。とても頭が回る女性なのだということが、一花にも伝わってくる。

「確かに、その場合だと家族が怪しいね」

リヒトも納得したように首を縦に振った。

「そうだろう？　身内のやったことだからね。自ら罪を告白して指輪を返したら不問にしてやろうと思って、お情けで三日待ってやったんだ。けど、名乗り出る者はいなかった。だからこうして、探偵のお前さんを呼んだのさ」

「ふーん、なるほどね。……でも、そこまで疑っているなら、指輪が消えた時点で家族全員の身体検査をすれば犯人が誰か分かったんじゃないの？　パーティーが始まってから誰も部屋の外に出てなかったんだよね？　だったら亀代さんが消失に気付いた時点で、犯人はまだ指輪をポケットかどこかに入れて隠し持っていたはずだよ。調べれば一発だ」

「身体検査なんてそんな……家族ですよ？」

一花は思わず口を挟んだ。

リヒトの言うことは理に適っている気もするが、いくらなんでも身内に身体検査なんて、考えただけで気分が殺伐としてくる。

しかし、亀代はあっさりと言い放った。

「当然、身体検査はした。わたしのこの手で」

「えぇぇっ、したんですか?!　身体検査！」

一花の声が、派手に裏返る。

「わたしはワイルドブルーがなくなっていることに気付いてすぐ、『全員その場から動くな！』と大声で叫んだんだ。それから出入り口に施錠して皆をその場に留め、一人一人の身体をこの手で調べた」

亀代の口ぶりはとても落ち着いていた。まるで、そうすることが当たり前、とでも言うように。

「でも……身体検査をしてもどこからも出てこなかった。いったん腹の中に飲み込んで、あとで吐き出すという手もあるが、指輪の大きさからして無理だね。要するに、ワイルドブルーは忽然と消えたんだよ」

室内に重苦しい空気が立ち籠める。

しばらくして、どこか飄々としたリヒトの声がその静寂を打ち破った。

「消えた宝石か。面白いね。念のために聞くけど、何かの拍子に転がり落ちて、家具の隙間に入り込んだ可能性は？」

「それはないね。身体検査のあと家族をその場に待機させて、わたしが部屋じゅう捜し尽くしたんだ。広間には大きなテーブルセットと陳列棚が置かれているくらいで、あとは何もない。絨毯を剝がして裏までよく見たし、置いてあったクッションは全部裂いて、中綿を出して確かめた」

亀代の話を聞く限り、ワイルドブルーの捜索は徹底的に行われたようだ。それでも見つからないとなると……何がどうなっているのか、一花にはさっぱり分からない。

仮に、当時パーティー会場にいた誰かが盗んだのだとしても、その後の身体検査では何も出てこなかった。

人を不幸にすると言われる宝石は、部屋の中で消えてしまったのだ。

「OK、分かった。『消えた宝石の謎を解明しろ』というのが僕への依頼内容だね。……ところで、亀代さん」

リヒトはパチンと指を鳴らした。

「何だい」

「容疑者は亀代さんの家族なんだよね？　正直なところ――誰が一番、怪しいと思う？」

あまりにストレートすぎる質問だった。

亀代は少々面食らった顔をしたあと、小さく溜息を吐く。

「それを突き止めるのがお前さんの……探偵の仕事だろう。自分の目で見て判断すればいいさ。今から家族をここに呼ぶ。皆には、ワイルドブルーの件で探偵を呼んだと話してある。遠慮なく犯人を指摘しておくれ」

しわがれた声が途切れると同時に、チリンチリンと高らかな音が鳴った。亀代が脇にあったハンドベルを振ったのだ。

数秒後、バタバタと足音がして、客間に誰かが入ってきた。

現れたのは、五十代後半と思われる年頃の男女が一名ずつと、二十代くらいの男女が同じく一名ずつ。全部で四人だ。

亀代はソファーに座ったまま、顎をしゃくるようなポーズで彼らに目をやった。

「長男の慎太郎(しんたろう)と、その妻の京子(きょうこ)だ。それから、二人の子でわたしの孫、吉平(きっぺい)とレミだよ」

四人は順々にぺこっと頭を下げた。

長男の慎太郎は中肉中背。顔や身体にさほど特徴はないが、頭部に残っている髪の毛が非常に少ない。てっぺんに一房だけ、白髪がちょこんと乗っている。

その妻の京子は、夫とは違い、黒くて豊かな髪の持ち主だった。ヘアスタイルは後ろをちょっと刈り上げた前下がりボブ。ただ、きっちりセットされすぎていて、頭にぴったりと張り付いている。スプレーか何かでガチガチに固めてあって、まるでヘルメットをかぶっているようだ。

夫の服装はポロシャツとスラックス。妻が身に着けているのはサマーツイードのセットアップ。一見地味に見えるが、夫妻それぞれの胸元や袖口には、高級ブランドのマークがしっかり入っている。

「ねぇ、君は誰だい？　家はどこ？　彼氏いる？」

一花が夫婦をちらちら眺めていると、ふいに横合いから声がかかった。振り返ると、ひょろりと背の高い青年が、くねくねと揺れている。耳の下まで伸びた髪は全体的にウェーブしていて、一部が右目にかかっていた。てろてろしたシャツの胸元を大きく開けていて、ちょっとだらしない。

（戻しすぎてふやけたワカメみたいな髪……）

密かにそんなことを思っていると、青年がワカメヘアをばさりとかきあげて、気味の悪い笑みを浮かべた。

「俺、発田吉平。今は大学院に通ってる。……ねぇ君、ノーメイク？　スレてない感じがして、とってもいいよ。よろしく。ムフフッ」

吉平は「ムフフッ」のあとに、顔の前で何やら手の平を動かした。

それが投げキッスだと気付いた瞬間、一花の全身にぞわーっと鳥肌が立つ。

「兄貴、やめなよ。その人ドン引きしてるじゃん！」

ズバッと言ってくれたのは、二十歳くらいの女性だった。

全体的に化粧が濃い。ショートレイヤーにカットされた髪は、派手なピンクブラウンに染められていた。身に着けているのは丈の短いワンピースだ。口ぶりからすると、どうやら彼女は吉平の妹らしい。

「あたし、レミ。ハタチの女子大生でーす……って、えっ、そこの金髪の子、かっこよすぎ！　もしかして、モデルとかやってるの?!」

レミは明るい色の髪を揺らして、ソファーに座っていた貴公子の横に回り込んだ。

リヒトは珍獣でも眺めるような目つきになる。

「お祖母ちゃん、ベルであたしたちのこと呼んだ?!」

すると、突然元気な声がした。吉平とレミのせいでやや弛緩した空気を打ち破って、誰かが勢いよく部屋に飛び込んでくる。

「ご用はなぁに？　一緒にお散歩に行く？」

笑顔で亀代に首を傾げて見せたのは、小柄な少女だ。

Ｔシャツとキュロットを身に着け、髪を頭の上の方できゅっとポニーテールにしている。目がくりくりっとしていて、とてもかわいらしい。

「こら、まりあ。お家の中で走っちゃ駄目よ」

少女から僅かに遅れて、しっとりした佇まいの女性が姿を見せた。

年は三十代半ばくらいだろうか。ほとんど化粧をしておらず、肩までのボブヘアには自然な艶がある。纏っている雰囲気が優しそうで、文句なく綺麗な女性だ。

「次男の嫁の小百合（さゆり）と、その娘のまりあだよ」

亀代はぴったりと寄り添う二人を指さした。名前を呼ばれた親子は、揃って深々と頭を下げる。

「発田小百合と申します」

「まりあです！　九歳です！」

「小百合の夫……わたしの次男の雄二（ゆうじ）は、おととし病気で亡くなった。雄二がいなくなったあとも、小百合とまりあはこの家に残ってるんだ。……さて、これで全員揃ったね」

亀代は皺だらけの手を威勢よく打ち鳴らした。ハンドベル一つで客間に集められた発田家の面々は、一斉にビクッと身体を震わせる。

「あらかじめ伝えてあった通り、ワイルドブルーの件で、こうして探偵に来てもらった。

お前たちは全員、窃盗の容疑者だ。……さあ探偵、お前さんの出番だよ。家じゅうどこでも、好きに調べておくれ」

老齢の女主人は高らかにそう言って、鷹のように鋭い眼差しをリヒトに向けた。

3

「ひとまず全員から話が聞きたいな。それから、参考までに敷地内も調べたい。みんなは自由に寛いでてよ。あちこち見て回りつつ、僕たちの方から出向く。……それでいいかな、亀代さん」

リヒトの提案を、亀代は受け入れた。発田家の敷地ならいくらでも引っ掻き回して構わないという。

そんなわけで、一花とリヒトは家の中を見て回りつつ、発田家の面々から話を聞くことになった。

林蔵は別行動だ。リヒトに命じられて、発田家の庭を点検している。

例えば、誰かが宝石を埋めて隠しているかもしれないし、分かりにくいところに秘密の脱出口があるかもしれない。主にそのようなことを調べてもらうのだ。

一花とリヒトはまず、屋敷の廊下をざっと歩いてみた。

発田家の一階は共用スペースだ。具体的には、リビングやダイニングルーム、一花たちが通された客間や水回り……そして『ワイルドブルー消失事件』が起きた広間がある。

玄関ホールには階段があって、上がれば二階。その二階は、家族の個室で占められているようだ。

「まず、事件が起こった部屋を見てみよう」

廊下を歩いてだいたいの間取りを確認すると、リヒトはそう言った。

貴公子探偵の方針に異存はない。一花も仕立てのいいスーツの背中を追いかけて、一階の端にある広間に向かう。

「あっ、探偵さんじゃん！」

観音開きの大きなドアを開けた途端、甲高い声が飛んできた。

亀代の孫娘、レミだ。ピンクブラウンの髪を振り乱し、リヒトの片腕にしがみついて「ねぇ、こっち向いてー！」などと騒ぎ立てる。

「……こら、レミ。探偵さんが困っているだろう。それに、はしたないぞ。離れなさい」

「レミ、積極的なのはいいことよ。この人と決めたら、どんどんアタックすべきだわ！」

そんな対照的な台詞を口にしたのは、レミの両親だった。言わずもがな、前者が夫の慎太郎、後者が妻の京子である。

部屋の中にいたのはその三人だけだ。リヒトは腕に引っ付いているレミを邪険に振り払ってから、あたりを見回して呟く。

「ワイルドブルーがなくなったのは、この部屋の中かな」

いち早く反応したのはレミだった。いったん振り払われたにも拘わらず、再びリヒトにしがみついて頷く。

「そうだよ。お祖母ちゃんの指輪は、この部屋でなくなったの。誕生日パーティーのときだよ。もう、大騒ぎだったんだから！」

再びレミを突き放し、リヒトは三人を見つめた。ついでにさりげなく一花を前に押し出したのは、これ以上しがみつかれないようにするためだろう。

「パーティーについて、もっと詳しく聞きたい。亀代さんの誕生日、具体的にはこの広間でどんなことをしていたのかな。何か気付いたことはない？」

美麗な探偵に尋ねられ、三人は事件の日のことを代わる代わる話してくれた。

それによると、誕生日パーティーと言っても特別なことはしていなかったらしい。メインは、みんなで食事をすることだ。

当日、この広間にある大きなテーブルには、次男の妻・小百合が作った料理やケーキ、飲み物が並べられていた。自由に飲み食いできる立食形式である。

会場のセッティングがすべて済み、パーティーが始まったのは午後一時。

乾杯のあとは各自しばらく食事や飲み物を楽しみ、三十分ほど過ぎたところでレミが祖母の亀代に歩み寄ったという。

「レミね、あの青い石が見たくて、お祖母ちゃんに頼んだの。いつもはそこの棚に入ってるんだけど、リアルで手に取ってみたくて」

レミはどぎつい色のネイルが塗られた指で、部屋の片隅を指さした。そこにはガラスの扉がついた陳列棚が六つほど置かれている。

視線を移したついでに、一花は周囲を見回してみた。

広間と呼ばれているだけあって、かなりゆったりした部屋だ。壁に沿って五周も走れば、いい運動になるだろう。

床には赤い絨毯が敷かれており、真ん中には二十人くらいが余裕で食事できるほどの大きなテーブルがある。あとは椅子が少々と、ところどころにコンソールテーブルが置いてあるのみだ。

リヒトはレミが指さした陳列棚に近づいた。一花も後ろから覗き込む。

設置してある棚はどれも同じデザインだった。高さは大人の肩くらいで、中は五段に分かれている。

ガラスの扉越しに、アクセサリーや色とりどりのルース……磨かれてカットされただけの裸石がしまわれているのが見えた。

一花は宝飾品の類をほとんど持っていない。従って、陳列棚に入っているものの価値は微塵も分からないが、総じて高そうだ。広間は宝石の展示室も兼ねていると聞く。どれも発田家が誇る逸品なのだろう。

その中でも一番高価なのが、問題のワイルドブルーである。

「お祖母ちゃんは、ワイルドブルーの指輪を見せてくれたあと、ドアの横にあるコンソールテーブルにケースごと置いておいたの。それが、いつの間にかなくなってたんだよね」

　レミの話を聞いて、リヒトは覗き込んでいた陳列棚から顔を上げた。

「指輪にはケースがあったんだね。それはどんな形状をしていたの？　指輪はケースごと消えたのかな」

「えーとね、普通の指輪用の箱だよ。ドラマとかで、プロポーズするときにパカッて開けるあれ。そのケースは無事で、指輪だけが消えてたの。ね、パパ」

「その通りだ」

　レミに『パパ』と呼ばれたのは慎太郎である。娘の傍らで頭に手をやり、ほんの少し残っている髪の毛を撫で上げた。

「あの日、母さんが突然『ワイルドブルーがない』と叫んだんだ。私が見たときは、ケースだけが放置されている状態だった。そのあと母さんは『全員その場から動くな！』と私たちに命じて、広間を施錠してから身体検査をした」

「身体検査とかひどいよね！　結局、誰もあの指輪を隠し持ってなかったんだよ。お祖母ちゃんはそのあと、この広間の中を捜してた。残ってる料理とかケーキとか、全部ぐちゃぐちゃに崩して調べたみたい。それでも見つからなかったんだよ！」

　容疑者とか勘弁して～、とレミは大仰に頭を抱える。

　話を聞いていて、一花はぐちゃぐちゃになった料理が気になった。確か、パーティーの準備は次男の妻がしたはずだ。いくらお高い指輪がなくなったとはいえ、人が作った料理を台無しにするなんて……身体検査も含めて、亀代は少しやりすぎな気がする。

「レミと一緒に、あたくしも指輪を見せてもらいましたわ」

慎太郎の妻・京子が輪の中に入ってきた。頬に手を当て、困惑気味の表情で陳列棚に目をやる。

「そこの陳列棚にはいつも鍵がかかっていて、お義母さまでないと開けられないのよ。だから、パーティーの日は久しぶりに至近距離であの指輪を拝めたの。……あぁ、とっても素敵だった！　お義母さまったら、ここにあるアクセサリーをいつも棚にしまっておくだけなのよ。宝石が泣いてるわ。あたくしなら、もっと有効な使い方をするのに」

「有効な使い方って、例えば――盗んでお金に換えるとか？」

リヒトに突っ込まれ、京子はビクッと身体を震わせた。ヘルメットのようなヘアスタイルは少しも乱れていないが、明らかに動揺している。

「お……お義母さまが何て言ったか分からないけど、あたくしは盗みなんてしてないわよ。日の目を見ない宝石があったら、誰だって勿体ないって思うでしょう？　お義母さまはいつも地味な服を着て、アクセサリー一つ身に着けない。宝石もお金も、あるのに使わないなんてつまらないわ！」

「そーそー、レミもママに賛成！」

母親の横から、娘も口を出してきた。

「お祖母ちゃん、すごくケチなんだよ。お小遣いとか全然くれないし。レミね、海外で豪遊……じゃなくて、英語の勉強がしたいの。だから留学の費用出してってって頼んだのに、駄目だって」

「孫の学費くらい、払ってくれてもいいわよね。お義母さまったら、慎太郎さんがやってる会社に資金援助の一つもしてくれないのよ。本当にケチだわ！」

がめつい。派手な母と娘のやり取りを聞きながら、そんな言葉が一花の脳裡に浮かんできた。リヒトも苦笑いをしている。

「あなた、もっとお金を出すよう、お義母さまに言ってくださいな。発田家の株や資産は、ほとんどお義母さまが握ってるのよ。実の息子のあなたが十分の一も動かせないなんて、あんまりだわ！」

散々喚いたあと、母と娘は傍らで立ち竦んでいた慎太郎をぎりっと睨みつけた。

発田家の長男は顔を歪めて後ずさる。

「い、いや、しかし……亡くなった親父は母さんに事業を継がせたんだ。株だって、母さんが自分で運用して今の利益を生み出した。私には投資や経営の才能などないよ。小さな会社を一つ持たせてもらったし、それで十分だろう」

「甘いよ、パパ！」

鋭い一喝とともに、バシッと音がした。たじたじになっている父親の背中を、レミが容赦なくはたいたのだ。

「パパ、お祖母ちゃんにビシッと言って、援助してもらいなよ。パパの会社、経営ヤバいんでしょ？　この家には宝石がたくさんあるんだよ。一つや二つ売ったたっていいじゃん」

「いや、パパの会社のことは……パパがなんとか」

「なんとかできるわけ？　経営の才能ないって、自分で言ってたのに」

「………」

娘にやりこめられ、慎太郎は黙ってしまった。

「綺麗なアクセサリーがあったって、使わないと意味がないのよ。あのワイルドブルーの指輪だってそう。派手だから、お年を召したお義母さまより、若いあたくしやレミの方が似合うわ。……ねぇ、ちょっと、そこのあなた！」

ヘルメットみたいな頭をしたマダムが、ふいに振り返る。

「は……わ、私ですか?!」

呆然と家族の喧嘩を眺めていた一花は、自分を指さして硬直した。

「そうよ、そこの地味なあなた。あなたもあたくしと同じ考えよね？　宝飾品は使ってナンボでしょう。あたくしやレミなら、ワイルドブルーの指輪がよく似合うわよね?!」

京子の鋭い視線がこれでもかと突き刺さる。レミもアイラインを塗りたくった目で睨んできた。

バッチリメイクの二人と比べると、ほぼすっぴんの一花の顔は確かに地味だ。言動に圧倒されっぱなしで、明らかに迫力負けしている。

それに、はっきり言ってこの母と娘は怖い。逆らいたくない。

「――お、奥さまとお嬢さまでしたら、素敵なアクセサリーがよく似合うと思います……っくしゅん！　本当に素敵……くしゅん！　はっくしょん！」

お世辞を言っただけでこの様だ。こうなることは分かっていたが、まさか「豚に真珠ですね」と正直な感想を伝えるわけにもいかない。

京子とレミは呆れ返った様子で一花を眺めていた。質問にろくに答えずくしゃみを連発なんて、ふざけているようにしか見えないのだろう。

「一花、そろそろ別の部屋に行こう」

母と娘の冷たい視線に耐えられなくなってきたころ、リヒトに脇腹を小突かれた。

（助かった！）

一花は慎太郎と京子とレミにぺこっと頭を下げてから、容姿端麗な探偵に続いて広間をあとにした。

4

「聞くに堪えない話だったね。耳が腐るかと思ったよ」

広間を出ると、リヒトがそう零した。毒舌かつ身も蓋もない言い方だが、これには一花も首肯する。

亀代は家族のことを『がめつい連中』と言っていたが、まさにその通りだ。京子とレミは特にガツガツしている。

　慎太郎の毛髪が残り少ない理由がちょっと分かった。あんな妻と娘、そして気難しそうな母親に囲まれていたら、誰だって頭皮にストレスが来る。

　もっとも、その慎太郎自身も、お金に困っているようだった。会社の経営がどうとか言っていたので、ワイルドブルーを盗んで換金したいと思っていてもおかしくない。

（さっきの三人、怪しいかも……）

　亀代が自分の家族に疑いを抱いていることを知って、一花は多少げんなりした。が、実際に話をしてみて考えが変わった。少なくとも、慎太郎、京子、レミには動機がある。

「さて、次は誰に話を聞こうかな」

　リヒトは気を取り直した様子で廊下を歩き出した。だが、いくらも行かないうちに「あれ」と足を止める。

　青い綺麗な瞳が見つめる先で……何かがくねくね蠢いていた。

　慎太郎と京子の息子・吉平だ。廊下の突き当たりに設置されていた鏡の前で、必死にポーズをとっている。何が楽しいのか知らないが、自分の姿に見入っているようだ。

「あっれ～！　君、さっきのスレてない子だよね。俺に会いにきてくれたの？」

　近寄っていくと、吉平はパッと振り向いた。リヒトの存在をまるっと無視して、薄気味悪い笑顔を一花だけに向ける。

そんな態度を見て、リヒトが溜息を吐きながら耳打ちしてきた。

「ねぇ、この人は一花と話をしたいみたいだよ。……ということで、あとはよろしく。上手いこと事情を聞き出してよ」

「えぇっ、無理です！　私は探偵じゃないし、何を聞けばいいか分かりません」

「大丈夫だよ。基本的にパーティー当日のことや、問題の宝石のことなんかを聞いてくれればいい。……じゃあ、頼んだ！」

「えっ、ちょ、ちょっと待っ……！」

断る間もなく、リヒトにポンと押し出された。

なし崩し的な展開ではあるが、ここまできたらもう、一花が話を聞くしかないだろう。にまにま笑う顔が視界に入るとうんざりするので、さっさと済ませて一刻も早くこの場から離れるしかない。

「あの、私、吉平さんにお伺いしたいことが……」

「何？　俺に何を聞きたいの？　電話番号？　君、一花ちゃんっていうんだろ。俺、一花ちゃんの質問なら、なんでも答えちゃうよ～」

なんでも答えちゃう……その言葉に、一花は間髪容れず飛びついた。

「ワイルドブルーのことを聞かせてください！　あれがなくなった日、吉平さんも誕生日パーティーに出ていたんですよね⁉」

「ああ……あの指輪か。俺はあれがなくなったとき、ばあちゃんや指輪から離れた場所にいたんだ。詳しいことはよく分からないんだよね」

それからパーティーの様子を聞いたが、亀代や慎太郎たちが話していた内容とさして変わりはなかった。

ただ、一通り説明したあと、吉平はこんなことを言った。

「半年くらい前、ばあちゃんが突然、『あの宝石を、価値に見合う人物に譲る』とか言い出したんだ。譲渡ってことになったら、贈与税がかかるだろ？　そのへんも考慮して、まとまった現金も一緒に渡すらしいぜ」

一花は息を呑んだ。

二十カラットのサファイヤには、きっと凄まじい資産価値がある。贈与税もそれに見合うほどの金額になるはずだ。それらがセットで譲られたら、途方もない財産を手にすることになる。

「俺はてっきり、ばあちゃんの息子……親父がワイルドブルーを継ぐもんだと思ってたよ。でも、ばあちゃんは『誰に譲るか見極める』って言うんだ。俺たち家族の他に、会社の部下とかまでひっくるめて、誰があの宝石に相応しいか考えてるみたいだぜ」

「会社の部下って……じゃあ、ワイルドブルーがこのお家を離れて、別の人のものになる可能性もあるってことですか？」

「そういうこと！　ひでぇだろ？　この件で、おふくろやレミがすげー怒っててさ。まぁ無理もないね。親父が順当にあれを継げば、俺やレミやおふくろにも恩恵があるんだ」

吉平の表情は不満げだ。口を尖らせて、さらに話を続けた。

「……指輪の件で、最近家の中がギスギスしてんだよ。ばあちゃんの誕生日パーティーの最中も、ちょっとした喧嘩があったんだ」

「喧嘩？」

後ろでリヒトの呟きが聞こえた。探偵に代わって、一花がすかさず質問する。

「吉平さん。喧嘩って、どういうことですか？」

「パーティーが始まって三十分くらい経ったころ、ばあちゃんはレミにせがまれてあの指輪を陳列棚から出したんだ。そこにおふくろも寄っていって、しばらくは三人で眺めてたんだけどさ、そのうちレミが『この指輪欲し〜い』とか言い出してよぉ」

指輪を欲しがったレミに対し、亀代は厳しい顔で「だったら相応しい大人になれ」と諭したそうだ。説教されたレミは、当然不機嫌になった。レミの母親・京子も、怒って亀代に食ってかかったという。

「取っ組み合いになるかと思ったんだけどさ、その前に、小百合さんが止めに入った」

小百合とは、亀代の次男の妻。ポニーテールの少女・まりあの母親だ。

「小百合さんは三人をなだめようとしたんだよ。けど、おふくろがその小百合さんに喧嘩を吹っかけたんだ。『あんたもワイルドブルーを狙ってるくせに』とか言って」

「えっ、小百合さんも、あの宝石を欲しがっていたんですか？」

一花の問いかけに、吉平は肩を竦めた。

「あれだけデカいサファイヤなんだぜ？　売ればまとまった金になる。……実はさ、この家の中で一番金に困ってるのが小百合さんなんだ」

「そうなんですか？」

「あの人は、ばあちゃんの息子の嫁だろ。旦那が死んでるならこの家を出ていくべきだけど、他に身寄りがないんだよ。まりあちゃんを育てるためには、ばあちゃんに頼るしかない。ばあちゃんは金を出す代わりに身の回りの世話や家事を全部小百合さんにやらせてるんだ。家政婦でも雇えばいいのに、『金が勿体ない』とか言って聞きやしねぇ」

そういえば三日前、小百合はパーティーの準備を一人でこなしていたと聞く。

七人分の食べ物や飲み物を用意するのは大変だっただろう。そのうえ、せっかく作った料理のいくらかは、亀代の手でぐちゃぐちゃにされてしまった。家族なのに、小百合だけ扱いがひどい気がする。

「まとまった金があれば、この家から出ていける。ばあちゃんにこき使われなくて済む。そのあたりの事情を踏まえて、おふくろは小百合さんに喧嘩を吹っかけたんだ。まぁ、小百合さんは大人しいからすぐ引き下がったし、喧嘩もそこでなんとなく収まったけどな」

さっき見かけた小百合の姿が心に蘇る。確かに、喧嘩をするようなタイプではない。しっとりとしていて、物静かな女性だった。

「そんなことがあってすぐ、ワイルドブルーがなくなっただろ？　だからばあちゃんは、俺たちの誰かがあれを盗んだと思ってるんだ。しつこく身体検査されて、参ったよ」

ワカメみたいな頭を掻きながら、げんなりと顔を顰める吉平。身体検査がよほど執拗だったのだろう。そこまで言われると、どんな感じだったか気になる。

「身体検査は亀代さんが自分でしたんですよね？　そんなにしつこかったんですか？」

「あー、かなりエグかったね、ありゃ。……ばあちゃんはまず、広間に鍵をかけて誰も逃げられなくしたんだ。その状態で、一人ずつ部屋の隅に呼び出した。俺たちは、ポケットやら服の隙間やら、手あたり次第にまさぐられたよ。まだ子供のまりあちゃんまで、徹底的にやられた。それでも指輪は出てこなかったけどな」

「まりあちゃんまで……」

あの少女は、祖母に疑われて身体中を調べられたとき、どんな気持ちだったのだろうか。考えるだけで胸の奥が締めつけられる。

一花が俯いていると、後ろから肩を叩かれた。振り返ると、リヒトが優雅な笑みを浮かべている。

「そのくらいでいいよ、一花。だいたい聞くことは聞いた。次に行こう」

「あっ、は、はい！」

貴公子に倣って、一花は踵を返した。

だが、吉平がくねくねしながら行く手を阻む。

「待ってよ一花ちゃん。ツーショット写真撮ろうぜ！　俺、日記代わりにスマホに写真を残してるんだ」

「え……いえ、結構です」

「そんなこと言わないで撮ろうよ～。今日は俺と一花ちゃんが出会った記念の日だろ」

　勝手に妙な記念日を設定されてしまった。たとえ二十カラットのサファイヤをプレゼントすると言われても、こんな軟派男とツーショット写真を撮るなんて勘弁願いたい。

「ねえ、一花ちゃんってばあ～」

「そこまでにしてくれないかな」

　一花に言い寄ろうとする吉平を遮って、誰かがすっと前に立ち塞がった。その拍子に、さらりと揺れた金色の髪がキラキラと輝く。

「僕たち、遊んでるわけじゃないんだけど」

　リヒトが腕を組み、静かに吉平を見つめている。ただそれだけなのに、怒りの感情が一花にも否応なく伝わってきた。

「……行こう、一花」

　リヒトは一花の腕を引っ張った。しかし、吉平がもう片方の腕をガシッと掴む。

「待ってよ。写真くらい撮らせてくれたっていいだろ。俺はちゃんと質問に答えたんだし、お礼くらいしてよ～」

　気持ち悪い。恩着せがましい。そして――しつこい！　もう、お椀の底にひっついたワカメみたいにしつこい。

　一花は、なおもひっつこうとする吉平を思いっきり振り払った。

「吉平さん、本日はお話を聞かせていただきありがとうございました！　とっても感謝しています………はーっくしょん！」

心にもないことを言ったら、くしゃみが出た。

5

人を呪うと言われている青い宝石・ワイルドブルー。

一花は当初、亀代がなぜ警察に通報しないのか疑問に思っていた。何せ、なくなったのは二十カラットのサファイヤだ。資産価値は計り知れない。

だが、家の中を歩き、関係者から話を聞いているうちに理解した。

この状態で警察を呼べば、発田家の恥を晒すことになる。捜査が進めば、いずれ京子やレミの強欲さが露見するだろう。慎太郎の会社が傾いていることもすぐに調べられてしまうし、腑抜けた吉平の存在にもスポットが当たる。

亀代はそんな恥ずかしい家族の存在を表に出したくなくて、貴公子探偵・リヒトを呼んだに違いない。

さらに亀代は、ワイルドブルーを順当に息子に継がせるのではなく、赤の他人を含めて相応しい人物に譲ろうとしている。

（そりゃ……あの人たちじゃ駄目だよね）

一花は今までに顔を合わせた面々を順に思い浮かべて嘆息した。

写真でしか見ていないが、ワイルドブルーは息を吞むほど美しかった。慎太郎や京子やレミ、そして吉平に、あの輝きが似合うとは到底思えない。

ワカメヘアの軟派男がいた廊下から離れ、一花とリヒトは玄関ホールまでやってきた。

発田家の顔ともいえるその場所は、二階まで吹き抜けになっていて開放的だ。

そこに、ほっそりとした女性が立っていた。

「あら……探偵さんたち。ごめんなさい、私ったらこんな格好で」

次男の妻・小百合である。

ボブヘアを揺らして一花たちを振り返った彼女は、ぺこっと頭を下げた。左手にはバケツ、右手には柄の長いモップが握られている。どうやら、玄関ホールの掃除をしていたらしい。

服装は白いシャツにベージュのパンツ。メイクはほぼしていない。同じ屋根の下に住む親族だというのにレミや京子とは大違いで、飾り気がなくシンプルだ。

「掃除してたの？」

リヒトが一歩前に出て、小百合に向かって小首を傾げた。

「は、はい。掃除は、私の仕事ですから……」

まごうかたなき美男子に微笑みかけられ、小百合は顔を赤らめながら答える。

「ふーん。小百合さんは掃除の担当なんだね。他には？　この家で何をしてるの？」

「全員の食事作りと、洗濯と、アイロンがけと……ああ、亀代お義母さまが病院に行かれる際は、私が送迎をしています。あとは庭の草むしりなんかも。それから……」

リヒトと小百合のやり取りを黙って聞いていた一花は、密かに眉根を寄せていた。家事に運転手……つまりこの家の雑用を、小百合が一手に引き受けていることになる。

他の者は何をしているのだろう。さっき吉平が『身の回りの世話や家事を全部小百合さんにやらせてる』と言っていたが、亀代だけではなく、この家に住む者すべてが厄介事を一人に押し付けているように見える。

「みんなで分担すればいいのに……」

家政婦を雇うお金を惜しむのなら、負担は家族平等にするべきだ。理不尽さに耐えられなくて、一花はぽろりと本音を零した。小百合は少し俯いて首を横に振る。

「いいえ、私一人で大丈夫。雄二さん……私の夫は亡くなりました。娘のまりあは亀代お義母さまと血が繋がっているけど、私だけは余所者だから、本来ならこの家にいる資格なんてないの。なのに、こうして置いてもらえているんですもの。家事くらいしないと申し訳ないわ」

大丈夫と言いきられ、一花はそれ以上何も返せなくなってしまった。

いっぽうリヒトは、軽く溜息を吐いてから改めて綺麗な唇に笑みを乗せる。

「小百合さん。……もし手の届くところに高価な宝石があったら、小百合さんならどうする？　盗んでお金に換えて、こんな家から出ていきたいと思わないかな」

メジャーリーガーもびっくりの、直球すぎる質問だった。一花は慌てて、リヒトに耳打ちする。

「リヒトさん！　いくらなんでも、はっきり聞きすぎですよ」

横槍を入れられたリヒトは、ムッと眉間に皺を寄せた。

「回りくどい聞き方をしても意味がないと思うけど」

「それはそうですけど、でも……」

小百合は、全員分の家事を押し付けられていても弱音一つ吐かない健気な女性だ。そんな彼女が宝石を盗むなんて、一花には到底考えられない。

「止めないでよ、一花。こういうことは、はっきり聞かなきゃ」

「えぇー、そんな。せめてこう……もっとオブラートに包んで……」

探偵と家政婦（仮）がなおも小声で囁き合っていると、小百合が「あの」と口を開いた。

「……お金があっても、私はここを出ていかないと思います」

「えっ、どうして?!」

一花は驚いて叫んだ。

このまま発田家にいれば、小百合だけがこき使われる。生活できるだけの資金があるなら、娘のまりあと二人で暮らした方がいい。どう考えても。

……しかし。

「私は、この発田の家が好きなんです」

小百合は次の瞬間、きっぱりと言いきった。控えめで儚げだった表情が、きりりと引き締まっている。

「どうしてこの家が好きなの？　ここにいても、いいことなんてないと思うけど。特に亀代さんは、生活費を出すのと引き換えに小百合さんを召使い代わりにしてるよね？」

リヒトから、またもやストレートすぎる質問が飛んだ。

「亀代お義母さまは、そんなにひどい人じゃありません」

小百合はすぐさま頭を振る。引き締まった顔つきのまま、一花やリヒトに訴えかけるように前のめりになった。

「亀代お義母さまは、いつも発田家の全員が正しく明るい道を歩めるように苦心してらっしゃいます。厳しいことを言うのは、それだけ家族のことを考えているからです。自分を律し、今あるものに感謝をしなさい……亀代お義母さまは、私やまりあにそう教えてくれました。私は、あの人を心から尊敬しています」

向けられた眼差しは、眩しいほどまっすぐだった。小百合が語った言葉の中には、嘘も偽りも見受けられない。

多くの資産を持っているにも拘わらず、質素なグレーのワンピースを纏っている亀代。慎太郎や京子やレミ、そして吉平は、ケチで気難しい発田家の女主人にうんざりしているようだった。だが、小百合はそんな亀代を尊敬していると言う。

『自分を律し、今あるものに感謝をしなさい』

　この言葉が亀代の信条なのだとしたら、あの質素な身なりにも説明がつく。

　亀代は常に、自分と家族を厳しく戒めているのだ。慎太郎たちにせがまれても資金援助をしなかったのは、おそらく『本人のためにならない』と思ったからに違いない。

　分不相応の富があると、人は堕落する。発田家の女主人は、みんながズルズルと堕ちていかないように、必死で踏ん張っているのかもしれない。ワイルドブルーを相応しい人物に譲ると言い出したのも、この家の者たちがお金に惑わされて道を踏み外さないようにするため……。

「誰が何を言ったか分かりませんが、私は今の暮らしに十分満足しています。自分から家事がしたいと言ったんです。だから、この家を出ていくつもりはありません」

　考えに耽っていた一花は、小百合の声で顔を上げた。

　その横で、リヒトが確認するように問いかける。

「じゃあ、小百合さんはワイルドブルーを盗んでいないんだね？」

「はい。私はこの家に来てから、あの指輪に一度も触れていません。三日前の誕生日パーティーの日も、遠目に見ていただけです。あ……あの……」

　そこまで言うと、小百合は急におどおどし始めた。

　何か聞きたいことがあるようだ。その様子に気付いたリヒトが、視線と手振りで促す。

「……ワイルドブルーは、本当に誰かに盗まれたのでしょうか」

「ん？　小百合さんは、『盗まれた』という説に異論があるってことかな」

リヒトの口角がくいっと上がった。ついでに、青い瞳が興味深げに輝く。

「……はい。私はそもそも、あの指輪は誰にも盗まれていないと思っています。だって、二十カラットもあるサファイヤなんですよ？　土台の金と合わせたら、かなりの大きさになります。ポケットや服の隙間に隠せるはずがありません。もし家族の誰かが盗んでいたら、身体検査の際に見つかっているはずです」

「盗まれたんじゃないとしたら、小百合さんはどうしてあの指輪がなくなってしまったんだと思う？」

挑むような眼差しを投げかけた探偵に対し、小百合はおずおずと囁いた。

「消えた……んだと思います。不思議な力で、煙みたいに……。何せ、恐ろしい逸話がありますから」

思わぬ説が飛び出した。小百合の言葉に、リヒトが補足する。

「『ワイルドブルーの悲劇』だね」

「はい。ワイルドブルーは、その呪いの力で……人知の及ばない力で、消えてしまったのではないでしょうか。あの石は人を不幸にする。この家でも、あれを巡って争いが起きていました」

小百合はそう言って長い溜息を吐いた。しばらくしてから、床に視線を落としてぼそりと呟く。

「喧嘩になるくらいなら……なくなってしまった方がいいんだわ、あんな石」

そのひどく悲しげな声は、いつまでも一花の耳から離れなかった。

6

現時点で話を聞いていないのは、小百合の娘・まりあだけだ。小百合と別れる前にリヒトがまりあの居場所を尋ねると、こんな答えが返ってきた。

「あの子なら……近所の公園で遊んでいるはずですけど」

一花とリヒトは教えてもらった公園に行くため、とりあえず屋敷の外に出た。五月の爽やかな空気に包まれながら、二人揃って玄関から門へ向かう。

「リヒトさま、一花さん」

途中で、穏やかな声に呼び止められた。現れた白髪の執事に、リヒトは片手を挙げて見せる。

「ああ、林蔵。庭の調査は済んだ？」

林蔵はサッと一礼した。

「はい。おおかた見て回りました。特に怪しい点はございません。手入れの行き届いた、結構なお庭でございました。防犯カメラが何台も設置されているようで、セキュリティーの面でも大変優れております。……ご覧ください。あちらにもカメラが」

白い手袋がはまった手で、執事はとある方向を示した。

そこには背の高い鉄製の門がそびえ立っていて、門柱のてっぺんに小さなカメラが取り付けてある。

警備会社のステッカーがぺたりと貼られたその機械は、時折くるくると向きを変えていた。三百六十度、全自動で撮影できるようだ。

「この林蔵が数えた限り、屋敷の壁面や庭に、ああいったカメラが十台ほど設置してありました。死角はないと思われます。敷地内で怪しい動きをする者がいれば、しっかり映像に残されているかと」

カメラと聞いて、一花はハッとした。

「だったら、三日前のパーティーの日も、何か映っていたりしませんか？」

ワイルドブルーが消えた時間帯、防犯カメラが何かを捉えていないだろうか。

亀代は家族が犯人だと思っているようだが、もしかしたら外から泥棒が侵入する様子が映っているかもしれない。仮に発田家の誰かが犯人だったとしても、防犯カメラの映像を見れば何かしらヒントが得られる可能性がある。

しかし林蔵は、若干残念そうな顔つきになった。

「私も、防犯カメラの映像は一度確認するべきだと思います。ですが、手掛かりになるようなものは何も映っていないのではないかと……。依頼人の亀代さまは大変聡明な方です。防犯カメラの映像など、すでに確かめておいででしょう。何かあれば、先ほどリヒトさまにその旨を伝えているはず」

「あー、そうか。あの亀代さんなら、防犯カメラなんて真っ先に調べてますよね……」

林蔵の言うことは筋が通っている。がっくりと項垂れる一花の隣で、リヒトが門の外を指さした。

「防犯カメラのことはひとまずあとにして、発田家の最後の一人から話を聞きたい」

「家の外に行かれるなら、車を出しますか？」

運転手兼執事が素早く身構える。

「いや。すぐそこみたいだから歩くよ。林蔵も一緒に行こう」

リヒトは降り注ぐ日差しを浴びて微笑みを返した。

発田家は白金の高台に建っており、門を出るとすぐ、緩い下り坂が続いている。小百合から教えてもらった公園は、その坂道を五十メートルほど進んだところにあった。

「公園ってここですね！」

歩き始めてからほんの数分。一花は辿り着いた公園の入り口に立ち、中を覗き込んだ。

砂場や滑り台やブランコが設置されている、ごく普通の公園だ。今日は休日なのもあり、あちこちに子供の姿が見える。

「あっ、まりあちゃんだ！」

一花の視界の隅で、ポニーテールが揺れていた。まりあがしっかりした木の枝を持って、地面に絵を描いている。

その様子を、小学校低学年くらいの男の子二人が見つめていた。やがて、そのうちの一人がまりあに話しかける。

まりあは一度「うん」と頷いて、持っていた木の枝をその子に差し出した。

おそらく、男の子はあのしっかりした枝が羨ましくなって「貸して」と頼んだのだろう。

それに、まりあが快く応じたのだ。

（優しい子だなぁ）

微笑ましい光景に、一花の心がほわんと温かくなる。

木の枝を手にした男の子は、しゃがんで地面に絵を描き始めた。その光景にリヒトと林蔵が目を細め、公園内に和やかなムードが漂う。

「何すんだよ！　離せよ！」

だがその平穏な空気は、突然の大声でかき消された。

お絵描きをしていた男の子と、もう一人の男の子が喧嘩を始めたのだ。二人の男の子は、まりあが貸した枝を引っ張り合っている。

「ぼくもお絵描きしたい！」

「この枝はぼくが貸してもらったんだぞ！」

あっという間に言い争いになった。

子供同士の喧嘩は、場合によってはすぐエスカレートする。このままでは手が出てしまうかもしれない。

（止めなきゃ！）

一花は焦って足を踏み出した。

が、それとほぼ同じタイミングで、凛とした声が響き渡る。

「喧嘩は駄目だよ！」

まりあが仁王立ちになって、男の子二人を見つめていた。一花がいる場所からだと表情までは窺えないが、声の調子で怒っていることだけは伝わってくる。

一喝された男の子たちは、その場に立ち竦んでいた。二人で枝の端と端を握り締めたままだ。

まりあは男の子たちに歩み寄ると、素早く枝を取り上げた。数秒間それを見つめてから、ぐっと足を踏ん張る。

「こんなものがあるから喧嘩になるんだね。もう……こうする！」

ポニーテールがぴょんと跳ねた。たちまちビュンと音がして、木の枝がくるくる回転しながら遠くに飛んでいく。

実に見事な投擲フォームだ。九歳の少女の手から放たれたものは、あっという間に視界から消えた。どこか遠くに落ちたのだろう。

二人の男の子はしばらく呆然としていたが、やがて互いに顔を見合わせ、パッと身を翻した。そのまま一花たちの横を通って、逃げるように公園の外に出ていく。

「やれやれ。喧嘩の仲裁、お疲れさまだったね」

去っていった男の子たちと入れ違いに、リヒトが微笑みながらまりあに歩み寄った。もちろん、一花と林蔵も続く。

「まさか木の枝を遠くに放り投げるとは思わなかったよ。なかなか面白い仲裁の仕方だね。ちょっと驚いた」

枝が落ちた方向を見ながら話すリヒトの頬が、少し上気している。褒めているのか貶しているのか分からないが、とても楽しそうだ。

「あの枝のせいで喧嘩になったんだもん。だったら、なくなっちゃった方がいい」

まりあは険しい顔つきでそう呟いて、リヒトと一花と林蔵を順に見つめた。

「お兄ちゃん、さっき会った探偵さんだよね。お祖母ちゃんの指輪のことで、あたしに話を聞きにきたの？」

「そうだよ。何か知ってることはないかな。あの指輪――ワイルドブルーについて」

リヒトの口からワイルドブルーという単語が出た途端、まりあは首を大きく横に振った。

「あたし、なんにも悪いことしてない！　あの青い石、嫌い！　あんな指輪なくなった方がいいって、お母さんもよく言ってる」

まりあの強い口調に驚いたのか、リヒトは苦笑した。

「嫌い……か」

「あっ、お祖母ちゃんのことは大好きだよ。あたし、よく一緒にお散歩するの。お祖母ちゃんは怒ると怖いけど、いつも正しいことを教えてくれるから、もっともっといろんな話を聞かせてほしい。……でも」

まりあはそこまで言うと、ぎゅっと目を閉じた。

「あの指輪は嫌い！　あれがあると、みんなが怖い顔するんだもん。家族なのに喧嘩ばっかり……。あたしはもう嫌！」

その叫びには、祖母への深い敬愛と、家族に対する悲しみや怒りが入り混じっていた。小さな身体から伝わってくる数々の想いに、一花の胸がぎゅっと締めつけられる。傍らでは、林蔵も切ない表情を浮かべていた。

リヒトが少し屈んで、まりあと目を合わせる。

「君の気持ちは、僕にも少し分かるかもしれない。僕も、君と同じだったから」

「あたしと……同じ？」

「そう。僕も同じだった。母さんがいなくなってから、僕の周りではみんながいがみ合っていたよ。僕という、出てきてはいけない子供の存在を巡ってね。……みんな表面的には優しい声をかけてくれたけど、その優しさは嘘だった。本当は僕のことが嫌いなんだ。嘘吐きな大人には、ほとほと嫌気がさした」

整った顔に浮かんでいるのは、ひどく寂しげな笑みだった。一花の目がそれに引き寄せられる。

リヒトが語ったのは、おそらく東雲家との確執だ。『出てきてはいけない子供』は、その背中に何を背負っているのだろう。

他に知っていることはない？　と聞いたリヒトに対し、まりあは何も答えなかった。そのまま、くるりと踵を返す。

「あたし……お家に帰る！」

リヒトはそれを止めなかった。ただ黙って、小さくなっていく背中を見つめている。

「……リヒトさま、一つご報告がございます」

まりあの姿が完全に見えなくなってから、林蔵が姿勢を正して言った。

「何だい？　林蔵」

「先ほどのことですが、この林蔵が庭の調査をしておりましたところ、近所に住むご婦人から垣根越しに声をかけられました。そのご婦人は京子さまと大変親しく、先月は家族ぐるみで海外に旅行されたそうです」

「家族ぐるみか。つまりそのご婦人は、発田家の内情に精通してるってことだね」

「はい。そこでご婦人にいろいろなお話を聞かせていただいたのですが……どうやら、亀代さまのお孫さまには借金があるようです」

「孫って誰のことかな」

リヒトの目が少し鋭くなった。林蔵の話に興味を抱いたようだ。

「吉平さまでございます。数多くの女性と逢瀬を重ねられていて、そのための資金が足りずに借金をされているようです。あまり筋のよろしくない者たちが取り立てに来ているのを、近所の方々が見かけておりました。資金繰りに困った吉平さまは、発田家にある高価な品を勝手に持ち出して、インターネットのオークションにかけようとしたそうで……」

あの軟派男は、借金を返すために発田家のものを勝手に売ろうとしていたようだ。ただでさえ印象が最悪だったのにその下を行くなんて、呆れるにもほどがある。

一花がげんなりしていると、リヒトが顎に指を添えた。

「オークションに『かけようとした』ということは、実際に売る前に、誰かが気付いて止めたってことだよね」

林蔵は、丸い眼鏡を押し上げて首肯する。

「はい。オークションサイトに発田家の品が出品されているのを、亀代さまが見つけたそうです。ほどなく誰の仕業か判明して、吉平さまはたいそう絞られたと聞いております。亀代さまはそれ以来、オークションサイトを監視なさっているとか。質屋や宝石店にも手を回し、家族の誰かが家の中のものを勝手に売りに出しても、すぐ露見するよう手筈を整えてあるとのことでございます」

勝手に人のものを売ろうとした吉平が最低なのは置いておくとして、それに気付いた亀代はすごい。八十歳なら「インターネットなんて全然分からない」と言っていてもおかしくない年代だ。さすがは名家の女当主である。

「亀代さんはオークションサイトまで見張ってるのか。……となると、ワイルドブルーを盗んでも、換金するのは難しいね」

リヒトの言う通りだ。もし誰かがワイルドブルーを盗んだとしても、亀代の目がある限りお金に換えることはできない。

あれを盗んだ犯人は、一体これからどうするつもりなのだろう。もちろん、二十カラットのサファイヤなら持っているだけで幸せそうではあるが……。

(私は、宝石より当面の食費が欲しいけどなぁ)

などと一花が勝手なことを考えていると、リヒトがふっと一つ息を吐いた。

「換金については裏ルートがあるのかもしれない。……それにしても、あの吉平とかいう腑抜けた男には呆れたよ。亀代さんの孫とは思えないほど浅はかだよね。話を聞いているだけで不愉快だった。できれば二度と会いたくない」

「私も会いたくないです。絶対に！」

一花はぐっと拳を握ってリヒトに同意する。

と、そのとき。遠くの方から妙に間延びした声が聞こえてきた。

「い～ち～か～ちゃあああぁぁぁーん！」

反射的に、一花の顔が引きつる。たった今話題に上がっていた人物が、こちらに向かって猛然と走ってきた。

「一花ちゃん、見つけた！　家の中にいないから捜しちゃったよ。すぐそこでまりあちゃんに会って、公園にいるって教えてもらったんだ。また会えてよかった」

私は金輪際会いたくなかったです、という言葉を飲み込んで、一花は後ずさった。しかし、吉平は空気を読まずに間合いを詰めてくる。

「さっき言い忘れてたことがあったんだ。実は俺、パーティーのとき、スマホでみんなの写真を撮っててさぁ。変わったものは写ってないと思うけど、見る？」

「写真ですか……？」

軟派男にしては意外とまともな話だ。一花が振り返って指示を仰ぐと、リヒトがこくりと頷く。

「見せてください、吉平さん」

やたらとくねくねしている男に、しぶしぶ近寄った。腑抜けた顔を間近で直視しないように、差し出されたスマートフォンの画面だけをじっと眺める。

「ほら、これが俺と親父。んで、こっちはおふくろとレミで、こっちがばあちゃんだな」

吉平は画面を指でスライドして、一枚一枚写真を見せてくれた。

パーティーだからか、吉平や慎太郎はスーツ姿だ。京子やレミはワンピースタイプのドレスを着ている。

亀代も、この日ばかりは少し着飾っているように見えた。ブルーの長袖のワンピースに真珠のネックレスを合わせている。

写真には、人物の他に料理の載ったテーブルも写り込んでいた。

ケーキをメインに、キッシュやフライドチキン、サラダなどがどっさり並んでいる。洋食がメインだが、煮物などもあった。お年寄りである亀代の好みを考慮したのだろうか。

ざっと見る限り、どれも美味しそうだった。量もたくさんある。これを小百合が一人で作ったのだ。

その小百合も、当然写真の中にいた。

淡いグリーンのシャツと黒いパンツを身に着け、亀代に飲み物を注いでいる。お祝いの席にしてはかなりシンプルな服装だった。おそらく、飲み物を配ったり取り皿を片付けたり、いろいろ作業をこなすためだろう。

パーティーの最中も、やはり小百合一人が雑用を担っていたようだ。そのことに気付いて一花はちょっとムッとしたが、次の写真を見た瞬間、破顔した。

「あ、これ、まりあちゃんですよね。かわいい!」

写っていたのは、目がくりくりっとした少女だった。

丸襟がついたピンクのワンピースを着込んでいる。普段着のまりあもかわいいが、おめかししているとさらにキュートだ。

「パーティーの日、まりあちゃんは髪の毛をお団子に結ってたんですね! ポニーテールも似合うけど、この髪型もかわいい!」

ピンクのワンピースを着て微笑むまりあの頭の上には、黒いお団子が一つ乗っていた。小百合が結ったのだろう。可憐な服装とよく合っている。

まりあ以外の者は、全員今日と同じ髪型をしていた。

「……で、これが最後の一枚だ。問題の指輪だよ。ばあちゃんが陳列棚から出して、こうやってテーブルの上に置いといたんだ」

吉平はちょっと表情を曇らせて、スマートフォンの画面に視線を落とす。

「綺麗ですね」

　一花も食い入るように見つめた。

　青い石の付いた指輪は、紺色のケースに収められてコンソールテーブルに置かれている。改めて見ると、かなりの大きさだった。これを身体のどこかに隠しても、検査すればすぐ見つかるだろう。ましてや、飲み込んで隠すのはもっと無理だ。

「写真、もう一回見たい？　なんならメールに添付して送ってやってもいいぜ」

　全部で十数枚の写真を見終わったところで、吉平がそんな提案をしてきた。

「本当ですか？　送ってください」

　一花は迷うことなく即答する。事件現場が写っている写真だ。あとでじっくり見直したら、何か新たな発見があるかもしれない。

「いいよ、送る！　だから一花ちゃんのメールアドレス教えてくれよ！」

「え、私のアドレス?!」

　嫌だ――一花は咄嗟にそう思った。

　吉平なんかに連絡先を渡したら、用もないのに変なメールを送ってきそうだ。考えただけでうんざりする。

（でも、写真は送ってほしい!!）

　ジレンマに陥っていると、燕尾服を纏った執事が静かに歩み寄ってきた。くねくねしながら一花に迫ろうとする吉平の腕を、無言でガシッと摑む。

「……お？　何だ、このじいさん」

吉平は怪訝そうな顔つきで腕を振り払おうとした。しかし林蔵は目を微かに細めただけで、微動だにしない。

そこへ、リヒトも寄ってきた。満面の笑みで吉平を見つめ、ポケットから小さな紙片を取り出す。

「写真なら僕に送ってよ。この名刺にアドレスが載ってる。……言っておくけど、林蔵はこう見えて合気道の有段者なんだ。腕くらいならへし折れるよ？」

吉平の腕を摑む林蔵の手に、ゆっくりと力が籠もっていく。燕尾服の下から、闘志が溢れ出ていた。

そのまま、一秒……二秒……。

「うわっ、やめてくれ！　分かった。名刺のアドレスに写真送るから！」

五秒が経過した時点で白旗が揚がった。

「じゃあ写真のことは頼んだよ。……一花、林蔵、行こうか」

リヒトはへたり込む吉平に名刺を押し付けると、くるりと踵を返した。

7

「林蔵さんって、合気道の達人なんですね。知りませんでした……」

一花はそう呟いてから、ほーっと溜息を吐いた。

発田家の敷地を調べ終わり、家族全員から話も聞けたので、一花たちは一度引き上げることにした。

今は松濤の家のリビングで一花と林蔵が一つのソファーに並んで座り、向かい側のソファーにリヒトが一人で腰かけている。

朝の九時から発田家の調査を始めて、もう午後の一時になっていた。

「林蔵はなんでもできるからね。僕としては、一緒にいてくれるだけで心強いよ」

リヒトは執事を手放しで称賛した。褒められた当人は、恐縮したように頭を下げる。

「昔取った杵柄でございますが、お役に立てて何よりです。……ところで、リヒトさま。発田家の件、このあとはいかがいたしますか」

「うーん……発田家で起きたことは、実に面白いね。亀代さんは家族の誰かが盗んだと言っていたけど、今の時点では盗難事件かどうかさえ定かじゃない。動機の点で考えると、怪しい人はそれなりにいるけど」

三つ揃いのスーツを纏った細い身体が、ソファーに沈み込んでいる。探偵の青い目には『ワイルドブルー消失事件』の真相がまだ見えていないようだ。

一花は頭の中で、今日の出来事を反芻してみた。

リヒトの言う通り、動機を持つ者ならそれなりにいる。特に京子とレミは、あの宝石を喉から手が出るほど欲しがっているように感じた。

会社の経営に四苦八苦している慎太郎や、女遊びで借金をしているという吉平も同様である。

小百合とまりあは……どうだろう。

吉平は『一番金に困ってるのが小百合さんなんだ』と言っていたが、小百合自身はそれを否定している。まりあに関しては……はっきり言って、話らしい話はほとんどできなかった。

だが、何と言ってもワイルドブルーは二十カラットのサファイヤだ。ああいう美しいものには、人を引き付ける魔力が備わっているのかもしれない。

一目見たら、思わず盗んでしまいたくなるような……。

(『ワイルドブルーの悲劇』か……)

魅惑の宝石の忌まわしい異名を思い出し、一花はぶるっと震えた。いっぽう、リヒトは金色の髪をばさりとかきあげる。

「ただ、金銭的なことが動機なんだとしたら一つ問題がある。亀代さんがオークションサイトや近隣の宝石店などを警戒しているからね。このままじゃ、ワイルドブルーをお金に換えるのは難しい。何か監視の目をかいくぐる手段でもあれば別だけど。……それから、最大の謎が一つ」

ここで、すんなりした人差し指がぴっと立てられた。

「仮に誰かが盗んだとしたら、問題はその方法だよ。犯人はどうやって、あの指輪を『消した』んだろう」

そう。これこそが『最大の謎』だ。

パーティーの間、広間から出た人はいない。亀代が部屋じゅうひっくり返して捜したが、指輪はどこからも出てこなかった。

ということは、犯人自身があの指輪をどこかに隠し持っていたはずである。なのに、徹底的に身体検査をしても何も見つからなかった。大きさからして、飲み込んで隠すのも不可能……。

『消えた……んだと思います。不思議な力で、煙みたいに……』

小百合が語ったことが、一花の脳裡をちらちらと掠める。

広いリビングにしばしの沈黙が訪れた。完全に空気が重たくなる寸前、リヒトがふっと表情を緩めて一花に向き直る。

「この件は、発想の転換が必要みたいだね。……でもその前に、一花、お茶を淹れてくれないかな。一休みしたい」

お茶を……と言いつつ、すんなりとした手は腹部に添えられている。

一花はそこでハッとした。リヒトはおそらく、自分でも気付かないうちに微かな空腹感を覚えたのだ。

考えてみれば、今日は昼食をとっていない。そろそろエネルギーの補給が必要である。

何よりも、食の細いリヒトが、無自覚な仕草とはいえ空腹をアピールするのはかなり稀だった。

ここは、ちゃんとした食事を勧めるチャンスだ。一花は勢い込んで身を乗り出す。

「リヒトさん、お茶と一緒に、何か食べませんか？　私、ちょっとお腹空きました。……あ、林蔵さんも、お昼ご飯いりますよね？　みんなでランチタイムにしましょうよ」

「ええ。可能ならばこの林蔵も、ぜひご一緒させていただきたい」

林蔵は素早く首肯した。リヒトにちゃんとした食事をとってもらいたいという一花の意思を汲み取ったようだ。

「……じゃあ、何か口に入れておこうかな」

躊躇いながらも、リヒトは頷いた。

「任せてください！」

待ってましたとばかりに立ち上がる。

時刻はもう一時過ぎだ。これ以上ランチタイムが遅くなると夜に響くし、せっかく湧いたリヒトの食欲が消えてしまわないうちになんとかしたい。

今から作るなら、手早く調理できるメニューがいいだろう。

（……あ、確か『あれ』を買っておいたはず！）

冷蔵庫の中身を頭に思い描いていた一花は、ポンと手を打った。その勢いのまま、リヒトと林蔵を振り返る。

「すぐ準備しますから、テーブルについて待っててください！」

キッチンに駆け込むと、まずラップにくるんで冷凍しておいたご飯を三人分、冷凍室から取り出した。それを電子レンジに放り込み、続いて冷蔵室に入っていたプラスチックの容器を手に取る。

何やかんやと手を動かし、時間にしてちょうど七分後。一花は湯気の立つ皿をテーブルに運んだ。

「これ……カレーだね」

目の前に置かれたものを、リヒトはまじまじと見つめる。

「この間、一花さんが夕食に出してくれたものですな」

林蔵が丸眼鏡を押し上げながら言った。

その通り。一花が用意したのはチキンカレーである。数日前の夜、市販のカレールウと一緒に野菜と鶏肉を煮込んで作り、余った分を容器に入れて冷凍しておいた。

ただし、それをただ温め直して皿に盛ったのではない。

「あるものをチョイ足ししてあります。この前出したカレーとは、一味違いますよ！」

一花の実家では、一度カレーを作ったら一週間は食べ続ける。残り物を美味しく食べたい――こういうときこそ、チョイ足しの出番だ！

「……この前のカレーとあまり変わってないように見えるけど」

首を左右に傾けて皿の中を覗き込んでいるリヒトに、一花はサッとスプーンを渡した。

「何をチョイ足ししたか当ててみてください。さぁ、どうぞ！」

「ふーん。クイズ形式か。面白い趣向だね」

クイズ、すなわち謎。

謎解きに目がない貴公子探偵は、青い瞳をキラリと輝かせ、手にしたスプーンをカレー皿にそっと差し入れた。

「ん？　これは何だろう……すごく美味しい」

一匙目が口の中に消えた瞬間、そんな言葉が飛び出す。キラリと輝いていた瞳が、今度は大きく見開かれた。

「シーフードカレー……かな。魚介類の風味がある。でも、この前はチキンカレーだったはずだよね？　うーん、何が足されているんだろう？」

リヒトはカレーの皿を見つめて散々首を捻ったあと、スプーンを置いて両手を上げた。いわゆる降参のポーズだ。

「全然分からない。ねぇ一花、このカレーに、何を足したの？」

一花は冷蔵庫に駆け寄り、中からあるもの――蓋の付いたビンを取り出してテーブルに戻った。

「正解は、これです！」

「………？」

差し出されたビンを見て、リヒトは困惑気味に片方の眉を上げる。どうやら初めてお目にかかる一品のようだ。

代わりに、林蔵が口を開いた。

「イカの塩辛……ですかな」

一花はパチパチと拍手した。

「林蔵さん、大正解！　これはスルメイカを塩漬けにして発酵させたものです。アジア圏ではよく出回っているみたいですけど、欧米では珍しいかもしれませんね」

「僕は初めて見たよ」

しきりに瞬きしながらビンを眺めているリヒトは、三年前までドイツで暮らしていた。イカの塩辛に馴染みがないのも頷ける。

「今日は、カレーにこのイカの塩辛をチョイ足ししてみました！」

一花はリヒトの前でビンの蓋を開けて見せた。

中には、塩漬けになったイカの切り身とタレが詰められている。決して高級品ではない。どこのスーパーでも普通に売っているものだ。メインでチョイ足ししたのは、イカの味が染み込んだタレの方である。

これを大匙一杯分混ぜるだけで、残り物のカレーが劇的に変わる。

塩辛から滲み出たエキスが深いコクを加え、一口食べれば魚介類の旨みを存分に味わえるのだ。

「これ、どこかのレストランから取り寄せたものじゃないよね？」

スプーンに載せたカレーをしげしげと眺めて、リヒトが言った。

「普通の固形ルウを使って作ったんですよ。スーパーで安売りしてたので」

「……安売り？　これが？　信じられないな。ものすごくコクがある。三ツ星レストランで出てきたカレーより、僕はこっちの方が好きだよ」

「でしょう！」

思わぬ褒め言葉に、一花は拳を握り締めた。

イカの塩辛カレーは数あるチョイ足しレシピの中でも特にお気に入りで、自信を持って勧められるメニューの一つだ。このカレーなら、銀座の洋食店で出てきてもおかしくないと思っている。

そんなことを説明している間に、皿の中身が半分ほど減っていた。普段は少食なリヒトがここまで一気に食べてくれるなんて、家政婦（仮）としては何よりも嬉しい。

「二人とも座りなよ。一緒に食べよう」

リヒトに促され、一花と林蔵もテーブルについた。イカの塩辛カレーをみんなで一緒に味わう。

「ほぅ……これは素晴らしい。カレーライスがここまで美味しくなるとは。この林蔵、いささか驚きましたぞ。さすがは一花さんですな」

カレーを口にした林蔵が、ふわっと微笑んで何度も頷いた。素直に褒められて、一花は少し照れる。

「お口に合ってよかったです。今回は残り物のカレーを使いましたけど、安いレトルトのカレーでも美味しくなりますよ。イカの塩辛って、パスタや焼きそばの具材にぴったりなんです。他にも、醤油代わりに冷奴にかけたり、いろいろ使えます！　昨日買っておいてよかった～」

そんなやり取りをしているうちに、せっせとスプーンを動かしていたリヒトがふと手を止めた。

「あ、この歯ごたえは……イカの切り身かな」

一花は即座に反応した。

「そうです。今日は切り身の方もほんの少しだけ入れました。タレだけ入れても十分美味しいですよ！」

今回はビンを開封したばかりだったのでイカそのものも加えたが、塩辛はどうしてもタレだけが残りがちになる。これをそのまま捨ててしまうのは勿体ない。だから一花はいつも、カレーなどにチョイ足しして使いきっている。長年の貧乏暮らしで、食材を余すことなく使う癖がついた。

「すごく美味しいよ。この前のカレーと全然違う。……見た目はあまり変わってないのに。一花の作る料理は、本当に不思議だね」

リヒトはスプーンを止めて自分の皿を見つめた。そこには何も残っていない。完食である。

嬉しくて自然と緩んでくる頬を押さえながら、一花は言った。

「カレーは色が濃い食べ物なので、中に何か具材を入れても隠れちゃいますよね。食べてみれば分かるんですけど」

「具材が隠れる……か」

その呟きに混じって、鈍い音がした。ブルブルと何かが震えているような、独特で規則的な音……スマートフォンのバイブレーションが作動している。

「誰かからメールが来た」

リヒトが胸ポケットから薄い機械を取り出して画面に視線を走らせた。顔を顰めているところを見ると、気持ちのよいメールではないらしい。

「発田家の腑抜けからだ」

身も蓋もない、吐き捨てるような言い方だった。

「えっ、それってまさか……」

一花の記憶の奥底から、くねくねした軟派男が出現する。

「パーティーの写真を送ってきた。……一花へのメッセージも添えてあるけど、見せた方がいい？」

「見たくないので、結構です！」

リヒトがスマートフォンの画面をこちらに向けようとしたが、一花は頭（かぶり）を振って拒否した。

「ふーん。本当に、ただの内輪のパーティーだったみたいだね」

長い指を使って画面をタップしながら、リヒトは写真を一枚一枚確認していった。小首を傾げ、時折画面を拡大したり戻したりしている。

絹糸のような金髪が、さらりと耳にかかっていた。特にポーズを決めているわけではないのに、いちいち絵になるところはさすがである。

「ん……？」

麗しき貴公子は、動かしていた指を突然止めた。何やら神妙な顔つきで、スマートフォンの画面を凝視している。

「リヒトさん、どうしたんですか？」

一花がおそるおそる声をかけると、リヒトはガタッと音を立てて立ち上がった。

「……分かったよ、一花」

「はい？　分かったって、何が？」

「決まってるじゃないか。ワイルドブルーを盗んだ犯人さ」

「えぇぇっ?!」

一花はもう、何が何やらさっぱり分からない。傍らでは、林蔵も疑問と驚きが入り混じったような表情を浮かべている。

そんな中、クミンの香り漂うダイニングスペースに玲瓏な笑みが零れた。

「ありがとう、一花。カレーにイカの塩辛を入れてくれたお陰で――謎が解けたよ」

カレーにイカの塩辛を入れただけで何が分かったのだろう。

リヒトは『ワイルドブルーを盗んだ犯人』だと言っていたが、そもそも今回の件は本当に盗難事件なのだろうか。

調べれば調べるほど、忽然と消えたとしか思えない。小百合が言っていた通り、数々の悲劇を引き寄せた恐ろしい呪いの力で……。

「犯人が分かったそうだね、探偵」

亀代の低い声が、一花の思考を断ち切った。

8

今いるのは発田家の広間。問題の事件が起こった場所だ。室内には他に、発田家の面々が顔を揃えている。

室内に置かれた椅子に座っているのは、発田家の女主人である亀代と、リヒトだけだ。

林蔵は、一花たちを発田家に車で送り届けたあと別の場所へ出かけている。リヒトに何かを命じられているらしい。

ボーン、ボーン、ボーンと、鐘の音が三度、広い部屋の中に鳴り響いた。

午後三時。リヒトは首元に巻かれたループタイをまっすぐに整えてから、不敵な笑みを浮かべて口を開く。

「三日前、この部屋で二十カラットのサファイヤがなくなった。誰かに盗まれたんだ。犯人は……」

長い指が、ゆっくりと持ち上がった。それはぐるりと部屋の中を回り、ある一点でピタリと止まる。

「君だよ――発田まりあ」

名指しされたのは、この部屋の中で最も小柄な人物だった。探偵の指の先で、ポニーテールがビクンと揺れる。

「そんな……ちょっと待っ」

「ちょっと待ってくださあぁぁぁ――いっ!!」

先にまりあの母親・小百合が、それを遮って一花が前に躍り出た。

「リヒトさん！　まりあちゃんが盗んだなんて……何かの間違いですよね?!」

食ってかかるような勢いの一花に、リヒトは苦笑して指を下ろす。

「いいや、ワイルドブルーを盗んだのはまりあだよ。彼女以外ありえない」

「まりあちゃんはまだ子供ですよ。宝石を盗むなんて、そんな。だって……」

公園で会ったとき、まりあは言った。『あたし、なんにも悪いことしてない！』と。それなのに……。

「裏切られたと思ってる？　一花」

一花の心を読んだのか、リヒトはそんなことを言った。何も答えられずにいると、探偵にしては綺麗すぎる顔に笑みが浮かぶ。

「大人でも子供でも、裏切るときは裏切るんだよ。こっちがどんなに心を傾けても、相手はあっさりと手を離してしまう。……よくあることさ」

笑っているはずなのに、リヒトはなんだかとても寂しそうだった。一花は余計に、何も言えなくなる。

「ちょっと待ってください、探偵さん！」

割って入ってきたのは小百合だった。ボブヘアをさらりと揺らして、リヒトの眼差しから娘を守るように抱きしめる。

「この子が指輪を盗んだって仰いましたけど、そんなはずありません。あの日、亀代お義母さまはこの広間で身体検査をしました。もちろん、その検査はまりあもきっちり受けています。でも、何も出てこなかったんですよ？」

「わたしはその子の身体検査をちゃんとしたよ。ポケットはもちろん、靴下の中までじっくり調べた」

亀代が口を挟んできた。

続けてレミも、明るいショートレイヤーヘアをかきあげながらうんざりした顔で言う。

「レミも身体じゅう調べられたよ。もー、すっごくしつこかった！　まりあちゃんが指輪を持ってたんだとしたら、あのときお祖母ちゃんに見つかってたと思う」

「探偵さんは、これでもまりあが指輪を盗んだって言うんですか?!」

普段は聖母のような小百合の顔が、怒りに満ちている。しかし、眉目秀麗な貴公子は、その眼差しを真正面から受け止めた。

「常識的に考えて、あんなに大きな石が付いた指輪が忽然と消えるはずがない。パーティーの最中、指輪を部屋の外に持ち出すことは不可能だった。ということは……誰かが隠し持っていたとしか思えない。この中で、それができたのはまりあだけなんだ」

「隠し持っていたって、一体どこに？　無理に決まってますわ！　亀代お義母さまの身体検査を誤魔化すことなんて……」

「とりあえず、この写真を見てくれるかな」

リヒトは今にも飛びかかってきそうな小百合を手で制して、ポケットからスマートフォンを取り出した。画面には、一枚の写真が表示されている。

「あ、それ、俺がさっきメールで送ったやつ！」

吉平が小さな機械を指さして叫んだ。

写真の中で、ピンクのワンピースを着たまりあが微笑んでいる。服装に合わせて髪型も少し凝っていた。

「あの日、まりあは指輪を盗み、そして……この中に隠したんだ」

「えぇぇぇぇーっ、それって……お団子ヘアの中?!」

長い指が示した部分――まりあの頭の上にちょこんと乗った黒い塊を見て、一花は大声を上げた。

小百合はまりあを抱きしめたままその場で硬直し、亀代は目を見開き、残りはポカーンと突っ立っている。

張りつめた空気の中、リヒトはゆっくりと話し出した。

「僕はまず、犯人の目的はお金じゃないと思った。亀代さんがオークションサイトや宝石店を見張っている限り、ワイルドブルーを換金するのは難しいからね」

根が貧乏な一花にはできない考え方だ。二十カラットのサファイヤが盗まれたとなると、どうしてもお金の方に意識が行ってしまう。

「亀代さんは確かにしっかり身体検査をした。ポケットや靴下の中まで確かめたと言っていたけど……結い上げた髪の毛の中までは見ていないよね。パーティーに参加したメンバーの中で、結えるほど髪が長いのはまりあだけだ。まりあはただ一人、指輪を隠し持つことができたんだよ」

リヒトの声を聞きながら、一花は発田家の面々を順に眺めた。

まず、亀代自身は短い白髪である。レミは明るい色のショートトレイヤーヘアで、吉平はウェーブがかかった少し長めの短髪だ。京子の髪はヘアスプレーでがっちり固められたヘルメットのようなショートボブ。まりあの母・小百合の髪は、肩上でナチュラルに切り揃えられている。慎太郎の頭髪に関しては、限りなく皆無に等しい。

一花の視線は、まりあのポニーテールに釘付けになった。頭の上で括られた髪が、背中で揺れている。ほどいたら肩甲骨の下くらいまで届きそうだ。

それだけ長い髪をお団子に結えば、結構な大きさになる。指輪一つくらいなら、中に押し込んで隠すことだって……。

「嘘だろ、まりあちゃん」

呟いたのは吉平だった。他の者たちも、同じ一点……まりあのポニーテールをじっと見つめている。

「嘘よね、まりあ。あなたが指輪を盗んだなんて、そんなこと……」

小百合が、小さな身体を抱きしめながら震える声で尋ねた。

「あたし……」

まりあはそれだけ言って、俯いた。足元に、キラキラ光る雫がぽたりと落ちる。

宝石のように美しく透き通った涙を見て、一花はすべてを悟った。三日前、青い石の付いた指輪を盗んだのは、紛れもなくこの少女だ。

「何で……まりあ……」

小百合は娘の身体を抱いたまま声を詰まらせた。

リヒトは腰かけていた椅子から立ち上がり、親子のもとへ歩み寄る。

「まりあ。君が指輪を盗んだのは――みんながあれを巡って喧嘩をしていたからかな」

小さな頭が、こくりと上下に振られた。

「……うん。喧嘩するくらいなら、あんなものない方がいいと思ったから」

公園で会ったときも、まりあは同じことを言っていた。喧嘩をしていた男の子たちの間に割って入り、原因になった木の枝を遠くに放り投げたのだ。

顔をぐっと上げ、まりあはリヒトを見た。くりくりした瞳は涙で濡れている。

「あたしが指輪を盗った。お母さんが結んでくれた髪の毛の中に隠して……今は、机の抽斗にしまってある」

「まりあ！」

娘の告白を聞いて、小百合は悲鳴を上げた。

「ごめんなさい。あとで返しておけばいいと思って……。あたし、あの日だけは、みんなに笑っていてほしかったの。だってあの日は、大好きなお祖母ちゃんの誕生日パーティーだったから！」

ごめんなさい、ごめんなさい、と繰り返してまりあは泣いた。小百合が、その身体をしっかりと抱きしめる。

「亀代お義母さま、申し訳ありません。こうなったのは母親の私の責任です！　大事な指輪を盗むなんて……もう顔向けができませんわ。この家から出ていきます」

一花は親子の様子を見ていられなくなって顔をそむけた。リヒトのお陰で謎は解けたが、これではあまりにやるせない。

『あたし、なんにも悪いことしてない！』と叫んだ少女を思い出す。確かに二十カラットのサファイヤを盗んだのはまりあだが、それは祖母のためを思ってやったことだ。祖母が大好きだからこそ、まりあは……。

「冗談じゃないわ！　あたくしたち、疑われ損じゃないの」

ドン、と足を踏み鳴らして、京子が憤慨した。

「ほんとほんと。気分悪い」

レミも腰に手を当ててまりあと小百合を睨みつける。

「あーあ。小百合さんは俺が再婚してあげたいくらい美人だし、まりあちゃんも将来有望なのに、この家から出ていっちゃうのか。残念だな〜。まぁ、人のものを盗んだんだからしょうがないね」

吉平は、どさくさに紛れてものすごく気持ち悪いことを言った。

自分だって発田家のものを勝手にオークションサイトで売ろうとしていたくせに、いたいけな少女を盗人呼ばわりするとは片腹痛い。

「まあまあ、みんな。そこまで責めるな。子供のしたことだ」

慎太郎は鷹揚に笑った。それ自体は寛大な発言に思えたが、何やらぎらぎらした顔つきで亀代の方を振り返る。

「母さん。ワイルドブルーを誰かに譲る件ですが、これで小百合さんたち親子はリストから外れますね。もういっそのこと、当初の予定通り息子の私が継ぐというのはどうでしょう。赤の他人の手に渡るよりいいと思いますが」

慎太郎の笑顔の理由が、一花にもようやく分かった。小百合たち親子の退場により、ライバルが減ることを喜んでいるのだ。

「まぁ！　あなた、いいこと言うわね。お義母さま、そうしましょ！　あ、もちろん、あたくしやレミに譲ってくださってもいいのよ」

下衆な笑みを浮かべる慎太郎の横で、京子がぱぁっと顔を輝かせた。レミも手を打って喜んでいる。

「あ、俺でもいいよ。俺みたいなイケメンなら、ワイルドブルーの輝きにも負けないぜ」

吉平は、ワカメみたいな髪をふぁさっ……と払った。サファイヤの瞳を持つ貴公子を前にして、よくもまぁそんなことが言えたものだ。

「これはいい機会ですよ。母さん、そろそろワイルドブルーを誰に譲るかはっきり決めてください」

慎太郎はニヤニヤしながら自分の母親を見つめる。

亀代は椅子に深く腰かけ、眉間にぐっと皺を寄せていたが、やがて重々しく口を開いた。

「ワイルドブルーは……」

「失礼いたします」

老婆の声と、別のもう一つの声が重なった。

全員が広間の入り口を振り返ると、そこには燕尾服を纏った執事、林蔵が立っていた。鼻の上にちょこんと載せている丸眼鏡が、光を反射してキラリと光る。

「リヒトさま、ご依頼のもの、お持ちいたしました」

林蔵はつかつかと広間に入ってきて、リヒトに大きめの封筒を手渡した。

「ありがとう、林蔵。さて……」

リヒトは口角をきゅっと上げ、封筒の中から何か本のようなものを取り出す。

「アルバムですか？」

一花が尋ねた。

「そうだよ。林蔵が『とあるご婦人』から借りてきてくれたんだ。そのご婦人が旅行のときに撮影した写真を、一冊のアルバムにまとめてあるみたいだね」

一花たちを発田家に送り届けたあと、林蔵はどこかに出かけていたが、それはこのアルバムを借りてくるためだったらしい。

「ふーん。ハワイに行ったのか。いいホテルに泊まってるなぁ。ここ、一泊何十万もする有名なところだよ。かなり豪華な旅行だったんだね」

リヒトは一人でアルバムをめくってくすくす笑っていたが、突然くるりと横を向いて言い放った。

「豪勢な旅行は楽しかった？　京子さん」

「えっ、な、何?!　あたくし?!」

急に名前を呼ばれた京子は、驚いて身体をこわばらせる。

貴公子探偵はその鼻先に、アルバムを突きつけた。

「先月、京子さんは友人と家族ぐるみでハワイ旅行に行ってるよね？　これはそのときに撮影した写真だよ。ほら、京子さんと慎太郎さんが写ってる。こっちのページには吉平さんやレミさんもいるね。豪華なホテルに泊まって高級料理を食べたのか」

きらびやかなホテルの一室で寛ぐ京子と慎太郎。肉汁したたるステーキを頬張る吉平。ブランドのロゴが入ったショッピング袋を持って満面の笑みを浮かべるレミ……。

おそらく、このアルバムを貸してくれたのは、林蔵が立ち話をしたという例のご婦人だろう。貼られている写真から、ブルジョワな雰囲気がひしひしと伝わってくる。こんな豪遊、貧乏人の一花にはとてもできない。

リヒトはぐるりと首を動かして、慎太郎、京子、吉平、レミの順に視線を送った。

「あなたたちは会社の経営資金や学費に困ってるって言ってたよね？　吉平さんには借金まである。それなのに、これだけ豪華な旅行の資金を、一体どこから捻出したの？」

「うっ……そ、それは」

慎太郎が言葉を詰まらせる。

「あ、あたくしは……その」

京子はじりじりと後ずさった。

吉平はくねくね揺れながら冷や汗を流し、レミはアイラインに埋もれた目を何度も何度もパチパチさせる。

「お前たち……これは、どういうことだい？」

地を這うような低い声が部屋に響き渡った。亀代が椅子にどっかりと座ったまま、目をぎらぎらさせて怯える四人を睨みつける。

「慎太郎、京子、吉平、レミ。一か月前、お前たちはわたしに『募金のお願い』をしにきたね。確か『世界じゅうのかわいそうな子供を救うため』と言っていたはずだ。……まぁ、十中八九嘘だろうと気付いてたよ。でも借金の返済や学費や会社の運転資金に回すのなら、目をつぶるつもりだったんだ。それなのに、まさかこんな下らないことに使うとは……」

部屋の中が、不気味に静まり返る。

一花は、発田家の女当主の身体から凄まじい怒りのオーラが立ち昇る様を呆然と眺めていた。

これはもう鬼だ。いや、閻魔さまだ！

「うわぁぁぁぁ――っ!!　ばあちゃん、ごめんよおぉぉぉぉ――!!」

三十秒後、吉平が床に跪いて頭を下げた。続いて、残る三人もガバッと土下座する。

「……母さん、すまん！」

「お、お義母さま、ごめんなさい！」

「お祖母ちゃん、レミのこと許して～」

床に這いつくばる四人を見て、リヒトは「やれやれ」と肩を竦めた。

「お金もないのに旅行するなんて、おかしいと思ったんだよ。ワイルドブルーの件とは別に、ちょっと調べたくなってね。林蔵に写真を借りてきてもらったんだ」

一花も呆れて溜息を吐いた。四人で亀代を騙すなんて本当に最低である。何が『世界中のかわいそうな子供を救うため』だ。

「……で、どうする、亀代さん。ワイルドブルーは、誰に譲るのかな」

青い瞳が、亀代を見つめる。

しばしの沈黙のあと、発田家の閻魔大王は、裁きの内容を厳かに口にした。

「ワイルドブルーは――」

9

ワイルドブルーは、亀代の孫娘・まりあに譲られた。

貴公子探偵がすべてを明らかにしたあと、亀代は幼い孫娘をまっすぐ見つめて諭すように言った。

『人のものを勝手にどこかへ隠すのはよくないことだ。でも、まりあ。お前ならきっと、あの石に惑わされない。断ち切っておくれ――ワイルドブルーの悲劇を』

あれから一週間が過ぎ、ワイルドブルーの譲渡は滞りなく済んだ。まりあが成人するまでは、母親の小百合が管理する。

もちろん、あの親子は発田家から出ていったりしない。これからも亀代に寄り添い、助け合って生きていくとのことだ。

さらに、まりあと小百合は二人で話し合い、ワイルドブルーを博物館に無償で貸し出すことにしたという。

『お祖母ちゃんが大事にしてた指輪を、みんなで仲よく見てもらいたいの』

まりあはおとといい電話をかけてきて、嬉しそうにそう言った。

いっぽう、慎太郎、京子、吉平、レミの四人は、亀代を騙した償いとしてボランティア活動をすることになった。本人たちが言った通り『世界じゅうのかわいそうな子供を救うため』三日前からサバンナに井戸を掘りに行っている。

働きぶりは、逐一亀代に報告される。もしサボったら……発田家の閻魔さまが黙っていないだろう。四人とも、しばらくは大人しく奉仕活動に勤しむことになりそうだ。

（いい方向に片付いてよかった）

一花はふふっと笑って、ガスコンロの火を止めた。真っ白い皿にご飯をよそい、温まった鍋の中身をその上にかける。

「リヒトさん、お待たせしました。カレーです！」

一花が差し出した皿からは、クミンの香りが濃厚に漂っていた。テーブルについて待っていたリヒトが、パッと顔を綻ばせる。

「ねぇ一花、例の『あれ』を加えてもいい？」

「もちろんです。はい、どうぞ――イカの塩辛です！」

ちょうどお昼時。「何か食べませんか？　軽めでもいいので」と一花が促してみたら、リヒトは「カレーなら……」と言った。イカの塩辛カレーが、よほど貴公子のツボを突いたのだろう。

貴公子探偵がワイルドブルー消失事件の謎を解けたのは、このカレーを食べたからだ。カレーのルウがチョイ足ししたイカを包み込んで見えなくする……そのことがヒントになり、まりあがお団子ヘアの中に指輪を隠したという真相に気付いたらしい。

「美味しい」

これ以上ないくらい分かりやすくてシンプルな感想を言ったあと、リヒトは皿を眺めて真顔になった。

「それから……やっぱり不思議だ。一花の作るものはどことなく……僕が探している『あの料理』に近い気がする」

「あの料理？」

半分首を傾げた一花は、そこで思い出した。

この前も、リヒトは今と同じことを言ったのだ。そのときは詳しいことが聞けないまま話が流れてしまった。

「リヒトさん、何か食べ物を探してるんですか？」

改めて尋ねてみる。

リヒトはいったんスプーンを皿の上に置いて、心持ち一花に向き直った。

「そうだ。その話をしようと思って忘れてた。……僕はね、ある料理を探してるんだ。それは多分、この世で一番美味しいと思う」

「そんなに美味しいんですか。洋食？　それとも和食ですかね」

「母さんが作った料理だよ」

「お母さん？　でも、リヒトさんのお母さんって……」

もう亡くなってますよね、とデリカシーのないことを言いかけて、慌てて口を噤んだ。

リヒトはバタバタする一花を見てふっと微笑む。

「ドイツに住んでいたころ、母さんが作ってくれた料理なんだ。あれほど美味しいものは他にないと思う。……もう一度、どうしても食べてみたい」

淡々とした口調だったが、言葉の端々に強い想いが滲み出ていた。

亡き母の味――それはもはや、リヒトの一部だ。自分を作り上げてくれた料理をもう一度味わいたい気持ちは、一花にも理解できる。

一花だって、母親からチョイ足しレシピを受け継いでいる。舌に馴染んだ味は、いくつになっても忘れられない。

「母さんの料理はもう食べられなくなった。近いものがないか、日本に来てからいろいろ探してみたけど、どれも違ったよ。……そのうち僕は、食べること自体に興味が持てなくなった」

出会った当初、味気ない栄養食品を齧って過ごしていたリヒトのことを思い出す。冷蔵庫に詰められた大量の箱の裏には、深い事情があったのだ。

知れば知るほど、切ない気持ちが込み上げる。一花は胸にそっと手を当てながら聞いた。

「リヒトさんのお母さんが作った料理って、どんなものなんですか？」

「それが……よく、分からない」

答えたリヒトの表情が、少し沈む。

「えっ？　でも、リヒトさんはその料理を食べていたんですよね？」

「うん。母さんは『特別な日』にその料理を作ってくれた。気分を盛り上げるために、それを食べるときだけは部屋の照明を落として、キャンドルに火を灯した。暗かったから、料理の見た目は分からない。覚えているのは舌の感覚と……味だけだ。軟らかくて温かい食べ物だったよ」

「……見た目が分からない料理ですか」

一花の眉間にぐっと皺が寄った。

記念日のディナーの際は間接照明にしてムードを出すこともあるが、リヒトの母親もそれと同じようなことをしていたのだろう。

料理の見た目が分からないとなると、探すのは相当難しそうだ。

裕福だったリヒトの母親が作ったものなので、高級な材料を使っているのかもしれない。

何かもう少し、ヒントが欲しいところである。

「ヒントが一つだけある」

まさにちょうどいいタイミングでリヒトが言った。

「どんなヒントですか?!」

「母さんがあの料理を作るのは、特別な日だった。誕生日なんかが該当するけど……特に

『難しい謎を解いたあと』が多かったんだ」

「謎って、リヒトさんが好きな、あの謎ですか？」

「そうだよ。僕の母さんはドイツで日本人学校の教師をしていたんだ。人にものを教える仕事をしていたせいか、厄介な謎を抱えた近所の人がよく相談を持ち込んできてね。その謎を、母さんはいつも見事に解いた。名探偵って呼ばれてたんだよ。格好よかった」

「あぁ、リヒトさんのお母さんも謎解きをしてたんですね！」

ここに来て、貴公子探偵のルーツが判明した。リヒトは子供のころから、母親が謎を解くのを間近で見ていたのだ。

「物心ついてからは、僕も母さんと一緒に謎解きをしたよ。何日も頭を捻ってようやく難しい謎が解けたとき……そういう特別な日に、母さんはあの料理を作ってくれたんだ。それを二人で一緒に食べるのが、僕の何よりの楽しみだった。だから……」

ブルーグリーンの瞳が、キラキラと輝く。

「難しい謎を解き続けたら、それがきっかけになって何か思い出せるかもしれない。僕は母さんの味に辿り着くための謎――美味しい謎を、ずっと探してるんだ」

一花はそこで気付いた。『美味しい謎』は、失いかけた食欲を取り戻すためだけにあるのではない。貴公子が謎を解くのは、母の味に辿り着くためでもあったのだ。

微笑みの乗った美麗な顔には、寂しさが入り混じっている。僅かに潤むサファイヤの瞳を見ていたら、一花の脳裡にリヒトの言葉が蘇ってきた。

『人は嘘を吐く生き物なんだよ。たとえ、どんなに優しそうに見えても』

『こっちがどんなに心を傾けても、相手はあっさりと手を離してしまう』

母親を亡くし、父親を頼って日本にやってきたリヒトの周りでは、『出てきてはいけない子供の存在』を巡っていがみ合いが起きた。偽りの優しさとたくさんの嘘が飛び交っていたに違いない。

その諍いの中で、リヒトは笑っていたのだろうか……今みたいに、寂しそうな顔で。

「ねぇ一花。一人はつまらないよ。みんなで食べたい」

そんな声が、一花を現実に引き戻した。顔を上げると、リヒトがスプーン片手にこちらを見ている。

「林蔵は庭にいるのかな。呼んできてよ、一花」

難しい謎に挑み続ける容姿端麗な貴公子探偵。その背中には、計り知れない悲しみが乗っている。

だけど、心から笑ってほしい。せめて、食事の間くらいは……。

「分かりました！　みんなで食べましょう！」

一花は大きく頷いて、くるりと身を翻した。

チョイ足し三品目　具材マシマシ・魅惑のカップ麺

1

「リヒトさん、もうすぐお家ですよ。大丈夫ですか？」

昼下がり。静かな住宅街の道を歩きながら、一花は後ろを振り返った。その途端、絹糸のような金色の髪が目に飛び込んでくる。

一花が家政婦（仮）として松濤の家に住み込み始めて一か月。

すでに六月に入った。梅雨が近いせいか空はところどころ雲に覆われているが、リヒトの髪がキラキラと光を反射して少し眩しい。

……というか、リヒトの身体全体が輝いて見える。金色の髪も青い瞳も甘い顔も、何もかもが美しすぎるのだ。

そんな美麗な貴公子が、買い物袋を三つも持って一花の二メートルくらい後ろを歩いている。

駄目だ。どう見ても絵面がおかしい。世界中のイケメンの、さらにいい要素だけを集めたようなスーパー美男子に、よれよれのエコバッグなんて似合わない。

今日は蒸し暑いので、一花は半袖のボーダーTシャツにくるぶし丈のデニムを合わせていた。リヒトも、リネンのシャツに綿のパンツと、珍しくカジュアルである。

そういう涼しげな格好にも拘わらず、リヒトの額には汗が滲んでいた。かさばる買い物袋を何度も持ち直し、かなり辛そうだ。

いてもたってもいられなくなって、一花は二メートル後ろに駆け寄った。

「リヒトさん。荷物、持ちます！　買い物は私の仕事ですから」

松濤地区は渋谷の繁華街に隣接しているが、周りに並んでいるのはファッションビルばかりではない。そこに住むセレブたちのために、新鮮な食材が豊富に並ぶスーパーがいくつかある。

家政婦（仮）の仕事には、買い出しも含まれる。今日も一人でスーパーに行くつもりだったが、昼食を済ませてからいそいそと準備をしていると、リヒトが声をかけてきた。

暇だからついていきたいと言われたので、一花としてはごくごく軽い気持ちでＯＫした。決して、荷物を持ってもらおうと思っていたわけではない。

「リヒトさん、私が持ちますから！」

一花は再びそう言って、ベージュのエコバッグを引っ張った。しかしリヒトはふるふると首を横に振る。

「いいよ。僕が持つ。もうすぐ家だし」

「でもそれ、かなり重いですよね？」

今日は特売日だったので、かさばるものばかり買った。お米に醤油に牛乳、トマトが四個とジャガイモが十個。その他もろもろの食材が、三つのエコバッグに分散して入っている。

リヒトはその三つの袋を、全部一人で抱えていた。もちろん一花は自分が持つと言ったのだが、頑として聞き入れてくれない。

家政婦（仮）が家主に荷物を持たせるなんて言語道断である。所属している家政婦派遣会社・日だまりハウスサービスにこのことが知れたら、きっと本部スタッフから大目玉を食うだろう。

「リヒトさん、やっぱり私が持ちます」

「いや、こんな重いもの、一花には渡せない」

額に浮かぶ汗と、ふらふらな足取り。リヒトはどこからどう見ても強がっている。

汗だくの横顔を見て、一花は笑みを零した。普段は全く隙のない貴公子探偵・リヒトがこうやって無防備な姿を見せるのは、打ち解けてきた証だろう。一花に心を開いてくれているようで……信頼してくれているようで、それが何よりも嬉しい。思わず破顔してしまうほどに。

リヒトにも笑ってもらえるように、一花も仕事を頑張りたい。そのためにはまず、家政婦（仮）から家政婦（正式採用）に昇格しなければ……。

そんなことを考えているうちに、黒御影石の塀が見えてきた。この塀に沿って数十メートル歩けば、ようやく門に辿り着ける。

「あぁ、やっと家に着きますよ。リヒトさん、荷物持ってくれてありが……あれ？」

一花はお礼の言葉を途中で止め、顔を前に突き出して目を凝らした。立派な門の前に、誰かが立っている。

白いワンピースを着て、レースの日傘を差した、髪の長い女性だった。その女性が、一花たちの気配を察して振り向く。

（うわ……綺麗な人！）

一重の切れ長な瞳に白い肌。頬はほんのり桃色で、唇ははっきりと紅かった。さらりとなびく長い黒髪が、クールで凛とした美しさを引き立てている。

身体つきはほっそりとしていて、買い物袋なんて持たせたら、真ん中からポキッと折れてしまいそうだ。

突然現れた美女に一花が度肝を抜かれていると、隣にいたリヒトがハッと息を呑んで呟いた。

「美影（みかげ）……」

佇んでいた美女は、艶めく唇の端をきゅっと持ち上げた。

「わたしのこと、覚えていてくれてありがとう。久しぶりね……リヒトくん」

2

白いワンピースの美女は、依頼人だった。つまり彼女は何らかの謎を抱えており、貴公子探偵のもとへ相談に訪れたのだ。

リヒトは美女を客間に案内するよう一花に命じ、自身は「汗をかいたから着替えてくる」と言って自室に入った。林蔵は、主の着替えを手伝っている。

一花は言いつけ通り、美女を客間に通した。

ソファーに浅く腰かけ、髪をさらりとかきあげる姿が妙になまめかしい。同性なのに、見ているだけでドキドキする。

「あなたは家政婦さんかしら」

部屋の隅でポーッとしていると、急に美女が振り返った。一花は慌てふためいて、ひっくり返りそうになりながらもなんとか答える。

「は……はい！　家政婦の三田村一花です。まだ仮採用ですけど」

「そう。それにしてもリヒトくん、すっかり見違えちゃったわ」

紅い唇の両端が引き上げられる。くつくつとひとしきり笑ってから、美女は居住まいを正して一花を見つめた。

「初めまして、一花さん。わたしの名前は、明神（みょうじん）美影」

「明神美影さんって……あれ？　どこかで聞いたことあるような」

誰だっけ？　と一花が首を捻っていると、美影は傍らに置いてあった革製のトートバッグから一冊の本を取り出した。

夜桜の絵が描かれたハードカバーの表紙には『明神美影』の文字がある。

「わたし、作家なの。これは最近出した本よ」

「あぁぁっ！　それ知ってます。じゃあ、あなたが『天才作家』の、明神美影先生なんですか?!」

「『先生』はやめて。恥ずかしいから」

美影が掲げているのは、一か月ほど前に刊行されて以来、ずっと売り上げランキング一位に君臨している恋愛小説だ。

作者のことも、ようやく思い出した。

明神美影は、現在二十五歳。有名な新人賞を受賞して、まだ女子大生だった二十歳のときにデビューした。

受賞作は刊行当初から話題が集中。美影は『天才作家』のフレーズとともに、文壇の仲間入りを果たす。

以来、出版した本すべてが三十万部以上のベストセラー。来年は、その中の一作が映画化されるらしい。

そのあたりのことは一花も知っていたが、美影の顔写真は見たことがなかった。噂の天才作家が、まさかこんなに美人だったとは。

（『天は二物を与えず』なんて、嘘だ！）

美影はまさに、天から二つも三つもギフトを受け取ったパターンだろう。やはり不公平だと思う。一花なんて、美しくもなければお金もないというのに。

「素敵な家。リヒトくん、ここの主なのよね。昔はあんなに小さかったのに、すごいわ」

美影が客間を見回してしみじみと言った。もろもろの格差に打ちひしがれていた一花は、気を取り直して尋ねる。

「美影先生……いえ、美影さんは、リヒトさんのお知り合いなんですか？」

「ええ。わたしは父の仕事の関係で、十八歳までドイツに住んでいたの。日本人学校に通っていたんだけど、そこでリヒトくんのお母さまが教師をしていてね。わたしはリヒトくんのお母さま……アンナ先生の教え子なのよ」

「ああ、ドイツにいたころに知り合ったんですね」

「そうなの。わたし、優しいアンナ先生が大好きだった。近所に住んでいたから、よく家にお邪魔していたのよ。そこでリヒトくんとも仲よくなったの。……リヒトくんは昔からとっても頭がよかったけど、ちょっと臆病で、しょっちゅう泣いてたわね」

「えぇっ！　そ、そうなんですか?!」

意外すぎる話を聞いて、一花は目をパチクリさせた。

リヒトはどちらかといえば傲岸不遜で、かなり年上の大人と対峙しても物怖じしない。

それが、小さいころは泣き虫だったなんて……。

「リヒトくんは、雷が鳴ってるとか大きな犬がいるとか、ちょっとしたことで泣きべそをかいてその場から動けなくなってたわ。そのたびにわたしが手を引いて、家に連れて帰ってあげたのよ」

二十五歳の美影は、リヒトより八つ年上だ。昔のリヒトにとって、彼女は『近所の優しいお姉さん』だったのだろう。

「そのリヒトくんが、今では探偵をしてるのね。ドイツの家もお城みたいに広くて素敵だったけど、ここも綺麗。都会の真ん中とは思えないわ。ちょっと驚いちゃった」

美影が感慨深げにそう言ったとき、客間のドアが開いた。

「何に驚いたのかな、美影」

部屋の中に入ってきたリヒトを見て、一花は「ん？」と首を傾げた。

モデルのようなスタイルを包んでいるのはいつもの三つ揃いのスーツだが、首に巻かれているのはループタイではなく、きっちりとしたシルクのネクタイだ。それに加えて、普段は自然に下ろしているだけの金髪が、オールバック気味にセットされている。

いつもの倍以上、身だしなみに気合いが入っているようだ。リヒトは一人がけのソファーに腰を下ろした。

美影は長い髪をかきあげて微笑む。

「ふふ。リヒトくんが立派になってて驚いたの。無理もないわね。わたしがドイツを離れたのは十八歳のときだから、会うのは六年ぶり……いえ、七年ぶりだもの。リヒトくん、すごくかっこよくなった」

「そう？　美影は相変わらず綺麗だよ」

「ありがとう。それから……ごめんなさい。アンナ先生が亡くなったのに、わたし、今まで顔も出せなくて。リヒトくんが独りぼっちになったことは噂に聞いていたのだけど、わたしにはどうすることもできなかったの」

「いいよ、そのことは」

「今度ゆっくり、アンナ先生のお悔やみをさせてね。お墓はどこかしら？　二人で行きましょう。昔みたいに手でも繋いで」

「あのころはまだ子供だったから、よく美影の世話になったね。――でも、今度は僕がエスコートする」

「あら、嬉しい」

リヒトの言動は、身だしなみ以上に力が入っていた。どうも様子が変だ。美影に対しての振る舞いが、他の人に対するそれとは明確に違っている。

「失礼いたします」

ひたすら首を捻っていると、この家の執事が姿を見せた。二人分のお茶と茶菓が載ったお盆を手にしている。一花も林蔵を手伝って、客と家主の前にカップや皿を置いた。すべてが済んでから、使用人二人は揃って部屋の隅に下がる。

「ありがとう。美味しそうね」

美影は一花と林蔵にお礼を言ってくれた。それから、ふぅと一つ息を吐いてリヒトを見つめる。

「改めまして、明神美影です。今日は探偵さんに解いてほしい謎があって、こちらを訪ねたの。リヒトくん、今では謎解きを生業にしてるんですってね」

「仕事じゃなくて趣味みたいなものだよ。……で、どんな謎なの？」

リヒトは澄ました顔でお茶を一口啜ってから、美影を見つめ返した。

「実はわたし……父の遺言状を探しているの」

遺言状という一言で、室内の空気が少しピリッとする。

「美影のお父さんは、亡くなったの？」

すっかり探偵らしい顔つきになったリヒトが、手短に尋ねた。

「ええ。二か月ほど前に、脳の血管が破れて急死したの。リヒトくんは、わたしの父のこと、少しは知ってるわよね。ドイツにいたころ、会ったでしょう？」

「画家の明神早雲氏だね。雅号は下の名前そのまま、『早雲』」

リヒトの口から飛び出した『早雲』という名前を、一花も知っていた。

今や日本を代表する画家の一人である。専門は油彩画。その作品のいくつかは美術の教科書にも載っており、現代アートの展覧会では必ずメインの場所に飾られている。

「早雲氏はドイツで美大の客員教授をしていたんだよね。大学の都合で日本に戻ってからは、画家一筋って聞いてる。でも、亡くなっていたなんて知らなかったな」

リヒトが神妙な顔つきで言った。美影は軽く苦笑する。

「父は知り合いが多くて、全員を葬儀に呼ぶと大事になりそうだったから、家族だけの密葬にしたの。マスコミ向けにコメントを出したりもしていないわ」

「それで、美影は早雲氏が残した遺言を探しているんだね」

「ええ。父は亡くなる半年くらい前に言っていたの。『遺言状を書いて金庫に入れておいた』って。母はかなり前に病死しているから、娘のわたしが責任を持って父の遺言を実行しなければならないと思う。……だけど、肝心の金庫の鍵が開かないのよ。ロックを解除するための、十桁の番号が分からないの」

「十桁か……」

リヒトは軽く眉間に皺を寄せてから「どこかにメモしてなかったの？」と聞いた。

「メモは、あるわ。父が家の中のどこかに書き残しているはずなの。でも、あちこち探したけど見つからなくて……。父は、亡くなる前にその番号をわたしに伝えるつもりだったと思うわ。急に逝ってしまったから、何もかも分からないままなのよ」

早雲の死は本当に突然のことだったのだろう。美影の顔が悲しそうに曇る。だが、すぐにもとのきりりとした表情に戻った。

「実は、父が一度だけ口走ったことがあったの。『金庫の番号は、たった一つの偽物の中に隠した』って」

「たった一つの、偽物……？」

リヒトが呟いた瞬間、美影が胸の前で手を組んだ。

「ねぇリヒトくん……いえ、探偵さん。金庫の番号を突き止めて！　父が遺言の中に書き残した最後の願いを、叶えてあげたいの。お願い、助けて！」

潤んだ瞳で懇願する美女。

麗しき探偵はスッと立ち上がり、彼女の手を恭しく取った。

「分かったよ、美影。その依頼、引き受ける」

「……リヒトくん、本当？　本当に、わたしを助けてくれるの？」

「当たり前だよ。美影に助けてって言われたら、断るわけない」

一花の目の前で、美男美女が手を取り合っている。

その光景はまるで、お伽噺の中に出てくる王子と姫のようだった。

3

大切な遺言状を飲み込んだまま開かなくなった金庫。とにもかくにも、現物を見てみないことには話が始まらない。

一花たちは今、東京都北区にある美影の自宅へ向かっている。移動手段は、林蔵が運転する車だ。運転席には林蔵がいて、隣の助手席に一花が座っている。

後部座席にはリヒトと美影が並んでいた。車内はとてもゆったりとしていて余裕があるはずなのに、二人はぴったり寄り添って話をしている。

「金庫の番号が分からなくて、本当に困っていたの。誰かに相談しようと思ったとき、真っ先にリヒトくんの顔が浮かんだわ。わたしは父の名代でごく限られた人だけが集まるサロンに顔を出しているのだけど、そこでリヒトくんが探偵をしているという噂を聞いたのよ。依頼を受けてくれてありがとう」

「サロンか。僕もドイツにいたころ母に連れられて地元のサロンに行ったことがあるけど、つまらない場所だね。高いだけで美味しくもないお茶を飲みながら、互いの持ち物を褒めるだけの集まりだろう。母も付き合いで仕方なく顔を出してたみたいだ」

「父は画家だから、属しているのは芸術家のサロンよ。みなさんとてもご裕福だけど」

貴公子と美人作家の会話が後ろから聞こえてくる。二人が根っからのブルジョワであることをいちいち痛感させられた。

サロンとは何か。どういう場所なのか。庶民の一花にはさっぱり分からない。……が、とにかくお金持ちの匂いがする。

「僕の話は金持ち連中の間で勝手に広まってる。サロンでも、どうせろくでもないことを言われてたんだろうな」

「そんなことないわよ。『あれはすごい探偵だ』ってみんな褒めていたわ。難しい事件をいくつも解決しているんでしょう?」

「ただの趣味だよ」

「アンナ先生も名探偵と呼ばれていたわよね。頭のよさはお母さま譲りかしら。なるべく早く遺言状を確認したいけど、無理は言わないわ。リヒトくんのペースで進めてね。わたしの家なら、いくらでも調べていいわよ。時間がかかるようなら、いっそのこと泊まっていってくれてもいいわ。リヒトくんなら大歓迎」

「なるべく早く済ませるよ。明神邸に泊まるのは、この件が解決して落ち着いてからだ。その方がゆっくりできる」

「うふふ。昔はよく『お泊まり会』したわよね。七年ぶりにやるとしたら、一晩ゆっくり、何をしましょうか？」

「それは――美影に任せるよ」

　助手席の背もたれ越しにそんな甘ったるい会話を延々と聞かされ、一花は胸やけを起こしそうだった。

(私、ついていく必要ある？)

　リヒトに言われるまま車に乗ったが、一花は本来、ただの家政婦（仮）である。林蔵のようになんでもできる合気道の達人なら話は別なのかもしれないが、そもそも使用人が探偵の調査に同行する必要なんてないはずだ。

　何せ、一花は頭がよくない。お金もない。美しくもない。ついていっても、邪魔なだけという気がする。

特に今回は、リヒトの傍に美影が付き添っている。一花の出番などなさそうだ。

（まぁ、リヒトさんに帰れって言われたら、そうすればいいか）

ひとまずそう結論付けて、一花はなんとなく重たくなった胸に手を当てた。

「あ、見えてきたわ。あれがわたしの家よ」

しばらくして、美影の明るい声が車内に響き渡った。

「えっ……すごい！」

思ったままのことが、一花の口から零れる。

フロントガラス越しに見えるのは、大豪邸――いや、もはや『城』だ。車が進むにつれて、尖塔がいくつも突き出た華麗な建造物が、こちらにぐんぐん迫ってくる。

後部座席から、リヒトの声が聞こえた。

「さすがは鬼才画家の邸宅だね。話には聞いてたけど、ここまで大きいとは思わなかった。まぁ、早雲氏の油絵は一枚数億の値がつくこともあるから、このくらいなら楽勝かな」

「そんなにたいしたことないわ。古い家だから毎年どこか修繕しなくちゃいけなくて、却って大変なの。それに、リヒトくんの家もすごいわ。渋谷駅から歩いて行けるなんて」

美影は謙遜したが、一花は超がつくほどの大豪邸に見入ってしまった。

ここは間違いなく東京都だが、お城のような建物がどーんとそびえているので、あたりにはなんとなく異国のムードが漂っている。

「明神家は明治時代から資産家だったの。あの家は父の両親、つまり祖父母の持ち物だったのよ。父は変わり者だったから、絵が売れるたびにあちこち改装して、あんなお城みたいな建物にしてしまったの。中もすごいんだから。……あ、執事さん、エントランスの前で車を停めてください」

自動開閉式の門をくぐり、しばらく進んだところで美影の指示が飛んだ。

林蔵は静かに車を停めてから外に出て、リヒトと美影のために後部座席のドアを恭しく開ける。

いっぽう、一花は自分で助手席のドアを開けて地面に降りた。

傍らに、城のような建物がそびえ立っている。首をうんと上に傾けると、突き出た尖塔のてっぺんが見えた。

メインの建物自体は三階建てのようだ。窓の数がとても多く、一体何部屋あるのか分からない。その建物の外には庭が広がっていた。あちこちに花が咲き乱れ、片隅には噴水がついた人工池が見える。

松濤の家も広いが、桁違いである。あまりの迫力に一花が呆然としていると、大きな玄関ドアが開いて、家の中から誰かが走り出てきた。

「美影さん……！」

白いシャツに足首まであるグリーンのスカートを身に着け、真っ黒い髪をお下げにした細身の女性だった。顔にはそばかすがポツポツ浮いていて、セルフレームの大きな眼鏡をかけている。

美影の名前を呼びながら外に出てきた彼女は、一花たちに気が付いて慌てて頭を下げた。

「あっ……初めまして。私、若林菜々子と申します！」

自己紹介を終えて顔を上げた菜々子の肩を、美影がポンと叩く。

「菜々子はわたしの親戚なの。と言っても、かなり遠縁だけど。歳はわたしの一つ下よ。六年くらい前に菜々子の両親が亡くなったのだけど、他に身寄りがなかったから、父が引き取ったの。そのまま大学卒業までうちで面倒を見て、今はわたしの秘書を務めてもらっているわ」

「秘書なんてとんでもないです。私なんて、ただの雑用係で……」

菜々子は身を竦めて首を横に振った。その拍子にお下げ髪が左右に揺れ、眼鏡のフレームがずり落ちる。

背丈は美影と同じくらいなのに、隣に並ぶと一回りは小柄に見えた。存在感の差……というものだろうか。

「菜々子がいてくれて、わたしはとても助かっているわ。それより何か用？　焦って家から出てきたようだけど」

美影に再び肩を叩かれた菜々子は、胸の前でパチンと手の平を合わせた。

「あっ、そうだ。用件を言うの忘れてました！　美影さん、A美術館から電話がありました。手が空き次第、折り返し連絡してほしいとのことです」

秘書の報告を聞いた美影は、肩から下げていた革製のバッグからスマートフォンを引っ張り出した。

「あら、わたしの携帯電話にも着信が入ってるわね。音を切っていたから気付かなかった。……菜々子、わたしは電話をかけてくるから、あなたが代わりにリヒトくんたちの相手をしてくれる？　家の中を一通り案内してあげてちょうだい。そうね、三十分くらいしたら父のアトリエに来て。わたしもそれまでに電話を切り上げて、金庫の説明をするわ」

「分かりました」

菜々子はきっちり頭を下げ、家の中に入っていく美影を見送った。白いワンピースに包まれた背中が完全に見えなくなってから、一花たちに向き直る。

「では、美影さんの代わりに私が案内しますね。まずは……庭から回りましょう」

菜々子が先導する形でゆっくり歩き始めた。足を動かしながら、改めて自己紹介を済ませる。

エントランスの前から、建物に沿ってぐるーっと石畳の小径が続いていた。十メートルごとに洒落た外灯が立ててある。小径の脇には花や木が植えられ、頭上からは鳥たちのさえずりが聞こえてきた。

「素敵なお庭ですね。公園みたい」

一花は隣を歩いていた林蔵にそっと囁いた。

「そうですなぁ。手入れが大変でしょうなぁ」

林蔵もしみじみと言う。

その会話が聞こえたのか、前を歩いていた菜々子がにっこりと笑って振り返った。

「公園と間違えて入ってきてしまう方もいるんですよ。そういう方には中をじっくり見てもらっています。あちこちに花壇や温室があるので、花が咲いている季節なら小一時間は散歩が楽しめますよ。今日はざっとご案内するだけですけど、みなさんもお暇なときにゆっくり見にきてください」

「小一時間って……ここ、そんなに広いんですか?!」

一花が目を見開くと、菜々子はお下げを揺らして頷いた。

「はい。庭も含めた敷地面積は、約三万平米です」

「三万平米……?」

具体的な数字を出してもらったが、一花にはそれがどのくらい広いのかいまいちピンとこない。

すると、傍らにいたリヒトが呟いた。

「三万平米ということは、九千七十五坪。僕が住んでいる松濤の家は千坪弱だから……ここは約十倍だな」

比較対象を提示されて、一花にもようやく実感が持てた。これで心置きなく叫べる。

「は？　じゅ、十倍――?!」

松濤の家の十倍とは……。やはり家ではなく『城』と呼ぶのが相応しい。

一花たちはその三万平米の敷地の一角に辿り着いた。エントランスから見ればちょうど裏側にあたるそこは芝生の広場になっている。

「早雲先生は、よくここでスケッチをしていたんですよ。庭を描いた作品が、屋内にたくさん展示してあります。見にいきましょう」

菜々子は建物を指さした。四人揃って庭をぐるりと一周してからエントランスに戻り、いよいよ家の中に足を踏み入れる。

「この屋敷は広くて入り組んでいるように見えますけど、基本的にどの階も廊下に沿って歩いていただければ一周できます。それから、壁に飾ってある絵はみんな早雲先生の作品です」

説明しながら歩く菜々子を先頭に、まずは一階から攻める。

廊下の壁には大小様々な額縁がたくさん掛けてあった。どれも絵の具がたっぷりと厚塗りされていて、タッチが独特だ。

絵を見ながら歩みを進めていると、リヒトが口を開いた。

「どの絵も緑色が特徴的だね。ワンポイントで使われていたり、画面の大部分に塗られていたりするけど、とにかく緑にパッと目がいく」

そう言われてよく見てみると、確かに早雲の絵にはすべて緑色が使われていた。

芝生が一面に生えた庭の絵や、山の絵などが多いが、中には枯れた葉っぱを食べる緑色の毛虫が印象的に描かれているものもある。

色が使われている面積にばらつきはあるが、緑がポイントになっていることは間違いなさそうだ。

「そう、そうなんです！　よくお分かりになりましたね、探偵さん！　早雲先生は緑色がお好きで、絵の中の大事な部分は必ず緑で塗られているんですよ。早雲先生のことを『緑の画家』と呼んでいる方も多いんです」

リヒトの指摘は正しかったらしい。菜々子の顔に満面の笑みが浮かんでいる。

とりあえず一つ一つの部屋を見るのは後回しにして、屋敷の全体を把握することにした。一階の廊下を一周したあと、二階と三階も同じように一回りする。

一階同様、他の階の廊下にも緑がポイントの絵が掛けられていた。どれも素晴らしい作品で、ざっと数えた限り百枚はある。

リヒトはしばらくそれらの絵を眺めていたが、やがて菜々子に向き直った。

「聞いていいかな、菜々子さん。外から見たとき尖塔みたいなものが建っていたけど、あれは何？　中に入れるの？」

それは一花もちょっと気になった。隣を歩いていた林蔵も興味を持ったようで、菜々子をまっすぐ見つめる。

「ああ、あれはただの飾りです。家の外側にくっついているだけで、中には入れません。早雲先生は遊び心のある方で、この家を改装するのが趣味でした。今はまだ廊下しか見ていませんが、部屋の中にもかなり手が加えられているんですよ。特に、先生のアトリエが一番派手かもしれません」

偉大な画家の『遊び心』には、菜々子も少々戸惑っていたようだ。困惑気味の表情で説明したあと、シャツの袖をめくり上げて腕時計に目を落とす。

「そろそろ三十分経ちますね。アトリエに行きましょう。美影さんも来ると思います」

今いるのは三階だ。菜々子は一花たちを導いて、その階の廊下を歩いた。方角的には南。一番日当たりのよさそうな部屋が、早雲のアトリエだという。

「今からドアを開けますけど、あの……驚かないでくださいね」

菜々子に妙な前振りをされたので、一花は二度ほど深呼吸をして心の準備を整えた。

……にも拘わらず、ドアが開け放たれた途端、大きく息を呑んでしまった。

「何ですかこの部屋——ら、落書きだらけ！」

壁という壁に、緑色の絵の具が塗りたくられている。よく見ると人や動物が描かれているのだが、まるで子供の絵のように自由なタッチで、落書きとしか言いようがない。

室内には簡易ベッドやテーブルが置かれていたが、シーツや天板までもが緑のイラストで埋め尽くされていた。

天井に描かれているのは、大きな緑色の犬だ。ぐわーっと口を開けていて、下から眺めていると、食べられる直前の獲物みたいな気持ちになってくる。

「早雲先生は、こうして部屋ごとキャンバスにしてしまったんです。時々消して、新しいのに描き直したりしていたんですよ」

ものすごい光景に圧倒されている一花たちに向かって、菜々子は半分苦笑した。

ベッドがあるということは、早雲はここで寝ていたのだろう。だが、サイケデリックな絵に囲まれていると全く落ち着かない。

描くならせめて、もっとまともな絵にすればいいのに。いやはや、芸術家とはよく分からないものである。

そのサイケなアートの真ん中に、唯一『まともな絵』があった。

イーゼルに載せられた一枚のキャンバスだ。縦の長さは五十センチほどで、横はそれより少し短い。四角い画面の中に、美しい女性の臀部から上が描かれている。

「絵のモデルは、美影だね」

リヒトがすぐに気付いて声を上げた。

白い服を纏い、黒く長い髪をなびかせ、真っ赤な唇の端をきゅっと持ち上げて微笑むその姿はまさしく美影だ。

「背景は……薔薇の花ですな」

林蔵がキャンバス全体を眺めて呟く。

美影は画面中央に描かれており、背景には赤い薔薇の花が舞っていた。全体的に落ち着いたトーンの一枚だ。

「その絵は、父の最後の作品よ」

ふいに背後から声がして、一花は振り返る。

美影がアトリエの入り口で微笑んでいた。まさに、今しがた見ていた絵そのもの。キャンバスから抜け出してきたようだ。

「父は半年前、わたしをモデルにしてその絵を描いたの。実物のわたしじゃなくて、写真を見ながら筆を取ったみたいね。一人でこのアトリエに籠もって、いつの間にか完成させていたのよ。タイトルは——『作家の肖像』」

話しながら室内に入ってきた美影のもとに、菜々子が素早く駆け寄った。

「あの、美影さん。さっきのお電話の件ですが……早雲先生の作品を、A美術館に売却するんですか？」

「そうよ。話はまとまったわ。近々この家に運搬業者が来るから、菜々子もそのつもりでいてね」

「そ、そうですか……」

菜々子は冴えない表情を浮かべたが、それ以上は何も言わず、部屋の隅に下がった。

「リヒトくん、お待たせ。金庫を見てちょうだい。こっちよ」

美影はリヒトの手をサッと取り、出入り口を背にして左手の壁に近づく。

そこも緑色の落書きで埋め尽くされていたが、目を凝らしてみると、うっすらと切れ込みのようなものが入っていた。

さらに、一花の肩くらいの位置に数字が書かれたボタンが並んでいる。

「これが金庫よ。特注品なの。父が業者を呼んで、こうやって壁に埋め込んだのよ。かなり頑丈なタイプで、簡単な工具じゃびくともしないわ。番号で解錠できなければ、最終的には壁ごと……ううん、大きな機械を入れて、部屋ごと壊すことになるそうよ」

部屋まで壊すなんて驚きだが、美影の説明はおそらく正しいだろう。

壁は木製だが、金庫の扉は分厚い鉄板のようだ。大きさは一メートル四方。その上に壁と同じクロスが貼られていて、見た感じはほぼ一体化している。

扉から先は壁に埋まっていた。無理にこじ開けるとしたら、相当大きなドリルやバーナーを使うことになるはずだ。

美影は金庫の扉の斜め上にある、数字が書かれたボタンにそっと触れた。

「このボタンで番号を入力するのよ。十桁の数字を正しく押せば開けられるわ。父は用心深くて、大事なものは自分の傍に置いておくタイプだったの。この金庫には遺言状の他に、アイディアスケッチが入っていると言っていたわ。もしかしたら、わたしが把握しきれていない権利書なんかもあるかもしれない……」

「でも、肝心の番号が分からないんだね」

リヒトの言葉に、美影の肩ががくりと下がる。

「ええ。分かっているのは『たった一つの偽物の中に隠した』ということだけ。父は一体、どこに金庫の番号をメモしたのかしら……」

美人は項垂れていても美人だ。美しいものを見ていたら、一花の頭の中にビビビッと電流が走った。

「あの、金庫の番号は十桁の数字なんですよね？　なら……番号を一つ一つ押してみれば、そのうち開くんじゃないですか？」

我ながらナイスアイディア！

一花は心の中で自画自賛した。しかしなぜか、周囲から冷たい視線が集まってくる。

「え……私、何か変なこと言いました？」

一人で狼狽えていると、リヒトが嘆息した。

「番号を一つ一つ押していけば、いずれは開くだろうね。でも一花。全部試すのに、一体何年かかると思う？」

「……そんなに時間、かかります？」

「計算してみれば分かるよ。金庫の番号は十桁。０００００００００から９９９９９９９９９９まで、全部で百億通りだ。十桁の数字を一度入力して、開くかどうか確かめるのに一秒かかるとしたら、すべて試すのに百億秒必要になる。さて、百億秒って一体何年かかな？」

「……何年でしょう」

桁が多すぎて、一花は計算を途中で放棄した。代わってリヒトが答える。

「一年を三百六十五日とするなら、三千百五十三万六千秒になる。百億をこの数字で割ると……まぁざっと、三百十七年ってところだね」

「さ、三百年以上かかるんですか?!」

「一花がそれでも試してみたいって言うなら僕は止めないよ。もしかしたら一度目に押した数字がヒットするかもしれない。……確率は百億分の一だけどね。やってみる?」

「いえ、いいです!」

一花は即答した。同時に、すごすごと部屋の隅に引き下がる。

「やっぱり、番号のメモを探すしかないわね。それか、無理にこじ開けるしかないわ。わたしはいっそのこと、このアトリエを壊しても構わないと思うのよ。ただの落書きだらけの部屋だもの。だけど……菜々子が反対するの」

美影は物憂げな表情で溜息を吐き、片隅に立っているお下げの秘書にちらりと視線を送った。

菜々子は両方の拳をぐっと握り締める。

「こ、このアトリエは、早雲先生の作品の一つです。それを壊すなんて……勿体ないと思いますっ!」

今までで一番強い口調だった。

廊下で作品に触れたときにも思ったことだが、菜々子は早雲のことをとても尊敬しているようだ。ここは一花にとってはただの落書きだらけの部屋だが、菜々子にとっては宝物なのかもしれない。

いつまでも拳を握ったままの菜々子から、美影は根負けしたように顔を逸らした。

「まぁ、菜々子の気持ちも分かるわ。それに、わたしも家は壊したくないし……。だからリヒトくん、お願い。番号のメモを見つけて!」

美女に縋りつくような眼差しで見つめられたリヒトは、端整な顔を引き締めて胸をドンと叩いた。

「任せてよ美影。……実は今までの話で、番号のメモがどこにあるか、だいたい見当がついてるんだ」

「えぇっ、リヒトくん、それ本当?!」

美影は驚愕の声を上げつつ、両手を組み合わせて顔を輝かせた。

もちろん一花も驚いた。リヒトは一体、何を根拠に『見当がついた』などと言っているのだろう。

「金庫の番号について、早雲氏は『たった一つの偽物の中に隠した』と口走っていたんだよね？　その『たった一つの偽物』って、多分『贋作』のことじゃないかな」

細い指を鋭角気味の顎に添えて、リヒトが言った。

「贋作？　どういうことかしら」

美影が優雅に小首を傾げる。

「明神家には、早雲氏が残したたくさんの絵画がある。早雲氏は生前、その中の一つを偽物……つまり贋作にすり替えていたのかもしれない」

「あっ、じゃあ、その贋作のどこかに金庫の番号がメモしてあるんですね！」

一花がポンと手を打って口を挟むと、リヒトは不敵な笑みを浮かべて首肯した。

途端に、横で歓声が上がる。

「うわぁ！　さすがね、リヒトくん。作品の一つを贋作にすり替えておくなんて、悪戯好きの父がやりそうなことだわ。ということは、この家にある絵を調べていけば、いずれメモが見つかるのね。……あ、そうだわ！」

美影は何かに気付いた様子でふっと脇を見た。

そこにあったのは、落ち着いたトーンでまとめられた一枚の絵だ。タイトルは『作家の肖像』。鬼才画家・早雲の遺作である。

モデルになった本人が、キャンバスにそっと触れた。

「この絵は調査の対象から外れるんじゃないかしら。父がこの絵を描き終えたのは半年前よ。それからずっと、ここにある。わたしは完成直後から何度かこの絵を眺めてるけど、少しも変わったところはないわ。だから、これは父の真作よ」

作者と一つ屋根の下で暮らしていた娘の言葉には説得力がある。

それに、見た感じこれは父から娘へのプレゼントだ。限りなくプライベートな雰囲気が漂っていて、偽物とは考えにくい。

「リヒトさま。贋作が紛れ込んでいる可能性があるのは、この屋敷内に展示してある作品ということですか。この林蔵、早速調べてまいります」

忠実な執事が臨戦態勢に入った。

「よし。みんなで手分けして『偽物』を探そう！」

貴公子探偵はパチンと指を鳴らす。

こうして、城のような屋敷の中で、『たった一つの偽物探し』が始まった。

4

「はぁ……美影」

一花がしげしげと一枚の絵に見入っていると、背後でリヒトの通算十五回目の溜息が聞こえた。

「ふぅ……美影」

十六回目。もういい加減、我慢の限界である。

「ちょっとリヒトさん。その溜息、やめてもらえません?! こっちまで気が抜けちゃいますよ」

一花はリヒトを振り返って苦言を呈した。その拍子に『早雲作品目録』と書かれた分厚いファイルがずしりと腕にのしかかる。

一花たちは今、一階の廊下を歩きながら、壁に飾られた絵を一枚一枚確かめているところである。

今回の依頼内容は開かずの金庫の番号を突き止めること。つまり、そのヒントとなる『たった一つの偽物を探す』ことだ。

言葉で言うのは簡単だが、実際に確認作業を始めてすぐ、一花はその難しさを嫌というほど味わう羽目になった。

目録にある写真と実物の絵を比べて何かおかしな点はないか確認し、念のため額を外して裏側も見る……この作業の繰り返しだ。

問題は、その数である。

とにかく、やたらと多い。各階の廊下だけでも大変なのに、この家には展示室がいくつかあり、そこにも絵がわんさか飾ってある。

それらすべての中から、たった一つの偽物を探し出さなければならないのだ。

(三万平米は広すぎでしょ！)

とりあえず一階の廊下から調べ始めて三十分。一花は早くもうんざりしていた。それに加えてリヒトに気の抜けるような溜息を連発され、疲れは倍増である。

「溜息が出ちゃうほど、美影さんが恋しいんですか？」

一花が単刀直入に尋ねると、ギリシャ彫刻のように美しい顔が僅かに歪んだ。

「恋しいって……変な言い方しないでほしいな。僕と美影は久しぶりに会ったんだ。じっくり話がしたいと思っただけだよ」

「そんなこと言ったってしょうがないじゃないですか。美影さんは菜々子さんと、大事なお仕事をしてるんですから」

美影は売れっ子の作家である。原稿の締め切りが近いらしく、調査をリヒトに一任して、秘書の菜々子とともに仕事部屋に籠もってしまった。

今現在、リヒトと一花が廊下にある絵を確認し、林蔵は展示室を担当している。リヒトとしては、見目麗しい美影と仲よく絵を見て回る気でいたのだろう。それが蓋を開けてみれば、一緒にいるのは家政婦（仮）。

嘆きたくなる気持ちは分からないでもないが、もう少しやる気を出してもらわないと作業がいっこうに捗らない。

「ほらほら、リヒトさんも偽物を探してください。美影さんを口説くなら、金庫が開いてからごゆっくりどうぞ」

一花が目録片手に促すと、リヒトは形のいい眉を吊り上げた。

「……なんだか言い方が下衆っぽいよ、一花」

文句を言いつつも、口説くという部分は否定しない。

おそらく美影は、リヒトの初恋の相手なのだろう。泣き虫だった男の子が、近所の美人なお姉さんに惹かれるのはごく自然なことだ。

七年ぶりに再会した二人が幼馴染みの域を出ていないところを見ると、子供のころのリヒトは、美影に気持ちを伝えられないまま離れてしまったと思われる。

初恋の相手と再び会い、リヒトの心に火が付いた。その結果が、いつもと違うネクタイや髪型になって表れているのだ。

そのあたりの事情は分からなくもないのだが……。

「溜息を連発するくらいなら、さっさと告白でもなんでもすればいいのに」

調査に支障をきたすほど思い悩んでいるのなら、気持ちを正直に伝えるべきだ。このままでは何も進まない。

「だから、言い方が下衆っぽいよ。それに、告白ならとっくに……」

リヒトはそこで言葉を濁したが、一花は聞き逃さなかった。

「えぇっ、もう告白してるんですか⁈」

これは意外だ。あまりにも溜息ばかり吐いているので、てっきり想いを伝えられずに悩んでいるのかと思った。

野次馬根性が抑えきれず、一花はリヒトににじり寄る。

「で、告白の返事は⁈」

「ノーコメント！　僕にとって、美影とのことは大事な思い出なんだ。恋愛経験が一切ない一花に、口を出されたくないよ」

「うわっ、失礼な！　私だって、恋愛経験の一つや二つ、ちゃんとありますよ………っくしょん！」

広い屋敷の廊下に響き渡る盛大なくしゃみ。

口元を押さえて立ち尽くす一花の横で、リヒトはシニカルな笑みを浮かべてオールバック気味にセットした金髪を撫で上げた。

「一花は、前も全く同じことを言ったあとにくしゃみをしたよね。自分が嘘を吐けない体質だってこと、もう少し自覚した方がいいよ。まぁ、見てる分には面白いけど」

返す言葉もない。さっきまで一花が会話の主導権を握っていたのに、一気に形勢逆転されてしまった。

「さて、僕はちょっと疲れた。気分転換がしたいな」

ひとしきり笑ったあと、リヒトはそう言ってくるりとターンした。

「あっ、リヒトさんってば、どこ行くんですか！」

さっきから溜息を吐くだけで何もしていなかったくせに……と思いながら、一花は慌てて背中を追いかける。

リヒトが足を止めたのは、大きなドアの前だ。

「この部屋、やたらと広そうだね。ちょっと入ってみよう」

「あ、駄目ですよ、勝手に……」

止める間もなく、スーツに包まれた身体が部屋の中へ消えていく。仕方なく、一花もドアをくぐった。

「うわぁ……本がたくさんありますね！」

目の前に広がる光景を見て、思わず感嘆の声を上げる。

広さ二十畳ほどの部屋は、本で埋め尽くされていた。壁際には、天井に届くほど背の高い本棚がいくつも並べられている。

部屋の中央には台が置かれ、その上にも本が積み上げられていた。唯一、片隅に設置された書き物机の上だけは比較的片付いていたが、そこにも数冊の本と資料のような紙の束が載っている。

「図書室でしょうか？」

一花は部屋をぐるりと一回りした。ついでに、重たい作品目録を書き物机の上にちょっと置かせてもらう。

「すごい数の本だね。百科事典とか地図が多いけど、国内外の小説もたくさんある」

リヒトが背表紙に書かれたタイトルを指でなぞりながら言った。

ハードカバーの立派な本から文庫本まで、形状は様々だ。まだ真新しい本もあれば、角が擦り切れた古書もある。

それらをなんとなく眺めていると、ふいに横合いから声がかかった。

「あら、リヒトくん、ここにいたのね」

「美影！」

部屋に入ってきた美女を見た途端、リヒトの顔があからさまに輝いた。

（分かりやすっ！）

さっきまでの表情とは大違いだ。眉をひそめた一花をよそに、美影とリヒトは傍に寄り添って笑い合う。

「美影、仕事は終わったの？」

「まだよ。でも、ちょっと気分転換がしたくなったの。廊下を歩いていたら、この部屋から声がしたから……」

「ここは、図書室かな」

「そう。父が買い集めた本もあるけど、たいていはわたしのものよ。小説の資料とか、好きで読んでいた本とか、いろいろね」

「ふーん。さすが作家だね。こんなに本を読んでいるんだ。そういえば美影は昔から『本が好きだ』って言ってたよね」

「あら、覚えていてくれたの？　本を読んでいると、よくアンナ先生が褒めてくれたわ」

「僕は美影のことなら何だって覚えてるよ」

いい雰囲気の美男美女を目の当たりにして、はたと気付いた。

この場において、一花は『果てしなく邪魔な存在』である。暴れ馬がいたら、真っ先に蹴り飛ばされているだろう。

だが一花の立ち位置は、部屋の一番奥。この場を去るとなると、イチャつく二人のすぐ脇を横切ってドアを開けなければならない。

ここは一つ、大人しくして話の腰を折らずにいた方がよさそうだ。

「僕も読書をしようと思っているけど、なかなか時間が取れないんだ。……ああでも、この二冊なら読んだことがある」

隅っこの方で小さくなって様子を窺っていると、リヒトが台の上に積み上げられていた本のうち二冊を指さした。

いずれも日本国内で出版された小説である。古典文学の現代語訳版で、普段は本を読まない一花でもタイトルを知っているくらい有名な作品だ。

「僕は日本の文学作品に疎くてね。読むのに苦労したけど、なかなか勉強になった。美影はこれを読んでどう思った？　作家の意見を聞きたいな」

「……そうね。わたしも勉強になった。とても……興味深い内容だったと思う。それより、こっちを見て、リヒトくん」

 やや慎重に、言葉を選ぶように答えたあと、美影は黒髪をさらりと揺らしてリヒトの視線を別の方へ導いた。

「ここに置いてあるのは、わたしが今までに出した本なの。一番左側にあるのが、先月出した最新作よ」

美影が指し示した棚には、まだ新しくて綺麗な本が並んでいた。

作者の名前は『明神美影』。ハードカバーと文庫本を合わせて全部で二十冊ほどあり、どれもベストセラーになっている作品である。

「へぇー、こんなにあるんだね。すごいじゃないか。……でも、ごめん。僕、美影の本はまだ一冊も読めてないんだ。風の便りで美影が作家になったのは知ってたけど、日本に来てからいろいろとあってね」

リヒトは、唯一の身寄りである実の父親を頼って日本にやってきた。

だが、その実父との関係は、穏やかなものではなさそうだ。亡き母の味を探して謎解きに首を突っ込んでいたこともあり、読書をする暇などなかったのだろう。

美影もそのあたりの事情を察したのか、ふわりと笑って言った。

「全然気にしてないわ。よかったら、ここにあるわたしの本、何冊でも持って帰って。サインもつけるわ」

「うん。そうさせてもらうよ。どの本がおすすめかな」

「全部……と言いたいところだけど、一冊だけと言われたら、やっぱり最新作かしらね。人気のイラストレーターさんが装丁を担当してくれたのよ」

品よくネイルが施された美影の手で、一冊の本が棚から抜き出される。

ハードカバーの表紙に、夜桜の絵が描かれていた。松濤の家を訪れた美影が、自己紹介の際に見せてくれたあの本だ。

リヒトはそれを手に取り、パラパラとめくってから無邪気な表情で美影を見つめた。

「面白そうだね。これ、どういう話なのかな。ジャンルは恋愛小説？」

「ええ、そうよ。美大に通う女子大生が、フリーの画家に惹かれるっていう話なの。でも、二人の前にはハードルが立ち塞がっているのよ」

「ふーん。『ハードル』って、何か気になるな。恋敵でも出てくるの？」

「…………」

美影は真顔でぐっと顎を引いた。考え込むような仕草をしてから、再び妖艶な笑みを浮かべる。

「ごめんなさい、新作のストーリーについてどう話すか考えたのだけど……こればっかりは読んでみるのが一番よ。きっと、何を言ってもネタバレになっちゃうわ」

「そうだね。先に話の内容を聞いちゃったらつまらないな」

貴公子も微笑んだ。美影はそんなリヒトが手にしていた本を取り上げ、ついでにぴたりと身体を寄せる。

「じゃあ、この本にサインしておくわね。帰りがけに取りにきて。……あ、それとも、今日はうちにお泊まりしていく？」

美人作家の蠱惑的な眼差しを、リヒトはまっすぐ受け止めた。

「……いいの？　でも、急に泊まるなんて迷惑だろう」

「そんなことないわよ。一緒にお泊まりするの、初めてじゃないでしょう？　ドイツにいたころ、わたし、何度かリヒトくんのお家に泊まったことがあったじゃない。アンナ先生が招待してくれたのよ。楽しかったわね」

「うん……楽しかった」

答えたリヒトの口元が、僅かに緩んでいる。

美影も昔を振り返るように、少し遠くを見て微笑んだ。

「わたしが泊まりに行った日、アンナ先生が手料理でもてなしてくれて嬉しかったわ。特にあの『スペシャルメニュー』が、とっても美味しかった……」

「スペシャルメニュー……？」

貴公子の身体が、急にシャキンと直立不動になった。その勢いのまま、リヒトは美影の腕をガシッと摑む。

「美影、それって、どういうメニューかな?! 母さんが作ったんだよね?!」

突然齧りつくように尋ねられた美影は、形のよい眉をハの字にして口を開いた。

「えーと……アンナ先生は『特別いいことがあった日に出すスープ』だって言っていたわ。それを食べているときは照明を落としていたけど、わたしは目を凝らしてお皿の中を覗き込んだの。確かにスープだった。具材として、何か軟らかいものが入っていたはずよ」

「それだ！」

リヒトは美影の腕を離してパチンと指を弾いた。一花も同時に閃く。

「美影さんが言っているのって、リヒトさんがずっと探している『あの料理』のことですよね！」

大人しくしているつもりだったが、口を挟まずにはいられなかった。

間違いない。美影の言う『特別な日に出され、暗闇の中で食べたメニュー』とは、リヒトが探し求めている亡き母の味だ。

全く実体が摑めていなかったものの正体が、ようやく見えてきた！

「美影。その料理……母さんの作ったスープについて、詳しく知りたい。僕はそれをもう一度食べてみたいんだ。レシピとか、材料とか、何か知ってることはない？ 軟らかい具材って、何かな?!」

リヒトは再び美影の腕を摑み、勢い込んで尋ねた。一花も両方の拳をぐっと握り締めて足を踏ん張る。

これは期待大だ。場合によっては今日、すべてが分かるかもしれない……。

「――ごめんなさい、わたしもこれ以上のことは覚えていないの」

しかし、美影はそう言って肩を落とした。期待していた分だけ反動が大きく、一花もがっくりと項垂れる。

いっぽうリヒトは、一瞬だけ俯いたがすぐに顔を上げた。

「美影が謝ることないよ。僕は母さんのスペシャルメニューをずっと探していたけど、今まで何一つ詳しいことが分からなかったんだ。スープと判明しただけで一歩前進だ」

リヒトの言う通りである。探し求めているメニューに辿り着いたわけではないが、確実に前に進んでいる。そのことだけでも十分嬉しい。

「少しはお役に立てたみたいでよかったわ。じゃあ、わたしは仕事に戻るわね。……あ、本にサインもしておくから」

美影はホッとしたように微笑むと、表紙に夜桜が描かれた本を手にして踵を返した。ドアの外まで見送るつもりなのか、リヒトも一歩、前に出る。

「ん？　この本……」

すらりとした足は、そこで動きを止めた。リヒトは出入り口付近にあった本棚から、一冊の本を抜き出す。

少し古びた文庫本だった。一花はタイトルに見覚えがなかったが、海外の作者が書いた話を日本語に訳したものらしい。

「これは……」

リヒトは立ち止まったまま本をパラパラとめくり、ある一点に目を留めた。しばらく肩を震わせたあとパタンとそれを閉じて、傍らにいた美影に掲げて見せる。

「美影、あの……この本！」

ただでさえ整った顔が、いつも以上に輝いていた。期待に胸を膨らませ、何かいい返事を待っているような……そんな表情だ。

「あらリヒトくん。その本がどうかしたの？」

だが美影が返したのは、明るいのに素っ気ない、疑問符混じりの笑顔だった。

「どうかしたのって……あ、いや……」

リヒトは呆然とした顔つきで、本を掲げていた手をゆるゆると下ろす。

「じゃあ、調査の方、お願いね！」

美影は白いワンピースの裾を軽やかに揺らしてドアの外に出ていった。

本だらけの部屋の片隅で、美しい貴公子はいつまでも肩を落として俯いていた。

5

翌日。一花とリヒトと林蔵は、朝から再び明神家を訪れていた。

結局昨日は何も見つけられないまま松濤の家に戻った。一花はてっきり、リヒトがお泊まりをしていくとばかり思っていたのだが、そうではなかった。せっかく美影と話をするチャンスだったのに、勿体ない気がする。

……それに、様子がなんとなくおかしい。

昨日、図書室で美影と別れた直後から、リヒトはむっつりと黙り込んだままだ。今日もどことなくぼんやりとしている。

一花とリヒトは昨日に引き続き廊下に飾られた絵の調査を担当していたが、肝心の探偵がそんな調子なので全然進まなかった。美影が手配してくれた昼食を挟んで午後の部に突入しても、その様子は相変わらずだ。

十分ほど前にはとうとう、

「僕はちょっと一人になりたい。別行動しよう」

などと言って、ふらりとどこかへ行ってしまった。

やはり、いつものリヒトではない。大好きな謎解きをしているのに、心ここにあらずといった感じである。

あれだけ恋い焦がれていた美影とも、今日はほとんど口をきいていなかった。一体どうしたというのだろう。昨日はせっかく、ずっと探し求めていた母親の料理のことが少し分かったというのに……。

「……あ、手が止まってた！」

抱えていた『早雲作品目録』がずり落ちそうになって、一花はハッと我に返った。

廊下に飾られている絵もかなり多いが、展示室にはさらに倍の量がある。そこを林蔵が一人で調べているのだ。リヒトのことは気になるが、とりあえず早いところ持ち場のチェックを済ませて、手伝いに行きたい。

美影は午後からA美術館に出かけている。早雲の作品を売却する件で、ちょっとした打ち合わせがあるらしい。秘書の菜々子は部屋で仕事中である。

一花は目録を持ち直し、気合いを入れて壁の絵と向かい合った。

三十分ほどかけて残っていた一階の調査を終わらせたが、金庫の番号が書かれたメモはどこにもなかった。

重たい目録を持ちながら絵を見ていたので、やたらと肩が凝る。やれやれ……と思いつつ、今度は二階を調べるために階段の方へ向かう。

「——ひゃわっ！」

角を曲がったところで一花の身体に衝撃が走った。その拍子に、持っていた目録が放物線を描いて空を舞う。

「きゃあっ……」

続けて、微かな悲鳴と、ドサドサドサーッという派手な物音があたりに響き渡った。

「うわ、菜々子さん！　大丈夫ですか?!」

ぼんやりしていたせいで、前方から歩いてきた菜々子と正面衝突してしまったようだ。

一花は目録を取り落としただけで済んだが、相手は尻餅をついてしまっている。

「痛たた……ハッ！　一花さん、す、すみません、すみません！」

菜々子は、ぺこぺこ頭を下げながら立ち上がった。一花は慌てて、彼女の華奢な身体に視線を走らせる。

「菜々子さんが謝ることないですよ。私がぼんやりしてたせいです。ごめんなさい。怪我はないですか？　何か、いろいろ散らばっちゃってますけど……」

ざっと見た感じ出血などはなかったが、足元には大量の紙や筆記用具が散乱していた。互いに抱えていたものが、床の上で交ざり合っている状態だ。

「大丈夫です。パソコンは無事でしたので」

菜々子は苦笑いをしつつ、細い腕で薄いノートパソコンをしっかりと抱きしめた。

ぶつかった衝撃で倒れながらも、身を挺してそれを守ったのだ。まるで、我が子を庇う母親のようである。

「何か大事なデータが入ってるんですか？」

そう尋ねると、真面目な顔で首肯された。

「はい。ここには小説のデータが入っているんです。書きかけのものもあるので、命より大事です」

「小説の原稿って、美影さんの？」

「……ええ、もちろん美影さんの原稿です」

「ああ、それならもう、とっても大事なものですよね。壊れなくてよかった」

それに、怪我がなくて何よりである。

一花はホッと胸を撫で下ろしながら、散らばったものを拾うためにしゃがんだ。菜々子も一緒になって床に手を伸ばす。

衝撃で飛んでしまった『早雲作品目録』は、お手製の品である。菜々子が早雲の写真を一つ一つデジカメで撮影し、それをＡ４の紙にカラー印刷してポケットファイルに収めたものだ。

床に落ちた拍子に、そのＡ４の紙が数十枚ポケットから出てしまっていた。一花はそれらを素早く集めて元通りファイリングする。

「私の方は無事に拾い終わったので、手伝いますね」

声をかけながら菜々子の傍にしゃがむと、申し訳なさそうな顔を向けられた。

「一花さん、すみません。作りかけの資料を持って図書室に行こうとしてたんですけど、パソコンまで一緒に運ぼうとしたら支えきれませんでした。無精しないで、少しずつ持っていけばよかった」

「いいえ。ぶつかった私が悪いんですよー」

互いに謝りながら手を動かす。

散らばっている紙には、何やら文字が印刷してあった。もともとはクリップで閉じてあったようだが、落下の際に外れてバラバラになってしまったのだろう。

ところどころ拾い読みしてみると、書かれている言葉に見覚えがあった。昨日図書室で目にした、美影さんの本のタイトルである。

「これ、美影さんの小説のことが書いてあるんですね……」

一花は手に取った紙をしげしげ眺めながら呟いた。

A４の紙一枚に、小説のタイトルとその内容を簡潔にまとめた文章がきっちり収まっている。一花は美影の本を読んだことがないが、目を通しただけでストーリーやコンセプトがたちどころに分かった。

「さっき『作りかけの資料』って言ってましたけど、これは菜々子さんがまとめたんですか？」

拾った紙を見せて問いかけると、菜々子はセルフレームの眼鏡の奥でつぶらな瞳をパチパチさせた。

「あっ、はい！　今度、美影さんが出版社の人と打ち合わせをすることになっているんです。過去にどんな本を出したか把握しておいた方がいいので、私がまとめました。最終的な確認をするために、図書室に行こうかなって……」

「へぇー、すごい。この資料を見れば、美影さんの小説について一発で分かります！　こういうのをまとめるのも秘書の仕事なんですね」

「はい。こういうことは私がやっているんです。美影さんは文壇だけでなくマスコミからも注目を集めていますから、その対応でいろいろ忙しくて……」

菜々子はそそくさと話を切り上げると、再び散らばったものを拾い始めた。一花も手伝い、集めた紙や筆記用具を目録と一緒に抱えて立ち上がる。

「菜々子さん、図書室に行くって言ってましたよね？　これ、私も運びます」

「えぇー、そんな！　一花さんは調査をしてくださっているのに、私の手伝いなんてさせられません」

「大丈夫ですよ。図書室はすぐそこですし、また落としちゃったら大変です。菜々子さんは『命より大事』なパソコンを抱えているんですから」

「……すみません。お手数おかけします」

菜々子はパソコンをしっかり胸に抱き、三つ編みの髪を揺らして頭を下げた。律儀で控えめなところは、美影とまた違った魅力を感じる。

二人揃って一階の廊下を歩くと、すぐ図書室に辿り着いた。

「この部屋、昨日も見せてもらいましたけど、本当にすごい量の本ですね……」

中に足を踏み入れた途端、一花は感嘆の吐息を漏らす。

持っていたものを書き物机の上にいったん置いて周囲を眺めていると、菜々子もパソコンを同じように置いてふっと目を細めた。

「そうでしょう？　私、本を読むのが好きなので、仕事が暇なときはここに入り浸っているんです。この家の中で、二番目のお気に入りポイントなんですよ。一番気に入っているのは、早雲先生の作品がたくさん飾ってあるところなんですけど……」

眼鏡をかけた顔には、そばかすと一緒に幾許かの寂しさが浮かんでいる。

一花はそれで思い出した。この家にある早雲の作品は、近々娘の美影の手で美術館に売却されるのだ。

どうやら菜々子は、それに反対しているようである。

「菜々子さんは、早雲さんの作品が好きなんですね」

「はい。大好きです！」

一花の呟きに、菜々子は躊躇うことなく頷いた。

「作品も素晴らしいですけど、早雲先生のお人柄はもっと素晴らしいんですよ！　先生は身寄りのなくなった私を引き取って、本当の父親のように接してくださいました。私がお茶を淹れただけで褒めてくれたんです。短い間でしたけど、先生と一緒に暮らせてとっても楽しかった。……でも、美影さんが作品を売ってしまったら、この家から先生の面影がなくなってしまいますよね。そんなの、私……」

寂しいです、という言葉の代わりに沈黙が訪れる。

菜々子と早雲の絆は、一花が思っていた以上に深かった。まるで実の親子だ。早雲の作品が売却されてしまうなんて、菜々子にとってはとても辛いことだろう。

一花は顔を伏せる菜々子に歩み寄った。

「早雲さんの作品をこの家に残しておくことはできないんですか？　せめて、何点かだけでも……」

「私も、できればそうしてほしいです。……でも、早雲先生亡き今、作品も含めてすべての遺産は、実の娘の美影さんが引き継ぐことになります。継いだものをどう処分するかは相続人が決めることです。美影さんは正式な相続に先駆けて、売却の準備を進めているみたいですね」

「そんな！　菜々子さんだって明神家の遠縁なんですよね？　少しくらい、何か受け継ぐものはないんですか？　あっ……そうだ、早雲さんの遺言状に、菜々子さんに関することが何か書いてあるかもしれませんよ！」

貧乏育ちの一花にとって、『遺産相続』という言葉はあまり馴染みがない。サスペンスものの二時間ドラマで耳にするのがせいぜいだ。

そのドラマによれば、遺言状しだいでは、赤の他人が遺産を受け取ることもできたはずである。

肝心の早雲の遺言状はまだ日の目を見ていない。内容によっては、菜々子にも何かしらの相続権が発生している可能性がある。

だがそんな一花の考えは、菜々子によって即座に否定された。

「実の娘の美影さんを差し置いて、私が受け取れるものなんて何もないと思います。先生の遺産は、法律通り美影さんが継ぐことになるはずです。遺言状に書かれているのは、ほんの些細なことなんじゃないでしょうか？　だって……美影さんは、先生の本当の娘ですから」

「でも、そんなの開封してみないと……」

反論しようとした一花を遮って、菜々子は首を横に振った。

「いいえ、私が引き継ぐものなんてありません。どう逆立ちしたって、私は早雲先生の本当の娘にはなれない。先生が最後に残した作品も、美影さんの肖像画でした。偽物の娘……私ではなく、本物の娘の絵です」

「菜々子さん……」

「美影さんは綺麗で聡明で、すごい人です。私が持ってないものを、たくさん持ってる。そして、鬼才の画家・早雲の娘でもあります。美影さんが文壇にデビューしたとき、『天才画家の娘はやっぱりすごい』と注目を集めました。美影さんが出す本だからこそ、みなさんに受け入れられるんです」

早雲に対する想いや、美影に抱く尊敬と羨望。それらが混ざり合った切ない気持ちが伝わってきて、一花の胸をぎゅっと締めつける。

菜々子はサッと涙を拭うと、深呼吸してから無理やり口角を引き上げた。そんな顔で、重くなった空気を振り払うようにパンと手を叩く。

「ねぇ一花さん、せっかく図書室に来たことですし、本を読んでみませんか？　どれでもお好きなものをお貸ししますよ。ここにある本は美影さんのものですが、管理は私がしているんです。今では絶版になった珍しいものもありますから、何か気になる本があれば、ぜひ！」

菜々子のやたらと明るい声に引っ張られて、一花の顔にも笑みが戻った。

「お借りしていいんですか？　でも私、本ってあまり読まないんですよ。内容が難しいと、ちょっと無理かも……」

「大丈夫ですよ。えーと、この棚にあるのは絵本です。あっちには漫画もあります。どれも簡単に読めますけど、内容がしっかりしていて面白いですよ。あとは、この本とかがおすすめですね」

菜々子は手近な棚から一冊の本を抜き出した。そんなに厚みはなく、表紙には見た目がそっくりな二人の女の子が描いてある。

一花はそれを手に取って破顔した。

「かわいい！　素敵な本ですね。どんな話なんですか？」

「ドイツ人の作家さんが書いた作品です。事情があって生き別れていた双子の姉妹が、ある日偶然会ってしまうところから話が始まります。二人は離婚したお父さんとお母さんのもとで別々に育てられていたんですが、互いの境遇を知るために、こっそり入れ替わるんですよ」

「えっ、入れ替わるんですか！　バレたりしないんでしょうか？」

「それは……読んでからのお楽しみです」

菜々子は口元に人差し指を立てて微笑む。

「面白そうですね！」

一花はだんだん読書に興味が湧いてきた。今度は自分で、棚の中ほどにあった別の本を抜き出してみる。

「じゃあ、これはどんな話ですか？　これも表紙にかわいい女の子の絵がありますね」

「あぁ、それは日本の作家さんが書いたファンタジーもので……」

そのあとも何冊か本を取り出して似たような質問をしてみたが、菜々子はストーリーの概要をすらすら答えてくれた。

それどころか、「この本が気に入ったらあの本も読むといい」と言って、膨大な本の中から一冊を引っ張り出してきたりする。

「菜々子さんってもしかして、この図書室にある本、全部読んだんですか？」

まさか……と思いながらも一花がそう口にすると、菜々子は「はい」と答えた。さらに満面の笑みを浮かべて言い添える。

「どの本も、とっても面白かったですよ！」

「す……すごい！」

この図書室は本で溢れ返っている。中にはなんちゃら全集と題された、辞書みたいに分厚いものもあった。それらをすべて読みこなしているとは見上げたものだ。

さっき菜々子は『本を読むのが好きなので』と言っていたが、『好き』の度を越えている。もはや熱狂的な読書マニアだ。こういうのを『本の虫』というのだろう。

そして、ストーリーの説明が上手い。菜々子が勧めてくれる本は、どれもとても面白そうだ。

「じゃあ、せっかくだから借りていこうかな。さっきの双子のお話が気になります。それとも、あっちがいいかな……あれ？」

一花は室内を歩き回りながら本棚を眺めていたが、出入り口の近くで足を止めた。傍らに、見覚えのある本が一冊差してある。

昨日、リヒトが棚から抜いて美影に掲げて見せた、あの文庫本だ。一花が思わずそれを取り出すと、菜々子がパッと反応する。

「そのあたりに入っているのは、美影さんがドイツから持ってきた本です。一花さんが持っているのは、有名なミステリー小説ですね。なんと、神父さんが探偵役を務めているんですよ。あれ……でも、待ってください。その本には確か、誰かの書き込みが……」

菜々子はいったん一花から文庫本を受け取り、パラパラと中を見た。終わりの方のページに差しかかったところで手を止め、うんうんと頷く。

「やっぱりこの本には書き込みがされてますね。美影さんや早雲先生の字ではありません。以前に読んだとき、ちょっと気になっていたんです。よりにもよってこんなページに、一体誰が……」

言葉の途中で、図書室のドアが突然開いた。

「それを書いたのは——僕だよ」

出入り口に立っていたのは、リヒトだった。スーツのジャケットを翻しながら、すたすたと部屋の中に入ってくる。

「あぁ、リヒトさんか。急にドアが開いたんでびっくりしましたよ！」

ばくばくする胸を押さえる一花の横で、菜々子が目を大きく開いて叫んだ。

「えっ！　探偵さんがこの書き込みをしたんですか?!　ということは……えええっ?!」

リヒトはサッと床に目を伏せた。

「その本は、僕が美影にプレゼントしたんだ。七年前、美影が日本に帰ってしまう日に、ドイツの空港で……。美影は、本が好きだって言ってたから」

美麗で聡明な貴公子探偵の顔には、なぜか苦しげな表情が浮かんでいた。

リヒトは図書室に何か用があったわけではなく、ただぼんやりと歩いていたら中から会話が聞こえてきたので、ちょっと顔を見せただけらしい。別行動していた間、特に目新しい発見はなかったようだ。

菜々子がそろそろ仕事をしたいと言うので、一花はそんなリヒトと一緒に図書室を出て、調査の続きをすることにした。

一階はすでに見て回ったので、重たい目録を抱えて二階に上がる。

「林蔵さんが一人で展示室を調べてます。早く持ち場の調査を終わらせて、私たちも合流しましょう。ね、リヒトさん！」

一花はリヒトの腕を引っ張ってせっついた。が、相変わらず探偵の調子は上がらない。

何度か呼びかけたところでようやく、

「ああ……うん。そうだね……」

という気の抜けた声が返ってくる始末。

昨日と違い、金色の髪がセットされていることはなかった。ネクタイも、いつものループタイである。

全体的に、今日のリヒトには気合いが足りない。……というより、もはや立っているのがやっとという感じだ。

とはいえ、一花もリヒトのことをとやかく言えなかった。壁に掛かっている絵と向かい合ってみても、別のことばかり考えてしまう。

（あの本、リヒトさんが美影さんにプレゼントしたものだったんだ……）

昨日リヒトは、図書室にあった一冊の本を美影に見せた。

だが、反応は芳しくなかった。どうも美影は、本の存在自体を忘れてしまっているようだ。菜々子が言っていた書き込みの件も気になる。

（リヒトさんはあの本に何かメッセージを書いて、それを美影さんに渡したってこと？）

当時、リヒトはまだ十歳だ。大好きなお姉さんに渡した本の中に、一体どんな言葉を記したのだろう。

リヒト本人に「何て書いたんですか」と聞けばいいのだが、とても軽々しく話しかけられる雰囲気ではなかった。なんだか触れてはいけない話題という気がする。

（あー、さっき書き込みを確認しておけばよかったなぁ）

そう思ったが、もうあとの祭りである。

書き込みのことは諦めて、一花は目の前にある早雲の作品と改めて向き合うことにした。まずは目録の中から絵の写真を探し出し、おかしな点はないか見比べる必要がある。

「あれっ、やだ、何これ！」

ポケットファイルを使った手作りの目録をぺらぺらとめくっていると、異物が挟まっているのを見つけた。

「あーっ！　これ、菜々子さんが作ってた資料だ！」

写真と一緒に透明なポケットに入っていたのは、文字が印刷されたＡ４の紙だった。菜々子が美影のために作成していた資料だ。さっき廊下で散らばったものを拾い集めていた際、一花が間違ってファイルにしまいこんだのだろう。

「やっちゃったー。菜々子さんに返してこないと」

自分のドジ加減に呆れつつ、一花はファイルの中から問題の紙を引き抜いて踵を返す。

「待って、一花」

そのまま図書室に行こうとしたが、突然腕を引かれた。驚いて振り返ると、リヒトが一花の手から紙をひったくるようにして奪う。

「美影の小説についてまとめてある。これは、あの秘書……菜々子さんが作った資料？」

いつもより険のある顔だった。声も、一オクターブくらい低い。

ただならぬ口調で尋ねられ、一花はおずおずと頷いた。

「そうですよ。菜々子さん本人がそう言ってました」

「……他に、一花は菜々子さんとどんな話をしたの？　彼女は、何と言ってた？」

「たいした話はしてないですよ。半分くらいは、おすすめの本についての話題でしたし」

菜々子は早雲や美影を尊敬していること。そして、かなりの読書家であること。図書室にある本をすべて読んでおり、位置まで把握していること……。そんな点を中心に、さっきの会話を手短にまとめる。

一花がすべてを話し終えると、リヒトは肩を落として呟いた。

「僕は、この件から手を引きたい」

「……えっ?!　それ、どういうことですか、リヒトさん！」

言われた内容がよく分からず……いや、言葉の意味は分かるが意図が摑めず、焦って聞き返す。

「僕は真実を知りたくない。たった一つの偽物が何か――それに辿り着いてしまう前に、手を引きたいんだ」

リヒトはそれだけ言うと、身を翻して走り去った。

残された一花は、遠くなっていく背中を呆然と見つめることしかできなかった。

6

（どうしちゃったのかなぁ、リヒトさん）

住み込み用にあてがわれた離れで、一花は溜息を吐きながら寝返りを打った。もうすっかり深夜だ。窓に掛けられたカーテンの向こうはすでに真っ暗である。

家政婦（仮）になってから一か月。

この離れに、一花は着替えや洗面用具などをほんの少しだけ持ち込んでいた。本当は生活用品をすべて揃えたいのだが、正式な採用ではないので遠慮している。

結局、あのあとすぐ一花たちは明神邸から退去することになった。

金庫の番号はまだ判明していないが、肝心の貴公子探偵が「帰る」と言い張ったのだから仕方がない。

外出していた美影には挨拶もできないままだった。菜々子に「いったん引き上げる」と伝言を残してきたが、さぞがっかりしていることだろう。

松濤の家に帰ってきてからも、リヒトはずっと黙り込んでいた。

夕飯は一花が用意したが、ほとんど手つかずだ。例の栄養食品さえ口に入れようとせず、林蔵がたいそう気を揉んでいた。

一花ももちろん、リヒトのことが心配だった。片付けを終えて離れに戻り、シャワーを浴びてから横になったが、全然眠れない。

今まで、リヒトは悠然と笑みを浮かべ、ほんの些細なことをヒントにして見事に謎を解き明かしてきた。

その貴公子探偵は今日、逃げ出したのだ。

『僕は真実を知りたくない』

悲痛な顔でそう言って、青い瞳をそむけてしまった。

一花はただの家政婦（仮）でしかないが、リヒトには笑っていてほしいと思う。そのために少しでも力になりたいが……。

（何をしたらいいか、分からないなぁ）

自分が美影だったら、リヒトを慰めることができたかもしれない。あれぐらい美人で、才能があって、風呂付きの広い家に住んでいたら……。

（あ、考えてたら虚しくなってきた。やめよう）

一花は溜息を吐いて布団から身を起こした。

どう頑張っても眠れそうにない。さらに、さっきからお腹が「ぐぅー」と音を立てている。食の進まないリヒトを見ていたら一花自身も夕食が満足にとれなかったのだ。

少し様子を見ていたが、腹の虫が鳴きやむ気配はなかった。仕方なく、のそのそと立ち上がって備え付けのキッチンに足を向ける。

母屋と違って、この離れの調理台はごく簡素だ。冷蔵庫と電子レンジは置いてあるものの、ガスコンロは一口で、大掛かりなものを作るには不向きである。

なので、一花はだいたいいつも母屋の方で料理をしていた。最近は林蔵を交えて三人で食卓を囲むことが多く、離れで飲食をすることはほとんどない。

だが、さすがにこんな時間に母屋のキッチンを使うのは気が引ける。離れにあるものだけで、なんとか空腹を紛らわせるしかないだろう。

「こういうときこそ、『あれ』だよね！」

一花は暗闇の中でひとりごちて、まず電灯のスイッチをオンにした。

そのとき、カーテンの向こうで何かが揺れているのに気が付いた。大きさと形からして人影だ。外に、誰かが立っている。

息をひそめながら窓に近づいた。カーテンを開ける前に耳を澄ますと、しとしとと雨が降る音が聞こえてくる。

こんな空模様の中、しかも深夜に……一体誰だろう。

おそるおそるカーテンを引いてみて、一花は目を瞠った。すぐに身を翻し、靴脱ぎスペースに揃えてあるサンダルをせわしなくつっかけて外に出る。

「リヒトさん！」

雨が降りしきる庭に、誰よりも麗しい貴公子が佇んでいた。

その金色の髪は濡れそぼち、スーツを纏った身体のあちこちからぽたぽたと雫が垂れている。

銀糸のような雨に打たれるリヒトの姿は凄まじいほど美しく、一花は一瞬だけ見惚れてしまった。

だがすぐにハッと我に返って、慌てて駆け寄る。

「こんな雨の中、何してるんですか！　風邪引きますよ。さぁ、こっちに来てください」

とりあえず、リヒトの腕を引っ張って離れの中に導いた。

靴脱ぎスペースで濡れたジャケットを脱がせてから、一花だけ部屋に上がってタオルを持ってくる。

「うわ、びしょびしょですよ。一体いつから庭に立ってたんですか？」

リヒトは花柄のバスタオルを被ったまま微動だにしなかった。仕方なく、一花がわしわしと濡れた髪を拭いてやる。

その拍子に触れた頬は、氷のように冷たかった。身体が冷えきっているようだ。

もう六月とはいえ、雨の夜は肌寒い。母屋に帰す前に、少し温まってもらった方がいいかもしれない。

「よかったら上がってください。あったかいお茶でも出しますから」

一花はリヒトの腕を軽く引っ張って、部屋に上げた。

この離れは、六畳間にキッチンと水回りがついた一Ｋだ。真ん中に敷いてあった布団をサッと脇に避けて、折り畳み式の卓袱台を広げる。

「ここに座ってくださいね」

クッションや座布団のような気の利いたグッズはない。床をポンポン叩いて位置を示すと、リヒトはそこに大人しく腰を下ろした。

「どうぞ。あったまりますよ」

一花は、一つだけ持ち込んであった湯飲みを丁寧に洗い、お茶を注いで差し出した。ただのティーバッグの紅茶だが、淹れると柔らかな香りがふんわり広がる。

「……眠れなくて外に出たんだ」

リヒトは湯気の立つお茶を一口飲むと、幾分落ち着いたのか、ふっと肩の力を抜いて呟いた。タオルを肩に掛けたまま、卓袱台の向かい側に座る一花を見つめる。

「一花のこと、起こしちゃったかな」

「いいえ、私も眠れなくて、起きてたんです。だから大丈夫」

「そうか……」

青く透き通った瞳が少し伏せがちになり、滑らかな頬に長い睫毛の影が落ちた。陶器人形みたいな顔に一花がまじまじと見入っていると、形のよい唇がゆっくりと動く。

「三年前、母が亡くなったとき、僕の周りには大人がたくさんいた。みんな口々に言ったよ。『困ったときはお互いさまだ』ってね。……でもいざ助けてもらおうとすると、大人たちは僕じゃなくて土地の権利書や預金残高のことばかり口にした。そのうち、最初に言われたことが『嘘』だと気付いたんだ。大人たちは僕に手を差し伸べるふりをして、母の残した財産を自ら管理しようとしてたんだよ」

一花は黙ってリヒトの話に耳を傾けた。口を差し挟むことなどできなかった。青い瞳が、今にも決壊しそうだったから。

「実の父親が見つかったって聞いて日本に来たけど……状況はもっとひどくなった。東雲家の面々は、僕のことを財産を脅かす悪党か何かだと思ってる。この松濤の家に僕を追いやって、あとは知らん顔をしてるのに、外では『あの子も大事な家族です』なんて言うんだ。……みんな、大嘘吐きだよ。僕はもう、嘘はたくさんだ。嘘を吐く本人が嫌なんじゃない。その人が嘘を吐いているかどうか、常に疑ってしまう僕自身が嫌なんだ」

嘘を吐いているかどうか、常に疑ってしまう――それは逆に言えば、嘘を吐いていないことを期待している証でもある。

リヒトはその期待を何度裏切られたのだろう。そのたびに何度涙を流し、何度前を向いてきたのだろう。

食事が喉を通らなくなっても、リヒトは立っている。一花はそれを奇跡だと思った。

「母を亡くしてようやく分かった。いくら僕が嫌だと思っていても、人は嘘を吐く。……だけど、心のどこかでは、嘘を吐かない人もいると思ってたんだ。僕はその人のことを信じてた」

リヒトは俯いたまま微笑んだ。とても寂しそうな顔で。

「信じていた人が嘘を吐いているかもしれない。これ以上前に進んだら、そのことが明らかになる。こんなとき、一花ならどうする？　僕は謎を解くのが怖い。信じていた人の嘘を暴いたら、僕の周りには今度こそ誰もいなくなる」

綻りつくような眼差しだった。暗闇の中で何かを探し求めて迷子になっているような、不安げな顔だ。

たっぷりと間を置いて、一花は答えた。

「リヒトさんがどうするかは、私が決めることではありません」

間髪容れずに、続ける。

「だけど——嘘を吐かない人間なら、ここにいます」

そこで、リヒトは青い目を見開いた。

「一花……」

「正確には、嘘が『吐けない』んですけどね。くしゃみが出ちゃいますから。でも、とりあえず私は嘘を吐きません！　私だけじゃなく林蔵さんだって、リヒトさんには嘘を吐かないと思いますよ。私たちがいますから、リヒトさんが謎を解いても独りぼっちになることはありません！」

背負っている荷物を肩代わりすることはできないが、傍にいることならできる。

そして寄り添っている限り、どう頑張っても一花の心の中はリヒトに筒抜けだろう。何せ、嘘が吐けないのだ。

「だから大丈夫ですよ、リヒトさん。謎をバンバン解いちゃってください！」

「そうか……一花は、そういう体質だったよね」

張りつめていた表情がみるみる緩んでいく。ようやくリヒトの顔から寂しさが消え、晴れやかな笑みが戻った。

（よかった。笑ってくれて）

安堵した途端、空腹感に襲われた。いったんは静かになっていた腹の虫が、再び騒ぎ始める。

「リヒトさん……お腹空きません？」

試しに尋ねてみると、リヒトは曖昧に頷いた。

「温かいお茶を飲んだから、そうでもないけど……」

「何か少し、お腹に入れませんか？　私、ちょうど夜食を食べようと思っていたんです。よかったらぜひ、一緒に！」

一花は勢いよく立ち上がる。

実は『あるもの』がシンク下の物入れにしまってあった。さっき自分で食べようと思っていた、とっておきの一品だ。

それをそくさと取り出してからヤカンに水を入れて、一口コンロの上に置く。

「一花。……それ、何？」

リヒトも立ち上がり、一花の後ろから手元を眺めて言った。

「カップ麺ですよ。もしかしてリヒトさん、初めて見るんですか？」

一花が取り出したのは、やや小ぶりのカップ麺、計二個だ。貴公子の宝石のような瞳が、まじまじとそれに見入っている。

「遠目に眺めたことはあるけど、手に取ったことはなかった。こんなパッケージ、ドイツでは見かけないし」

貴公子は、カップ麺にあまり馴染みがないようである。

そもそもカップ麺やインスタントラーメンは日本で発明されたものだ。海外にはない商品も、日本では多く出回っている。

「小腹が減ったとき用に私が買っておいたんです。これなら母屋まで行かなくても、ここのキッチンで作れますから」

「そういえばここ、やたらと調理台が小さいね。離れ自体、やけに狭くない？　自分の家の庭に建ってるのに初めて入ったんだけど、ここまで窮屈だと思わなかったよ。不便じゃないの？」

背後で、リヒトが物珍しそうに周りを見回している。一花は火にかけたヤカンの様子を見ながら答えた。

「こんな素敵な部屋に住めるなんて嬉しいです。私の実家以上に快適かもしれません。何よりもここ、お風呂が付いてますし！」

「……一花の実家って、どんなところなの？」

呆気に取られているリヒトをよそに、ヤカンから湯気が立ち昇ってきた。一花はカップ麺の蓋を開け、側面に書かれた指示通り、沸騰したお湯を静かに注ぐ。

あとは三分待てばできあがりだが、これでは芸がない。

「ん？　何を入れてるの、一花」

手をもそもそ動かしている一花を見て、リヒトが声をかけてきた。後ろからだと何をしているのかよく分からないようだ。

「あ、今は見ちゃ駄目です。三分後のお楽しみ！　リヒトさんは座っててください。ついでに時計を見ておいてくださいね」

一花は半開きだったカップ麺の蓋を閉じ、フォークと一緒に卓袱台に運んだ。ソワソワしているリヒトを宥めながら、時が過ぎるのをじっくり待つ。

「はーい、できあがりです。お待たせしました！」

おおよそ三分後。湯気で火傷しないように気を付けながら、一花は二人分のカップ麺の蓋を完全に取り去った。

現れたものを見て、リヒトが盛大に首を傾げる。

「これ……何？　なんだか平べったいものが入ってる」

「何だと思います？」

リヒトは答える代わりに、容器の中にフォークを差し込んだ。

表面にある『なんだか平べったいもの』を麺と一緒にすくって、ふぅふぅと息を吹きかけて冷ましたあと、一気に口に入れる。

「ジャガイモの味がする」

「リヒトさん、正解！　それは、ポテトチップです」

一花は惜しみない拍手を送った。

「ポテトチップって、ジャガイモを薄くスライスして揚げたお菓子のこと……だよね」

「そうです！　あ、リヒトさんてポテトチップも食べたことなかったですか？」

「……ない。イギリスのフィッシュ&チップスなら食べたことあるけど、あれとは全然違うんだよね」

今回の主役は、塩味のカップ麺である。そこに、コンソメ味のポテトチップをチョイ足しした。

作り方は簡単だ。お湯を入れたあと、麺が隠れるくらいの量のポテトチップを上に載せるだけでいい。

「美味しい！　ポテトチップが軟らかくなって、スープの味が染み込んでる。麺ともよく合うね。ちょっと足しただけなのに、肉と並んでメインの具材並みの存在感がある。こんなの、どんな一流レストランでも食べたことない。……ねぇ一花、カップ麺とポテトチップって、高級な食材なの？」

「そんなことないですよ。えーと、確か……」

ポテトチップと合わせても、三百円くらいだったはずだ。そう伝えると、リヒトが青い目を見開いた。

「嘘だろう。一桁……いや、二桁間違ってない？」

「ちょっとリッチなカップ麺やポテトチップもありますけど、私、そんな高いもの買えませんよ」

リヒトは盛んに「美味しい」を連呼しながら、夢中で手を動かした。その様子を眺めているだけで、一花の顔が綻ぶ。

「ポテトチップは海苔塩味でも美味しいですよ。ちょっと厚みがあるものの方がいいかもしれません。長くスープに浸けておくとふやけちゃうので。あと、カップ麺にはいろんな味がありますけど、今日は塩味にしました」

ポテトチップをチョイ足しする場合、カップ麺はシーフード味でも醤油味でも、それなりにいける。味噌味なんかもよく合う。

ただ、一花のおすすめは塩味だ。

塩味というのは懐が深く、どんな食材でも寛大に受け入れてくれる。ポテトチップだけでなく、チーズやキムチ、海苔の佃煮などを加えても美味しい。梅干しを入れると夏場でもさっぱりといただける。チョイ足しを前提に選ぶなら、断然塩味である。

そんなことを説明しているうちに、リヒトの前にあるカップ麺はどんどん減っていった。

一花はそれを嬉しく思いながら、自分の分を引き寄せる。

目に飛び込んでくるのは、麺の上を覆うポテトチップだ。

「私、上に載ったこのポテトチップをそーっと剝がす瞬間が好きなんです。下に隠れている麺が、いつもより美味しそうに見えるんですよね」

自分の言葉を忠実に守り、ポテトチップを麺の表面からそーっと剝がす。

「上に載ったものを……剝がす？　下に、隠れている……？」

一花の手元をじっと眺めていたリヒトは、フォークの先を見つめて押し黙った。次第に、肩がわなわなと震え出す。

「リヒトさん……？」

一花がおずおずと呼びかけると、やがて囁くような声が聞こえてきた。

「分かったよ、一花」

「えっ……分かったって、何が？」

「明神家に隠されている『たった一つの偽物』についてさ。一花がカップ麺にポテトチップを入れてくれたお陰で——謎が解けたよ」

「えぇぇっ、本当ですか?!」

「うん。朝になったら、みんなの前ですべてを話す」

手にしていたフォークを置いて、リヒトはきっぱりと言い放った。その端整な顔には、確信めいたものが見え隠れしている。

だがやはりどこか悲しそうで……一花はしばらくの間、目を離すことができなかった。

7

朝になるのを待って、北区の明神家へ赴いた。

探偵のたっての希望で、早雲のアトリエに通してもらっている。

サイケデリックな落書きが施された部屋の中にいるのは、リヒトと一花と林蔵、そして美影と菜々子の計五人だ。

「リヒトくん。金庫の番号がどこに書いてあるか分かったんですって？　さすがだわ！」

家を訪ねる前に、美影には電話で簡単に連絡をしておいた。「すべてのことが分かった」と伝えてあるせいか、リヒトを見つめる眼差しは期待に満ちている。

（『たった一つの偽物』って、何かなぁ）

ゆうべリヒトは「謎が解けた」と言っていたが、一花は詳しい話を聞いていなかった。隣に立っている林蔵も同様らしく、二人揃って成り行きを見守ることしかできない。

菜々子は自分のお下げ髪を両手で摑んで、その場に立ち尽くしていた。

全員の視線を一身に集めた貴公子探偵は、おもむろに口を開く。

「早雲氏は生前、『金庫の番号は、たった一つの偽物の中に隠した』と言ったそうだね。実際、この明神家には『偽物』が一つだけある」

「金庫の番号はそれにメモしてあるのね！　ねぇリヒトくん、偽物って一体何なの。それち上げた。

は、どこにあるのかしら?」

はやる気持ちを抑えきれず、食ってかかるように尋ねる美影を見て、リヒトは口角を持ち上げた。

「この家にある偽物は——君だよ、明神美影」

長い人差し指が、白いワンピースに身を包んだ美女に向けられる。みんなの視線の真ん中で、美影はみるみる顔をこわばらせた。

「……な、何それ。どういうことなの、リヒトくん。そんなはずないでしょう? まさかわたしが偽物の美影で、本物を殺して入れ替わってるとでも言うのかしら。そんなの、一昔前の推理小説のネタじゃない」

「いや、君は本物の明神美影だよ。それから、間違いなく早雲氏の実の娘だ」

リヒトはごく軽い口調でそう言った。

しかし次の瞬間、ぐっと表情を引き締める。

「だけど君は——天才作家じゃない。明神美影は『偽物の作家』なんだよね?」

「えっ……」

美影はギョッとした様子でその場に立ち竦んだ。話を聞いていた一花も思わず目を瞠る。

作家・明神美影は、文壇を賑わせている若き天才だ。出す本すべてがベストセラーになっている。偽物の作家とは、一体どういうことだろう……。

「やだ、変な言いがかりはやめて。わたしは今までに何冊も本を出しているのよ。出版社の人だって、作家であるわたしのことをよく知っているわ」

当然ながら、美影の反論が飛んできた。その目は鋭く眇められ、柳のような眉の間には深い皺が刻まれている。はっきり言って……ちょっと怖い。

だがリヒトは微塵も怯むことなく、目の前の美女をまっすぐ見つめた。

「確かに、明神美影の名前でたくさんの小説が出ているみたいだね。……でもそれは、本当に美影が自分で書いたの？」

「え？」

ビクッと身を引いた美影に対し、貴公子探偵はなおも詰め寄る。

「僕にはもう分かってる。明神美影の名前で出ている作品は、別の人が書いたんだ。つまり美影は『真の作者』の手柄を横取りしているんだよ」

「ええぇぇぇぇぇ――っ！」

叫んだのは、美影ではなく一花だった。すぐ傍で驚いた顔をしている林蔵を押し退け、勢い込んで尋ねる。

「リヒトさん、それ、どういうことですか⁈　小説を書いたのが美影さんじゃないなら、一体誰が書いたんです⁈　真の作者って、誰⁈」

答える代わりに、リヒトは青い瞳をゆっくりと部屋の片隅に向けた。

視線の先に立っていたのは――セルフレームの眼鏡をかけた、お下げ髪の秘書だ。

「菜々子さん……？」

一花がおそるおそる名前を呼ぶと、菜々子はあからさまに顔を引きつらせた。そのまま数歩、後ずさる。

そんな菜々子の前に美影が険しい表情で立ち、リヒトと向かい合った。

「ちょっと待って！　ありえないわ。小説の作者はこのわたしよ！　どうしてリヒトくんは、わたしのことを偽物の作家だなんて言うのかしら」

挑むような眼差しが投げつけられる。リヒトはそれを真っ向から受けて、不敵に笑った。

「それは、美影が自分の作品について説明できなかったからだよ」

「説明？　何よそれ」

「僕が図書室で美影の本を見かけて、『恋敵でも出てくるの？』って聞いたとき、美影は少し動揺してた。上手いこと言い繕ってたけど、僕には分かるよ。自分の作品に関する質問なのに、どうしてすぐ答えられなかったのかな」

すると、美影は顎をくっと持ち上げて腰に手を当てた。

「やだ、そんなことくらいで偽物扱いされるの？　わたしはたくさん小説を書いているから、ちょっとごっちゃになってしまったのよ」

「ふーん、そうなの？　でも秘書の菜々子さんは、美影の名前で出ている本について、かなり詳しく説明できてたけど？　ねぇ、そうだよね、菜々子さん」

リヒトは部屋の片隅に視線を向けた。

「あ、わ、私……」

菜々子はお下げ髪をぷるぷる揺らして震えている。

「昨日、僕は菜々子さんが作成した資料を見た。明神美影の名前で発表した小説のことが的確にまとめられていたよ。それに、菜々子さんは間違いなく読書家だ。図書室にある本をすべて読みこなしてるんだってね。美影より、よっぽど作家らしい」

リヒトの話を聞きながら、一花はこれまでの出来事を思い出していた。

パソコンを抱えて図書室に籠もっていた菜々子は、確かにとても作家らしく見えた。美影と菜々子、どちらが本を愛しているかと聞かれれば、答えは明白……。

ちらりと美影の様子を窺うと、その美しい顔に焦りの色が浮かんでいた。長い黒髪が、バサッと乱暴にかきあげられる。

「さ……作家が全員読書家とは限らないわ。それに、図書室にある本なら、わたしだってすべて読んでいるわよ！」

「それ本当？　美影は僕が本の感想を求めても、曖昧なことしか言ってなかったけど」

「ちゃんと読んだわ！　あのときは急に聞かれたから、頭が真っ白になっていただけよ……」

「美影、僕の目を見て」

リヒトは透き通った青い瞳をまっすぐ前に向けた。

じっと見つめられた美影は、何かの力で押さえ込まれているかのように、その場で動きを止める。

「君は、僕に嘘を吐いてない？」

「……嘘なんて吐いてないわよ」

「ならもう一度聞く。美影は本当に――図書室にある本をすべて読んでいるんだね？」

美しい二人は、しばらく微動だにしないまま互いを見つめていた。

やがて美影の方がゆっくりと口を開いて、沈黙を破る。

「リヒトくんだって知っているでしょう？　わたしは昔から読書が好きなのよ。しょっちゅう本を持ち歩いていたから、父やアンナ先生に褒められたわ。読書好きが高じて作家になったの。だから……図書室にある本だってすべて読んでいるわ！　バカにするのもいい加減にして！」

最後は悲鳴に近い声だった。それは落書きだらけの部屋に響き渡り、余韻を残して消えていく。

「だったらどうして――美影は僕に、返事をくれなかったの？」

再びあたりが静かになると、今度はリヒトの声が聞こえた。

「返事……？」

美影は怪訝そうに顔を顰める。

「林蔵、さっき渡しておいた『例のあれ』を」

リヒトは一花の隣にいた執事にサッと目配せをした。

「かしこまりました。こちらのご本でございますね」

林蔵は燕尾服の内側から一冊の文庫本を取り出し、主に手渡す。

一花にも見覚えのあるものだった。おととい、リヒトが美影に掲げて見せたあれだ。どうやらリヒトはあらかじめ図書室からこの本を持ち出して、林蔵に持たせておいたらしい。

「美影は、この本について何か覚えていることはない？」

おととい と同じように、リヒトは文庫本を掲げて見せた。

「……図書室にあった本ね。どこで手に入れたものだったかしら」

「これは、僕が美影にプレゼントした本だよ。七年前、美影が日本に帰る日にドイツの空港で渡したんだ」

君はそんなことも忘れていたの？　とリヒトが責めるような口調で問うと、美影は焦った様子でパンと手を叩く。

「……ああ、そうだったわね！　本が好きなわたしに、まだ十歳だったリヒトくんがプレゼントしてくれたのよ。今思い出したわ！」

「ドイツでは日本語の本がなかなか手に入らなかったけど、随分探し回ってようやく手に入れたんだ。美影は本が好きだと言っていたから、プレゼントすれば喜んでくれると思った……」

リヒトはそこでいったん言葉を切り、微笑みを浮かべた。

「その本を、君は最後まで読んでくれたのかな、美影」

どこか寂しそうで、悲しげな笑みだ。そんな顔を向けられた美影は僅かにたじろいだが、ぎりっと歯を食いしばって拳を握り締める。

「も、もちろん、読んだわよ！　隅々まで読んだわ。だって、わたしは作家よ？　本が好きなんだもの！」

「そうか……」

リヒトは肩を落として天井を見上げた。

しばらくそうしたあと、手にしていた文庫本をゆっくりと開く。

「最後まで読んだなら、この書き込みも見ているはずだよね」

示されたページの上端に、黒いペンで文字が書いてあった。やや拙い筆跡の、短い文章だ。

『ぼくは、美影のことが大好きです。しょうらい、およめさんになってくれますか？』

一花は手で口元を覆った。

これは、ラブレターだ。一つ一つの文字に、当時十歳だったリヒト少年の気持ちがしっかりと込められている。

「……僕はここに美影へのメッセージを書いておいた。当時の僕は日本語があまり得意じゃなかったけど、気持ちをちゃんと伝えたかったから、美影が慣れてる言語を使ったんだ。この本を最後まで読んだなら、どうして何も言ってくれなかったのかな？　僕は君からの返事を、ずっと待ってた」

本を美影の鼻先に突きつけて、リヒトは問いただす。

「あ……そ、それは……」

美影は言葉に詰まり、身体を大きく仰け反らせた。

「気付かなかったとは言わせない。この本は推理小説だからね。僕が書き込みをしたのは探偵がすべての真相を解き明かしているページ……つまり、この本の重要な部分だ。美影が見逃さないように、あえてこの位置を選んだ。最後まで読んでいるなら、僕のメッセージが確実に目に留まったはずだよ」

書き込まれている文字は幼い感じがするが、掠れたりはしていない。リヒトの言う通り、最後まで本を読めば誰でも気付くだろう。

「美影はただ、大人に褒められたかっただけだよね？　そのために本を持ち歩いて、読むふりをしていたんだ。実際は、僕がプレゼントした本も、図書室にある本も、全く読んでいなかった。だから僕が書いたメッセージに気が付かなかったんだよ。……ちなみに、図書室にある本をすべて読んでいた菜々子さんは、この書き込みのことを知ってた。昨日会ったとき、そんな話をしていたよ」

自分の名前が出てきたせいか、菜々子がビクッと身体を震わせた。リヒトは一瞬そちらを振り返ってから、再び美影に目を向ける。

「美影。君は本当は、本なんて読まないタイプなんだよね？　小説だって、君が書いたわけじゃない。菜々子さんが書いたものを、明神美影の名前で発表していたんだ」

「そ……そんなこと……」

「まだ言い訳をするの？　僕はもう、美影に嘘を吐いてほしくない」

貴公子探偵の青い瞳が悲しそうに歪む。

さほど大きな声ではなかったが、一花はリヒトが叫んでいるように見えた。心からの願いを、大好きな人にぶつけている。

「……あああぁぁぁぁ――っ、もう！」

白いワンピースに包まれた身体が、大きくよろめいた。なんとか倒れる寸前で踏みとどまり、美影は頭を掻きむしる。

「わたしが本当は本を読んでいないですって？　それがどうしたのよ！　小説を書いたのもわたしじゃないって……だから何なの?!　そんなことはどうでもいいわ。実際に、明神美影の名前で出した本はベストセラーなんだもの！」

ひとしきり叫ぶと、美影の視線は菜々子へと飛んだ。

凄まじい表情だった。こめかみには血管が浮き、美しい顔がまるで般若のように歪んでいる。

「このわたしが……鬼才の画家・早雲の娘であるわたしが発表したからこそ、本が売れたの！　明神美影の名は、それだけの価値があるのよ。ねぇ菜々子、そうよね?!」

美しくも恐ろしい般若に睨まれ、菜々子はがくがくと震えた。

「あ……わたっ……私」

「はっきり答えなさいよ。菜々子はそうやって、いつもグズグズしてるんだから！　あんたみたいな鈍臭い子が書いた小説なんて、誰も読まないわ。わたしの知名度やビジュアルを活かしたからこそ、ここまで売れたの！」

「美影さん、それはひどいと思います！」

一花は口を挟んだ。美影の言い分にはどうしても納得できない。菜々子のことを完全に見下している。こんなの、あんまりだ！

「うるさいわね。家政婦は黙ってて！」

一花に向かってぴしゃりと言い放つと、おぞましい般若はじりじりと菜々子に歩み寄った。

「分かってるわよね、菜々子。小説を書き続けたければ、黙って言うことを聞きなさい。これまでだって上手くやってきたわ。本当は菜々子が書いているだなんて、言わなければ誰にも分からない。何せ、同じ屋根の下に住んでいた父だって、全然気付いてなかったんだから！」

「それはどうかなぁ」

声を上げたのはリヒトだった。菜々子を美影から守るように割って入る。

「早雲氏は、真実に気が付いていたと思うよ。美影が偽物の作家だって、ちゃんと知っていたはずだ」

美影は苦笑いをしながら首を横に振った。

「何を言っているのよ。わたしが何をしていたかなんて、父が知ってるわけないわ。あの人はアトリエに籠もって、変な絵を描いていただけだもの」

「いいや、気付いていたはずだ。だからこそ、早雲氏は言ったんだよ。『金庫の番号は、たった一つの偽物の中に隠した』ってね。この家にあるたった一つの偽物——それは君だ、明神美影」

貴公子探偵の長い指が、般若と化した美女に向けられる。

「わたしが……偽物……」

「そうだよ。早雲氏はその偽物の中に、金庫の番号をメモしておいたんだ。今からすべてを見せる。……林蔵、ちょっと手伝って」

「かしこまりました」

リヒトと林蔵は部屋の真ん中まで歩き、一枚のキャンバスと向き合った。

サイケデリックな落書きだらけの空間で、ひときわ輝く一枚の絵——美影の肖像画である。タイトルは『作家の肖像』。

「これは早雲氏が半年前に描き上げた絵だね。同じころ、遺言状についても言及している。僕はこの絵を見たとき、一瞬だけ違和感を抱いたんだ」

縦五十センチ、横四十センチほどのキャンバスに手をかけて、リヒトは言った。

一花は「うーん」と唸る。

「この絵って、そんなに変ですか？　綺麗で素敵だと思いますけど」

「そこがおかしいんだよ、一花。これはただの綺麗な絵なんだ。早雲氏の絵に『あるはずのもの』がない」

「あるはずのもの……ああっ、もしかして！」

ガバッとキャンバスに飛びついて、一花はポンと手を打った。間違いない。この絵には、大事なポイントが欠けている。

「『緑色』ですね！　この肖像画の中には、どこにも緑色がない！」

早雲の二つ名は『緑の画家』だ。家じゅうに飾られているたくさんの絵には、必ず緑色が使われている。

だが、目の前の肖像画には、その大切な色がない。

「この絵のタイトルは、『作家の肖像』だったね。だけど、ここに描かれているのは偽物なんだ。だから早雲氏は、この絵に自分の代名詞である緑色を使わなかった。……僕が違和感を抱いたのは一瞬だけで、しばらく忘れてたんだけど、真相が見えてきてから思い出したよ」

そこまで言うと、リヒトはイーゼルに置かれていたキャンバスをゆっくりと床に下ろし、林蔵に何かを命じた。

主の言葉を聞いた忠実な執事は、部屋の隅から工具箱を見つけてきて、中から釘抜きのような道具を取り出す。

二人が何をしようとしているのか、一花にもようやく分かってきた。木枠からキャンバスを剝がすつもりなのだ。

「本物の『作家の肖像』は、ここにある」

やがて、リヒトがそう言ってキャンバスをばさりとめくり上げた。

「あ、もう一枚絵が出てきた！」

現れたものを見て、一花は仰天した。

美影の肖像画の下に、もう一枚の絵が隠れていた。キャンバスは、二枚重ねて木枠に張られていたのだ。

露になった絵に描かれていたのは、緑色のワンピースを身に着けた、お下げ髪の女性である。四角い画面の中でこちらを振り返っているその人物は……。

「菜々子……」

美影が掠れた声で呟いた。

もう一枚のキャンバスには、菜々子の姿があった。草木溢れる庭で、鳥と戯れている彼女の姿が生き生きと描かれている。

緑色を惜しみなく使った独特のタッチ……間違いなく早雲の筆だ。

「これが早雲氏の遺作。本物の『作家の肖像』だよ。作家とは、もちろん菜々子さんのことだ。早雲氏は美影が何をしているかちゃんと知っていた。そのうち偽物を糾弾する目的で、こんな絵を描いたのかもしれないね」

滔々と語ったあと、リヒトは木枠から剝がした美影の肖像画をぺらっと裏返した。

「ほら、ここに早雲氏が残したメッセージがある」

白いキャンバスの裏側。そこには十桁の数字と、こんな言葉が書き込まれていた。

『私は、偽物の存在を許さない』

「あ……あぁ……」

美影の口から、声にならない叫びが漏れ出る。

本物の遺作に縋りつくようにして、偽物の作家はその場にくずおれた。

「——君だけには嘘を吐いてほしくなかったよ、美影」

落書きだらけの部屋に、リヒトの寂しそうな声が静かに響いた。

チョイ足し四品目　壁がそそり立つ特製海苔茶漬け

1

今にも雨が降り出しそうだった。

一花は箒を動かしていた手を止め、空を見上げて溜息を吐く。梅雨の季節に入り、このところずっと湿っぽい日が続いている。太陽が見えないと、どうも気が滅入る。

さらにもう一つ。別のことが一花の心を重くしていた。

（リヒトさん……）

平日の昼下がり。どんより曇った空と、さっきまで眺めていたリヒトの寂しそうな顔がシンクロする。

明神家ですべての謎が解けたのは十日ほど前のこと。

リヒトの推理の結果、見つかった金庫の番号は正しかった。弁護士立ち会いのもと、正式な手続きを経て開封された早雲の自筆証書遺言には、こう書いてあった。

『軽井沢の別邸、自動車、貴金属類を、明神美影に相続させる』

『北区の自宅、およびそこに残した作品のすべては、若林菜々子に相続させる。現金および有価証券は、明神美影と若林菜々子で等しく分けることとする』

さらに、金庫の中には遺言状と一緒に早雲の手帳が入っていた。アイディアメモと日記を兼ねたそれには、持ち主の想いが切々と綴られていたそうだ。

やはり早雲は、美影が偽物の作家であることを知っていた。亡くなる半年ほど前にその事実に気が付いて、いずれは娘を問いただすつもりでいたらしい。

手記には、娘の美影とどう向き合うか悩む早雲の気持ちが、ありのまま書いてあった。

『このまま菜々子を利用して作家を演じていたら、美影は堕ちるところまで堕ちてしまう。そうなる前に止めてやるのが、父親としての大切な役目だ』

妻を亡くした早雲は、娘をあまり構ってやれないことに罪悪感を抱いていた。美影を問いただそうとしていたのは、愛するが故だ。

菜々子にも財産を分与したのは、自分の作品を大切に残してほしいと思ったからだろう。壁に描いた落書きのような絵まで愛してくれた菜々子に、早雲は己の生み出したものを託したのだ。

『菜々子は素晴らしい才能を持っている。どうか、自分の名前で作品を発表してほしい。私は、菜々子の幸せを祈っている』

それが、手帳に記された最後の文章だった。

早雲の想いを受け取った菜々子は、出版関係者を訪ねて今までの経緯を説明し、美影の名前で発表していた小説の作者が自分であると名乗り出た。

美影もそのことを認め、世間へ向けて謝罪のコメントを出している。早雲の残したメッセージが、彼女を改心させる方向に働いたようだ。

二人の告白は今、文壇を飛び越えて世間を大いに騒がせている。

『天才ベストセラー作家の欺瞞』

『美人作家は小説が書けなかった?!』

『本当の作者は眼鏡っ娘!』

週刊誌にはこんな文字が躍り、明神家には連日、マスコミが大挙して押しかけた。

菜々子は、今まで美影が得ていた印税を欲しているわけではない。それどころか、自分の作品を世に出してくれた美影に、感謝しているとさえ言っていた。

望みはただ一つ。『小説の作者は若林菜々子である』と主張したいだけだ。早雲の気持ちに応えるために……。

今現在、マスコミの取材攻勢から菜々子と美影を守るべく、林蔵が明神家に詰めて対応をしている。近々、出版の権利関係を巡って話し合いが行われるそうだ。なんでもソツなくこなす有能な執事が菜々子や美影の傍についていてくれれば、物事はきっといい方に転がるだろう。

というわけで、林蔵は今日も朝から出かけており、松濤の家にいるのは一花とリヒトだけである。

東京都渋谷区に建つ豪邸を取り囲む、広大な庭。いつもは万能な執事兼庭師が手入れを担っているが、今日は代わりに一花が掃除をすることになっていた。

空から視線を移し、玄関から門に向かうアプローチを掃き清めていく。

（リヒトさん、お昼ご飯、あんまり食べなかったなぁ……）

美影が床にくずおれたあの日以来、リヒトは笑顔を見せない。食欲が湧かないようで、さっき昼食に出したパスタも半分ほど残していた。

十歳のリヒトは、憧れのお姉さんにラブレターを書いた。一冊の本に自分の想いを込めて渡し、七年もの間、返事をずっと待っていたのだ。

だが、美影はその本を読んでいなかった。それどころか、存在さえ忘れていた。

本が好きと言っていたのも嘘。作家であることも嘘。

何もかも、嘘、嘘、嘘……。

『心のどこかでは、嘘を吐かない人もいると思ってたんだ。僕はその人のことを信じてた』

深夜、離れで聞いた言葉が蘇ってくる。

嘘にまみれた大人たちに辟易してても、それでもリヒトは美影のことを信頼していた。彼女にだけは、嘘を吐いてほしくなかったのだ。

そんな大事な人の嘘を、自ら暴くことになった。貴公子探偵の使命とはいえ、この結果はあまりにも辛すぎる。

謎解きのヒントになったのは、一花が出した『ポテトチップ　ｏｎ　ｔｈｅ　カップ麺』

だった。

もともとリヒトは美影の言動を少し不審に思っていたという。ポテトチップの下に隠れていた麺を見て、例の肖像画の下に別の絵があると気付いたのだ。

謎解きの力になれたのは嬉しい。だが、ポツンと一人で肩を落としているリヒトの姿を見ていると悲しくなる。

一花の母は事あるごとに『笑って！』と言っていた。母自身もよく笑った。どんなに貧しくても、みんなが笑顔なら幸せだった。

だからリヒトにも笑ってほしい。早く元気を取り戻してほしい。謎が解明されても、リヒトの笑顔が見られなければ何の意味もない。

何か、リヒトのためにできることはないだろうか……。

パッと思いつくのは『謎』だ。リヒトにとって謎解きは息抜きであり、亡き母と一緒に取り組んできた、いわばライフワークでもある。『美味しい謎』は、食欲に結びつく唯一のものだ。

もしリヒトが夢中になれるような謎があったら、少しは元気を取り戻してくれるかもしれない。

そうは思ったが、一花は興味深い謎など持ち合わせていなかった。できることといえば、今のところは目の前にある仕事……アプローチの掃除だけだ。

仕方なく黙々と手を動かしていると、あたりはすぐに綺麗になった。ついでに家の前も少し掃いておこうと思い、門を開ける。

「あれ？」

そこに、細身のスーツを纏った背の高い男性が立っていた。

年齢は三十歳前後。メタルフレームの眼鏡をかけており、銀のアタッシェケースを持っている。眼鏡の奥の瞳は涼しげで、黒い短髪はきっちりとセットされていた。全体的に、『デキる男』という雰囲気がびしびし伝わってくる。

仕立てのよさそうなスーツの襟元に目をやった一花は、そこに金色のバッジが輝いていることに気が付いた。

向日葵をかたどったそれは、ある職業に属する者だけが身に着ける記章だ。

（この人、弁護士さんだ）

長身の弁護士は、眼鏡を押し上げてから口を開いた。

「君は？　この家の家政婦だろうか」

「あ、はい。三田村一花と申します！」

まだ（仮）ですが、と心の中で付け加えて、一花はぺこりとお辞儀する。

「では一花くんに聞こう。東雲リヒトは在宅だろうか」

「えっ、リヒトさんですか？　えーと……」

返答に困った。林蔵がいれば的確な判断を下すのだろうが、家政婦（仮）では主に取り次いでいいかどうか分からない。

一花がしばし戸惑っていると、黒いスーツを纏った弁護士が僅かに口角を引き上げた。

「私は、名探偵に謎解きの依頼をしにきたのだが」

「えっ？」

まさに今、一花は謎を探していた。リヒトが夢中になれるような、元気になれるような

……そんな謎を。

「ちょっと待ってくださいね。お会いになるかどうか、リヒトさんに聞いてきます」

本音としては「今すぐ上がって、謎を提供してください！」と言いたかったが、ひとまず主の許可を取ることにした。はやる気持ちを抑え、一花はくるりと踵を返す。

「あ、リヒトさん！」

後ろを向いた瞬間、天使と見まごうほど美麗な人物が視界に飛び込んできた。この家の主、貴公子探偵その人である。

「一花、お茶を淹れてほしいんだけど……誰か来たの？」

リヒトは家政婦（仮）を捜して外に出てきたようだ。最初は宝石のような瞳で一花を見つめていたが、傍らに立つ弁護士に視線を移してハッと息を呑む。

「拓海(たくみ)、ここで一体何を……」

貴公子の綺麗な唇から漏れ出た言葉を、一花はよく聞き取れなかった。辛うじて、『拓海』というのが目の前にいる弁護士の名前であることだけは把握する。

「変わりないようだな、リヒト」

立ち尽くすリヒトを見て、弁護士……拓海が口角を上げた。

どうやら二人は互いに知り合いのようだ。しかし、ただの知人にしては、二人の間に流れる空気がどこか剣呑すぎる。

「あ、あのっ」

その異様な雰囲気を振り払うように、一花は声を上げた。

「あのっ、弁護士さんが謎解きの依頼をしたいそうです！」

「謎……？　拓海が、僕に？」

リヒトは拓海にちらちらと怪訝な視線を投げ、顔を顰めた。今回の依頼にあまり乗り気ではないようだ。

だが、家政婦（仮）はここでめげたりしない。美影の件でふさぎ込んでいるリヒトに、気分を変えてもらうチャンスだ。

「謎解きはリヒトさんの得意分野じゃないですか。お話だけでも聞いてみましょうよ。ね？」

一花の雰囲気に押されたのか、美麗な貴公子は微かに頷いた。

「……分かった。上がってもらいなよ」

門からのアプローチを歩いている途中、拓海は自らの所属を明かした。それによれば、彼はとある不動産会社の法務部に勤める企業弁護士とのこと。

「私の属する会社は現在、都内に大型マンションの建設を進めている。古い家が建ち並ぶ一角を社で買い上げ、広い敷地を確保しているところだ」

その拓海は、一花が出した紅茶のカップを片手につらつらと話し出した。

向かい側に座るリヒトも紅茶を口にしたが、客人の顔さえ見ずに黙っている。主がそんな様子なので、一花が相槌を打つことにした。

「古い家が建ち並ぶ一角ということは、マンションを建てる予定の場所には、現在住んでいる方がいらっしゃるんですか？」

「その通りだ、一花くん。元の住民には十分な資金と別の土地を用意して、立ち退いてもらう手筈を整えている。その交渉を担当しているのが私だ」

拓海はそこまで言うと、ふっと溜息を吐いて表情を曇らせた。

「……私は立ち退き交渉の全権を握っている。何としてもアカウンタビリティを果たさなければならない。だが、事態はスタック状態に陥った。このまま次のフェーズに進めなければ、建設計画はいずれ頓挫するかもしれない」

「……はぁ」

よく分からない用語が連発された。だが、何かマズいことになっているのだけは窺える。

拓海はなおも嘆いた。

「一人だけ、どうしても立ち退き交渉に応じない人物がいる。こちらは十分すぎるほどの条件を提示しているのに、彼はなぜあんなにも頑ななのか……大いなる謎だ」

そこでずっと黙っていたリヒトが、ピクリと肩を震わせた。

「——謎、だって？」

貴公子探偵が興味を示したのと同時に、一花も少し前のめりになる。拓海は滔々と事のあらましを語った。

「我が社は現在、大型マンションの建設を目指して都内某所で用地の確保を進めている。そこにはもともと古い民家が十軒建っていたが、私が責任者となって交渉に臨んだ結果、九軒については立ち退きに応じてくれた」

残ったのはただ一軒。

……というより、ただ一人と言った方がいいだろう。交渉を進めていた十軒のうちの一軒、小さな平屋建てで一人暮らしをしている老人だけが、立ち退きに応じないのだという。

拓海の属する会社は、その老人——岩山壱徹（いわやまいってつ）に、できうる限り最大の対価を支払うと約束した。

実際に提示した金額は破格だった。壱徹がもともと住んでいる平屋建ての物件が、軽く二つは買える程度らしい。

「建設予定地のあたりは、今現在、高級住宅地となっている。だが、大正時代には日当ではそぼそと暮らす職人などもいて、彼らのために小さな民家がまとめて建設された。壱徹氏はそのうち一軒を五年ほど前に購入し、移り住んだらしい。私の属する会社はそういう小さな土地をまとめて買い上げ、ハイグレードのマンションを建設する予定でいる。無事に落成し、富裕層の入居が進めば、それなりの金額が動く」

だから破格の対価を提示できた、と拓海は説明した。

しかし、一花の目が飛び出るほどの額を支払うと言ったにも拘わらず、壱徹は立ち退きを拒否した。弁護士である拓海が熱心に説得しても、「家は売らん」の一点張りらしい。

壱徹以外の住民は提示された条件を受け入れ、すでに引っ越しを済ませている。要するに、壱徹さえ交渉に応じれば、すぐにでもマンションの建設が始められる状態なのだ。

「壱徹氏に示した立ち退き料は、我が社が出せる最大の額だ。他社ならもっと低い金額を提示してくるだろう。はっきり言うが、壱徹氏にとって悪い条件じゃない。なのに……」

拓海はメタルフレームの眼鏡を押し上げて表情を曇らせる。

一花が当事者なら、喜んで交渉に応じるだろうと思った。もらったお金で風呂付きの家に移れるなら、それだけで万々歳だ。

「問題の人って何歳くらいなの？　一人で暮らしてるってことは、独身？」

ふいにリヒトが質問を繰り出した。

さっきまでは澄ました顔でお茶を飲んでいたが、『謎』というワードがじわじわ効いてきたのか、会話に加わる気になったらしい。

「壱徹氏は今年で八十二歳だ。結婚は一度もしていない。よって子供もいない。存命の身内は甥だけだな。その甥は現在、妻子とともに横浜に住んでいる」

「八十二歳か……」

拓海の答えを聞いたリヒトは、顎に指を当てて考え込むようなポーズを取った。黙ってしまった雇用主に代わり、今度は家政婦（仮）が口を開く。

「近所に親しいお友達がいて、離れるのが嫌だから引っ越したくない……とか？」

拓海は即座に否定した。

「その線はないな。壱徹氏が今の場所に越してきたのは五年前。あのあたりでは新顔で、近所に馴染んでいるとは言い難い。それに、壱徹氏は平たく言えばかなり偏屈だ。友人はおろか、挨拶を交わす知人さえいない。よって、一花くんの意見は否定される」

「えぇ……そうなんですか？　壱徹さんて、なんだか怖そうな人」

一花の口から、正直な感想が漏れた。まさか友人知人が一人もいないとは……。

「壱徹氏は人を寄せ付けない雰囲気を持ち合わせている。実際に会ってみればその人柄が理解できるはずだ。……ん？　待て。実際に、会う……？」

拓海の声はそこで途切れた。眼鏡の奥の瞳が見開かれ、次の瞬間、表情がパッと明るくなる。

「そうだ、二人とも壱徹氏と会ってみればいい。ちょうどこれから立ち退き交渉に向かうところだったんだ。私と一緒に来てくれ」

「断る」

電光石火、リヒトが首を横に振った。整った顔が歪んでおり、心底嫌そうだ。

しかし拓海は、一歩も引かずに言葉を重ねる。

「壱徹氏はとにかく手強い。最近は私が訪ねていっても門前払いだ。だがリヒトや一花くんが同行すれば、空気が変わるかもしれない」

「嫌だ。行かない」

リヒトは吐き捨てるように言ってぷいと横を向いてしまった。

「……リヒトさん、一緒に行ってあげませんか？　拓海さん、困ってるみたいですし」

一花はたまらず口を挟んだ。

「何で僕が拓海を助けないといけないの？　そんな義理はないよ」

リヒトはそっぽを向いたままなおも拒否する。

すると、メタルフレームの眼鏡がキラリと光った。

「敵前逃亡か、リヒト。どうやら私の見込み違いだったようだな」

「……僕が逃亡だって？　それ、どういうことかな、拓海」

「私はリヒトに依頼をしにきたと言っただろう。岩山壱徹氏がなぜ交渉に応じないのか、その謎を解き明かしてもらいたい。依頼に際して契約書が必要なら、いくらでも署名しよう。……それとも、私の提示した謎は難しすぎるか――名探偵・東雲リヒト」

美麗な貴公子は、僅かに顔を顰めてソファーから立ち上がった。

「……問題の家ってどこなの。行くよ」

2

「うわー、人が多いですね」

午後三時の渋谷駅。雑踏の中、一花はリヒトをガードするように進んでいた。

拓海の『依頼』を受け、今から三人で壱徹の家に向かうところだ。背の高い弁護士の後ろに、一花とリヒトが並んでついていく。

貴公子探偵の移動には普段なら車を使うが、有能な運転手兼執事は本日不在である。拓海の話によれば壱徹の自宅は山手線の巣鴨駅から歩いてすぐということなので、今回は電車での移動を選択した。

徒歩で渋谷駅まで来たのだが、繁華街の玄関口は今日も若者でごった返している。人ごみの中でも、リヒトの並外れた容姿は異彩を放っていた。見た目だけでも庶民とは違うのに、この貴公子は根っからのお坊ちゃま育ちで、混雑には縁がなさそうだ。

「リヒトさん、気を付けて。もうすぐ改札ですよ。電車に乗るにはICカードが必要ですけど、持ってます？　なければ私が切符を買ってきますけど。……あっ、自動改札の通り方、分かります？」

人を避けながらやっとのことでハチ公口に辿り着き、一花は尋ねた。リヒトの綺麗な顔がくしゃっと歪む。

「……電車の乗り方くらい知ってるよ」

言うが早いか、リヒトはどこからかICカードを取り出して、改札口の方へすたすたと歩いていった。

「待ってください、リヒトさん！　ちゃんと前を見ないと、人にぶつかりますよ！」

一花が声をかけた瞬間、まさに危惧していたことが起こった。リヒトの目の前には、横から早足で歩いてきた男性が……。

このままではぶつかる――思わず身を竦めた一花の目の横で、長身がすっと動いた。

「危ない、リヒト」

拓海がリヒトの腕を掴み、身体を自分の方へ引き寄せる。お陰で衝突は回避され、一花はホッと胸を撫で下ろした。

「もう少し気を付けた方がいいぞ」

「気安く僕に触らないでくれる？」

リヒトは弁護士の忠告と手を振り払い、決まり悪そうな顔で改札をくぐった。一花と拓海もそれを追いかけ、三人で外回りの山手線に乗り込む。

「ねぇ見て、あの金髪の子」

「え？　わっ、何？　芸能人？」

ほどほどに混んだ車内、突如現れた天使のような美少年に、人々の……特に女性の視線がこれでもかと集まった。

いっぽう、隣に立っている長身の弁護士も、そこそこ注目されている。

一花は改めて拓海の姿を眺めた。リヒトが完璧すぎるので埋もれがちだが、こちらも見た目は決して悪くない。

おそらく身長は百八十センチ近くあるだろう。手足が長く、細身のスーツがバッチリ決まっていた。顔立ちはややクールすぎる気もするが、メタルフレームの眼鏡と相まって、知的さを醸し出している。

電車に揺られることしばし。やがて巣鴨駅に到着した。一花とリヒトは拓海に従って改札を抜け、そのまま駅前の通りに出る。

先導役の弁護士についていくと、いつの間にか住宅街に入っていた。建ち並ぶマンションは一目で高級と分かるものが多く、合間にある戸建て住宅も都内の割に敷地がゆったりしている。

「向こうに、江戸時代に造園した日本庭園・六義園（りくぎえん）がある。六義園同様、このあたりも江戸時代に武家屋敷街として整備されたようだな。今でもそのころから続く名家の邸宅が残っている。集合住宅も多いが、どれも富裕層向けの物件だ」

歩きながら、拓海が説明してくれた。やがて、その足がピタリと止まる。

「ここが問題の物件だ」

すぐ傍に、古くて小さな平屋建ての一軒家があった。ここが件（くだん）の老人・岩山壱徹の住む家のようだ。

一花たちはしばし立ち止まって小さな建物を観察した。

木の板が張られた壁は、経年劣化であちこち傷んでいる。屋根にはトタンが貼られているが、そよ風が吹いただけでベコベコと音が鳴った。風呂なしの賃貸物件で育った一花でさえ、あまり褒め言葉が出てこない。

その粗末な家の周りには空き地が広がっていた。数か所に『マンション建設予定地』と書かれた看板が立てられている。もともとは何軒か家が建っていたのを、拓海の属する不動産会社が買い取って更地にしたのだろう。

住宅街の中でここだけがぽっかりと空いていて、空が広く見えた。一花の隣に立つリヒトの瞳にも、どんよりした雲が映っている。

空き地にポツンと残った一軒家……松濤の家で拓海が説明した通りだ。壱徹が土地を売ってくれさえすれば、今すぐ大きなマンションが建てられる。

「私はこのところ、毎日のように壱徹氏の家へ足を運んでいる。無論、立ち退き交渉を進めるためだ」

ちっぽけな家の玄関は、すりガラスが入った引き戸だった。拓海が溜息交じりに呼び鈴を押すと、ブーッというくぐもった音が鳴り響く。

しばらくして、ガラスの向こうで人影がゆらめいた。

「何だ、またお前か」

ガラガラと引き戸が開き、中から痩軀の老人が顔を出す。

この人物が壱徹だろう。背丈は百六十五センチ程度。顔や身体は引き締まっていて姿勢がいい。真っ白な髪を五分刈りにしていて、日に焼けた肌とコントラストを描いている。目つきは鋭く、口はへの字に曲げられ、眉間には深い縦皺が何本も刻まれていた。

「帰れ」

たったそれだけ言って、壱徹は引き戸を閉めようとした。あまりの冷たさに一花は驚いたが、拓海は慣れた様子で素早く戸に手をかける。

「壱徹さん。昨日上層部と相談し、条件を見直しました。前回より立ち退き料を上乗せできます。話を聞いていただけないでしょうか」

ここに来て、拓海はさらなる好条件を出すと言う。立ち退き料は一体いくらになるのだろう。一花の脳裡で札束が飛び交う。

しかし、壱徹の険しい表情は変わらなかった。ぎろりと拓海を睨みつけたあと、一花とリヒトにも鋭い視線を投げてくる。

「今日は連れがいるんだな。だが、人数を増やしても無駄だぞ。儂はこの家を手放す気はない！」

ぴしゃりと言われてしまった。

同行者がいれば壱徹の態度が軟化するかもしれないと拓海は考えていたようだが、その思惑は一瞬にして砕け散ったことになる。

「いつまでそこに突っ立ってるんだ。とっとと帰れ！」

「少しでもいいんです。話を聞いていただけないでしょうか」

「断る」

「では、立ち退き料についてまとめた書類だけでもご覧いただけませんか」

ちっぽけな家の玄関で、壱徹と拓海の攻防が続く。

弁護士がやや劣勢で、このままで行くと締め出されてしまいそうだ。できることなら家に上がってじっくり話をしたいところだが、壱徹の心を開く方法が見つからない。

そんな中、リヒトが一花の袖をちょいちょいと引いて耳打ちしてきた。

「一花。おじいさんの足元、見て」

言われるままに目をやった一花は、壱徹のズボンの裾が擦り切れているのに気が付いた。ズボン自体にはきっちりとセンタープレスがかかっているのに、裾だけがボロボロにほつれていて、糸が飛び出してしまっている。

「あれ、一花なら直せる？」

耳元でリヒトに囁かれ、一花は即答した。

「専門の業者に出して修繕してもらうのが一番綺麗にできる方法だと思いますけど、それなりでよければ私でも直せます。多分、二十分くらいあれば……」

「さすがは家政婦だね、一花。じゃあ頼んだよ」

「えっ？　あっ……ああ！　そういうことですか！」

雇用主の意図を汲み取って、家政婦（仮）は前に歩み出た。未だにせめぎ合いを続けている拓海と壱徹の間に、おそるおそる割って入る。

「あの、壱徹さん。……ズボンの裾、擦り切れているみたいです」

「何だと……」

一花の指摘で、壱徹は自分の足元を見やった。険しい顔がさらにきつくなる。

「もしよかったら、私が直しましょうか？　裁縫道具を持っているので、二十分くらいでできます」

鬼のような形相の老人を前に、一花はビクビクしながら申し出た。頭からがぶりと食われてしまいそうな気がして、足が竦む。

やがて、低い声が聞こえた。

「……上がれ」

壱徹が引き戸を大きく開け、親指で中を示していた。


壱徹は一花たちを奥の和室に通した。

八畳ほどのその部屋に置かれているのは、卓袱台とテレビと小さな箪笥。家具はすべて古ぼけていて、テレビに至っては未だに箱型のブラウン管タイプである。

壱徹は奥の部屋でズボンを穿き替えると、擦り切れているものを一花に差し出した。ついでに、はぎれや裁縫道具が入った箱も持ってくる。

一花はいつもポケットサイズのソーイングセットを持参しているが、ここは壱徹の道具をありがたく使わせてもらうことにした。壱徹は独身だと聞いていたのでこの手のものは置いていないと思ったが、簡単なボタン付け程度は自分でしているようだ。

とりあえず、擦り切れた部分に同系色の当て布をして綻びを隠すことにする。一花がちくちくと針を進めている間、壱徹は卓袱台の前で黙りこくっていた。リヒトや拓海も、言葉を発することなく畳に正座している。

聞こえてくるのはテレビの音だ。壱徹が付けっぱなしにしたまま呼び鈴に応じたのか、古めかしい箱型の機械から男女の声が響いている。

部屋の中には、家具の他に新聞や食べかけの煎餅の袋など、生活感の滲み出た品々が散らばっていた。おそらくここは居間と客間と寝室を兼ねており、壱徹はこの部屋で一日の大半を過ごしていると考えられる。

「できました！　壱徹さん、どうぞ」

二十分足らずで両足ともに補修が済んだ。壱徹はそれを受け取り、お礼のつもりなのか僅かに会釈をする。

『――コンツェルンの内部分裂騒動が、株式市場に影響を及ぼしています』

ふいに、横に置かれたテレビからそんな声が聞こえてきた。

画面の向こうでは、スーツを着た女性と男性がパネルのようなものを間に挟んで話をしている。昼過ぎから放送しているワイドショー番組だ。パネルに書かれているのは株価の上下を表す折れ線グラフで、番組の進行役らしき女性がそれを棒でなぞりながら言う。

『内部分裂騒動が勃発してからコンツェルンの関連企業の株価が下がり、それに引っ張られる形で全国的にも下落傾向に――』

そこで壱徹がテレビの電源を切ってしまった。物言わぬ箱など眺めていても意味がないので、一花は視線を窓の外に移す。

「わぁ、綺麗！」

自然とそんな感想が口をついて出た。

掃き出し窓の向こうは庭だ。小さな家の割に、そこそこの広さがある。いたるところに色とりどりの花が咲いていた。サツキや薔薇など背の低い植物が多かったが、一花の身長をはるかに上回る樹も何本か見て取れる。

中でも、片隅に根を張る一本がとても立派だった。

桜の樹だ。今は青々とした葉に覆われているが、春には可愛らしいピンクの花が咲き誇っていたに違いない。

「素敵な庭ですね。お花や樹は、壱徹さんが育てているんですか？」

一花が尋ねると、痩軀の老人は黙って頷いた。庭に向けた眼光はかなり鋭く、睨みつけているようにさえ感じる。今にも目からビームが出そうだ。

熱く強い視線の先……色彩溢れる庭を挟んだすぐ裏手には、白壁が眩しい二階建ての大豪邸があった。花が咲き乱れる庭に面していくつか窓が設けられており、そのうち二階の窓が一つ開いている。たっぷりしたレースのカーテンがそよ風に揺れていた。

「広い家だね。誰が住んでるの？　知り合い？」

　リヒトが壱徹の視線を追いつつ、親しげに口を開いた。豪邸を睨んだまま黙り込んでいた老人は、ハッと我に返る。

「知り合いなどではない。そんな畏れ多いことなど……」

　壱徹は立ち上がり、皺だらけの手でカーテンを引いてしまった。綺麗な庭が見えなくなり、日差しも遮られ、室内がいろいろな意味で暗くなる。

「壱徹さん。私の話を聞いていただけないでしょうか」

　そのタイミングで、拓海が切り出した。

「用が済んだなら帰れ」

　すかさず、壱徹の容赦ない声が飛ぶ。

「いや、壱徹さん、少しでも話を聞いてください。先ほども言いましたが、立ち退き料の値上げを提案します。契約書もあります」

　長身の弁護士は、怯むことなくアタッシェケースから書類を取り出した。

「何と言われようと、儂はこの家を売る気はない」

「まずは契約書に目を……」

「帰れ」

「しかし……」

「あのっ、お話を聞いていただくわけにはいきませんか？」

押されっぱなしの拓海を見ていたら、いてもたってもいられなくなって、一花は二人の間に割って入った。

「しつこいぞ、帰れ！」

鬼の一喝が飛んでくる。

吊り上がった目と憤怒の表情。思わず怯んだ一花に、さらなる追い打ちがかかった。

「何だその顔は。どうせ儂のことを、偏屈でガンコなジジイだと思っているんだろう」

「そ、そんな！　そんなことないです……っくしょん！　はっっっくしょん！」

怖い鬼から身を守るために吐いた嘘が、盛大なくしゃみを引き出した。壱徹にぎろりと睨まれ、一花はすごすごと後ろに引っ込む。

「壱徹さん、話し合いませんか。立ち退き料以外にも何かご希望があれば、私の責任において誠心誠意対応します」

「断る」

「新しい住居に関しては弊社が責任を持ちます。引っ越しに手が必要なら業者を手配します。壱徹さんを煩わせることは極力避け……」

「なぜ儂が引っ越しをしなければならん。断る。帰れ！」

拓海と壱徹の応酬はしばらく続いた。

十数回目の『帰れ』が飛び出したところで、リヒトがすいっと二人に歩み寄る。

「ふーん。立ち退き料って、結構な金額なんだね」

貴公子探偵は、拓海が手にしていた契約書を横からちらっと見て呟いた。そのまま壱徹に向き直る。

「いい条件だと思うけど。どうしてこの家を手放さないの？」

「そんなの、儂の勝手だろう」

「壱徹さんって、もしかして、少し足が悪いんじゃない？」

「なっ……」

さらりと飛び出した言葉を聞いて、老人は絶句した。それを尻目に、リヒトは涼しげな顔で言う。

「ズボンの裾が切れていたのは、足を引きずり気味にして歩いているからだよ。フラットな道なら大丈夫だけど、段差を越える場合はしっかり足が上がってないと裾が地面に擦れるからね」

壱徹の足が悪いことなど、一花は全く気が付かなかった。拓海も驚いている様子なので知らなかっただろう。目の前の老人は元気そうに見えるがかなりの高齢だ。傍目には分からない程度に肉体が衰えている可能性は大いにある。

壱徹本人は黙りこくっていた。それが却って、リヒトの言ったことが正しいと証明している。

「この家、古くてあちこち傷んでるし、中は段差だらけでお年寄りには辛いと思う。新しい家に移るのも悪くないんじゃない？」

貴公子探偵の話を聞き、一花は改めて家の中を見回してみた。

ここは和室だが、床板が歪んでいるのか畳の端が浮き上がっているところがある。隣の部屋との境目……襖がはまっている敷居の部分は少し高くなっていて、足を上げて跨がないと移動ができない。

思い返してみれば、玄関にもかなり段差があった。風呂場やトイレは見ていないので分からないが、和室を取り巻く状況だけでだいたい想像がつく。

昔の日本家屋なら、この程度の段差は当たり前だった。だが今はバリアフリーの技術が進んでいて、内装をだいぶフラットにできる。不便な家に居座り続けるより、立ち退き料をもらって住みやすい家を建てた方が、身体には優しいはずだ。

さらに、今の家に壱徹が越してきてまだ五年ほど。生まれ育った場所というわけでもなく、特に思い入れがあるようには見えない。

（壱徹さんはどうしてこの家にこだわるのかなぁ……）

一花の心が、疑問で埋め尽くされていく。

「ああ、煩い連中だ！　不便だろうが何だろうが、儂はここに住む。もう帰れ！　三人とも、今すぐ出ていけ！」

とうとう、壱徹の怒りが爆発した。一花たちはそのパワーに圧倒され、部屋の外へ押し出される。

「二度と顔を見せるな。この、悪徳不動産屋が！」

怒鳴り声とともに、ぴしゃっと襖が閉じられた。木や紙でできた薄っぺらい出入り口なのに、もはや鉄扉より重たく見える。

「退散した方がよさそうだな」

拓海の提案に、一花とリヒトは揃って頷いた。溜息を吐きながら、みんなで玄関に向かう。

狭苦しい靴脱ぎスペースで、まずは拓海が先に靴を履いて外へ出た。続けてリヒトが三和土に降り立ち、すりガラスの引き戸に手をかける。

一花は自分のスニーカーに足を入れている最中、傍らに置かれた新聞の束に気が付いた。新聞紙はきっちり畳まれ、複雑な結び方でがっちりと括られている。結んだ人物……壱徹の頑なさが滲み出ているようだ。

リヒトも、一花と同じものを見ていた。二つの青い瞳は、そのまま何の変哲もない古新聞を捉え続ける。

「リヒトさん、どうかしました？」

一花が不思議に思って声をかけると、リヒトはハッと顔を上げ、何事もなかったかのようにすりガラスのはまった引き戸を開けた。

サファイヤの瞳が見つめていた紙面には、こんな文字が躍っていた。

『大企業の混乱　株式市場も反応』

3

「えっ！　た、拓海さん?!」

一花が外に出た途端、拓海がその場で派手に転倒した。あお向けにひっくり返ってしまった長身の弁護士に、慌てて駆け寄る。

「拓海さん、大丈夫ですか?!」

「見事に転んだね、拓海」

リヒトも苦笑しながら近づいてきた。拓海は身体を起こしてスーツに付いた土を律儀に払うと、キリッと真面目な顔で言う。

「これは不可抗力だ。そこにいる子供たちが私にぶつかってきたんだ」

拓海の傍らには、三人の子供が神妙な顔つきで立っていた。いずれも十歳前後の少年たちだ。三人のうち一人はサッカーボールを抱えている。

時刻はじきに午後四時。学校から帰ってきて、これから遊びに行くところだろうか。

「ごめんなさい、おじさん」

ボールを抱えた少年がぺこりと頭を下げた。

「今後は気を付けるんだぞ。世の中は世知辛い。ぶつかった相手が悪ければ、法外な慰謝料を吹っかけられる可能性がある。……まあ『お兄さん』は心が広いからそんなことはしないが」

弁護士という職業柄か、拓海はよく分からない説教を繰り出した。話が一段落すると、三人の少年のうち一人がおずおずと口を開く。

「おじ……お兄さんたち、今『ガンコ』の家から出てきたよね？」

残る二人の少年も続いた。

「お兄さんたちは、ガンコの手下なの？」

「ガンコの代わりに、公園を見張るの?!」

手下だの見張るだの、何のことやら分からない。それに、少年たちは妙にビクビクしている。

一花は子供たちの目線に合わせて少し屈み、なるべく優しい口調で聞いた。

「ガンコって、もしかして壱徹さんのこと？　私たちは壱徹さんに用事があってここに来たの。手下とかじゃないよ。壱徹さんと何かあったの？」

「……ガンコはこの辺で一番怖いって言われてるんだ。うちのお母さんの百倍おっかない。あ、頭が固くていつも怒ってるから、ガンコ」

答えたのはサッカーボールを持つ少年だった。

三人はこの付近に住む友達同士。ガンコというのは、岩山壱徹と頑固一徹をかけたあだ名である。そのガンコの偏屈ぶりは近所でも有名で、特に子供たちはいつもビクビクしているという。

「学校の帰りに道でガンコと会って、叱られた子がいるんだよ。『ふらふら歩くな！　車に轢かれるだろうが！』って怒鳴られたって」

「おれ、この前いきなり後ろから大声で『靴のかかとを踏むな』とか言われた」

三人の少年たちは『ガンコの恐るべき実態』を口々に語った。「実は昔『あくのそしき』にいた」だの「時折火を噴く」だの、眉唾物のエピソードも少しはあったが、おおむね納得できる内容だ。

ついさっきまで本物のガンコと対面していた一花は、「怖い怖い」と言う子供たちに何度も頷いて見せた。拓海も「さもありなん」といった表情を浮かべている。

「ガンコは公園で見張りをしてるんだよ。ぼくの弟とその友達が公園で遊んでたら、ぼくの弟だけ怒られたんだって」

最後にそんなエピソードを披露したのは、サッカーボールの少年だった。

「……君の弟だけ叱られて、その友達は何も言われなかったの？」

すると、今まで黙って話を聞いていたリヒトが質問した。

「うん。ガンコに怒られたのは、ぼくの弟だけみたい」

サッカーボールの少年は、ぽつぽつと事情を説明してくれた。

去年の冬の話だ。少年の弟が近所の公園で友達と鬼ごっこをしていたところ、壱徹がふらりと現れた。

壱徹は少年の弟だけを捕まえ、「こんなところで遊ぶな！」と一喝すると、少し離れたところにいた友人には目もくれずに公園を出ていった。その出来事があってから時々、公園の見張りをするようになったという。

「その公園って、どこにある？」

リヒトの問いに、サッカーボールの少年はすぐさま答えた。

「すぐそこだよ。角を曲がったところ。ちょっと狭いからぼくたちはいつも学校の校庭で遊ぶんだけど、一年生とか二年生の子はそこの公園に行ってる」

三人の少年は「ガンコ怖い」「ガンコには一生会いたくない」などとしきりに言い合ったあと、一花たちに「バイバイ」と手を振ってその場から走り去った。

「壱徹氏は私が知っている以上に気難しいようだな。子供にまで恐れられているとは……」

少年たちの姿が見えなくなってから、拓海が苦笑した。

（そういえば、壱徹さんには友人とか知人がいなくて、近所付き合いも全くないんだったっけ……）

一花が背後にある一軒家――恐るべきガンコの住まいをそっと振り返っていると、リヒトが「ねぇ」と声を上げた。

「僕は話に出た公園に行ってみようと思うんだけど。一花と拓海はどうする？」

どんより曇った空の下、金色の髪がさらさらと風になびいていた。

サッカーボールの少年が言った通り、すぐ近くに公園があった。そんなに広くはないが遊具が多く、小さい子供が遊ぶのにもってこいの場所である。

一花たちが訪れると、砂場やブランコで数人の子供たちが元気よく遊んでいた。

二つあるベンチのうち、入り口に近い方には誰も座っていない。いっぽう、奥のベンチには五十代くらいの女性が二人腰かけていた。近所に住むマダムたちだろうか。

リヒトは公園の中をざっと見回すと、奥の方に向かって歩き出した。一花と拓海もあとを追う。

「あ、花が咲いてますね！」

辿り着いた先には小さな花がたくさん咲いていた。キキョウやマリーゴールド、インパチェンスなど、小ぶりで可憐なものだ。

「随分綺麗に手入れされてるけど、誰が花の世話をしてるんだろう」

リヒトはそんな疑問を口にした。

花は品種ごとに一定の間隔で植えられている。雑草ではないので水や肥料も必要だ。綺麗な状態を保つには、かなりの労力が必要になる。

「ここは区が管理する公園でしたっけ。なら、役場の人が世話してるんでしょうか……？」

答えを求めて、一花はなんとなく拓海に目をやった。が、同じように疑問符だらけの表情が返ってくる。

リヒトは腕を組んで顎に指を当てた。

「誰か知っている人はいないかな。あと、できればこの近所に精通した人から話を聞きたい」

「ご近所の事情通……そんな人、いますかね？」

一花がそう口にしたとき、少し離れたベンチから風に乗って声が聞こえてきた。

「ねぇねぇマサミさん、知ってる？　四つ辻のところに山田さんているじゃない？　あそこの旦那さんが、栄転で本部長になったんですってよ」

「そうなの？　山田さんの旦那さんて、結構おっとりした人よね。いいところに勤めてるのは知ってたけど、本部長なんてすごいじゃない。キクヨさんってばどこで聞いたの、そんな情報」

奥のベンチに腰かけていた二人のマダムが大声で話している。マサミと呼ばれた方はくるくるのパーマヘア、キクヨは紫に染められたショートカットだ。

キクヨは得意げな顔で話し出した。

「あたしの友達の友達が山田さんの旦那さんと同じ会社にいてね、その人から聞いたのよ。そうそう、栄転といえば、高橋さんの旦那さんも重役になったって聞いたわ」

「へー。キクヨさんてば詳しいのねぇ。高橋さんといえば、お孫さんが今年、有名な私立の小学校に入学したそうよ。ほら、御三家とか言われてるあの学校……」

探していた事情通が、そこにいた。すかさずリヒトがすっと前に出る。

「ねぇ、ちょっと話を聞かせてもらってもいいかな」

「私は弁護士です。ご婦人方、歓談中に申し訳ありませんが、お力添えいただけないでしょうか」

拓海もビジネススマイルを浮かべて向日葵のバッジを示した。

機関銃のように繰り広げられていたご近所トークが、見た目のいいメンズの登場によりピタリと止まる。二人のマダムは揃って「ほわぁ～」っと表情を蕩けさせ、そのまま何度も頷いた。

「力添えって、何をすればいいのかしら？」

「お兄さんたちのためなら喜んで協力するわよ！」

一花は一歩身を引いて成り行きを見守ることにした。拓海も後ずさりしてきて隣に並び、場の進行は貴公子探偵に託される。

「そこに花が植えてあるんだけど、あれは誰が世話をしてるのか知ってる？」

リヒトが切り出すと、キクヨがはきはきと答えた。

「あのお花はご近所のボランティアが育てているのよ。ここは区が管理する公園だから、区役所に許可を取って花壇を作ったんですって」

「ボランティアって誰？　この近所の人だよね」

「……ええと、誰だったかしら。マサミさん知ってる？」

話を振られたマサミは、丸い顔を斜めに傾けた。

「三年くらい前までは老人会の人がやってたわ。でも会長さんが亡くなって、老人会は解散になっちゃったの。今お花の面倒を見ているのも近所のお年寄りだと思うけど……」

「この公園ってお花があっていいわよね。気分が晴れやかになるわ。冬の間は寒いからさすがに何も咲いてなかったけど、春から秋はいろんな花が次々に咲くのよ」

あたりを見回して微笑むマダムたちにつられて、一花も顔を綻ばせた。綺麗な花は、人の心を和ませてくれる。

「二人ともこの辺のことに詳しいみたいだけど、岩山壱徹っていう人、知ってる？」

リヒトが続けて質問すると、マダムたちの顔が同時に曇った。

「……ええ、もちろん知ってるけど」

「壱徹さんは他人と関わるのがお嫌いみたいだから、あまり話したことないのよねぇ」

さすがの事情通マダムも、あの気難しさにはお手上げか。壱徹について詳しい話を聞き出すのは難しいかもしれない。

「壱徹さんは、お祖父さまの代からずっとお屋敷の使用人をしていたらしいわ。壱徹さん自身も七十歳になるまで使用人として身を立てていたはず。今の家に住み始めたのは五年前よ。前の住民の方が亡くなって、入れ替わりで壱徹さんが入居されたの。それまではもっと下町の方に住んでたって聞いたわ」

「ちょっと不愛想だけど、お仕事一筋の真面目な人だったみたいねぇ。浮いた話は一切なくて、結局ご結婚もしないままよ」

自信がなさそうだった割に、意外と情報が出てきた。リヒトはふむふむと頷く。

「壱徹さんが使用人をしてたのは、何ていう家なの？」

「西之原(にしのはら)さんというお宅なの。壱徹さんの家の庭に面したお屋敷よ。西之原家は江戸時代にお大名を務めていて、そのころからあの場所に住んでいたんですって」

答えたのはキクヨだった。マサミがすぐさま補足する。

「西之原家は一族で会社を経営なさってたから、一時はかなりの使用人を雇っていたのよ。でも、今はあの広い家に瑞江(みずえ)さんという方しか残っていないの。一人娘だった瑞江さんがご結婚なさらなかったから、跡継ぎがいなくなってしまったのよ」

その西之原瑞江は、現在七十六歳。

若いころから聡明で可憐だったが、今まで独身を通しているという。数年前から病を患い、今はほとんど寝たきり。壱徹の家から垣間見えた豪邸に出入りしているのは、家政婦やヘルパー、そして医療関係者のみだ。

「あのおじいさんは、十年くらい前までその西之原家で使用人をしてたのか。今の家に引っ越してきたのは五年前……」

マダムたちの話を聞いて、リヒトは考え込むようなポーズを取る。

「その他、壱徹氏に関して何か知っていることはありませんか」

拓海が尋ねると、マダムたちはいったん顔を突き合わせ、キクヨの方がおずおずと言った。

「……実は、壱徹さんは、よくない組織と繋がりがあるんじゃないかって言われているの」

「えぇっ！」

一花は思わず目を丸くした。同時に、さっき少年たちから聞いた『あくのそしき』という言葉を思い出す。

あれは子供たちの間で広まっている妄想だと思っていたのに、大人まで同じことを口にするなんて……。

「とは言っても、単なる噂だと思うわよぉ。壱徹さんてほら、ヤクザみたいに恐ろし……凄みのあるお顔つきをなさってるでしょう？　そこから尾鰭がついただけよ」

マサミは半分顔を引きつらせて言った。しかし、キクヨが真剣な表情で突っ込む。

「やだ、マサミさんは呑気すぎるわ。単なる噂じゃないかもしれないわよ。壱徹さんの家には、死体が埋まっているって言われてるんだから」

「えぇぇぇぇぇぇぇ――っ！」

一花の素っ頓狂な声があたりに響き渡った。

「どういうことでしょうか」

拓海も眉間に皺を寄せて身を乗り出す。

「確か二年くらい前だったかしら。佐藤さんのお宅で飼ってた猫ちゃんが逃げ出しちゃったの。それで、佐藤さんの奥さんが猫捜しのビラを作って、壱徹さんに渡そうと思って家まで行ったんですって。そのとき、庭の方から変な音が聞こえてくるのに気が付いたらしいわ。『ざく、ざく』って……。佐藤さんの奥さんは、壱徹さんが庭にいるのかと思って、そっちに回ってみたそうよ。そうしたら……」

キクヨはそこで声を潜めた。ごくりと唾を飲みこんでから、上目遣いで一花たちを順に眺める。

「壱徹さんが、鬼のような顔で桜の樹の根元を掘ってたんですって。あの桜の樹は壱徹さんの前の住民が植えたもので、もうだいぶお年寄りなんだけど、その出来事があってから前より綺麗に花が咲いてる気がするの。あのとき『土の下に隠された何か』のせいかもしれないわ。壱徹さんはきっと――」

桜の樹の下に、死体を埋めていたのよ。

飛び出した話はあまりにも凄惨で、一花はしばらく呆然と立ち尽くしていた。

4

「壱徹氏が家を明け渡さないのは、庭に埋めた死体を隠し通すためだろうか」

深刻な顔で言う拓海の前に、一花はデザートの皿を置いた。

「そうかもしれないですね。マンションの土台を作るとき、地面を掘り返されたらバレてしまいますし」

「ということは、もはや金銭の問題ではないな。どんなに立ち退き料を上積みしても、壱徹氏は死ぬまで首を縦に振らないはずだ」

「難しいですね。どうしたらいいんでしょう。……あ、紅茶のお代わり、いかがですか?」

「ちょっと待ってよ、二人とも」

一花が紅茶のポットを傾けようとしたとき、リヒトの声が割って入ってきた。綺麗な顔が、不機嫌そうに歪んでいる。

「さっきから気になってたんだけど――何で拓海がうちで夕食をとってるの?」

時刻は午後の七時を回っている。リヒトの言った通り、拓海はここ……松濤の家でうら若き主と夕食をともにした。料理を担当したのはもちろん家政婦(仮)の一花である。

今日は客人がいるので、頑張ってフルコースのディナーにした。前菜はトマトのカプレーゼとサーモンマリネの二品。スープ代わりにコンソメのジュレを挟み、メインは鱈をオリーブオイルでカリッと揚げ焼きにしたポワレだ。

メニューの締めくくりとして、ついさっき、フルーツの盛り合わせと紅茶をテーブルに置いたところである。

「勝手に家に上がり込むなんて、拓海は図々しいよね」

ダイニングテーブルについているリヒトが不満げに言う。その向かい側に座る拓海は、「ん?」と眉を吊り上げた。

「図々しい? 私としては、招待されたという認識なんだが」

「僕、招いた覚えないけど」

「……そうだったか? 一花くん」

調理兼給仕係としてテーブルの傍らに立っていた一花は、急に話を振られて自分の記憶を辿った。

「えーと、どうでしたっけ。何か流れでこうなったような……」

公園でマダムたちの話を聞いたあと、ひたすら気分が沈んだことは覚えている。そのまま三人で松濤の家に戻ってきて……。

「もうどうだっていいや。食事が済んだら帰りなよ、拓海」

貴公子の憂鬱そうな溜息が、一花の心の暗い部分を刺激した。

──桜の樹の下には、死体が埋まっているかもしれない。

文学作品の冒頭のような言葉が、今も頭にこびりついて離れない。鬼の形相で『ざく、ざく』と地面を掘る壱徹の姿が嫌でも浮かんでくる。

埋められて朽ちていく死体と、吸い上げた血で花弁を染め、咲き誇る桜の花……。

「いや、一花くん。君は料理の腕がいい。ありがとう、とても満足した」

重苦しい思考の海に沈みかけた一花を引き戻したのは、拓海の明るい声だった。前に置かれたデザートの皿が、すっかり綺麗になっている。

「いえいえ、お粗末さまでした」

ストレートに褒められ、一花は素直に嬉しくなった。しかしリヒトの皿に目を移した途端、つかの間の喜びがしゅううーと萎んでいく。

それは数分前とまるで変わっていなかった。結局、リヒトが口にしたのは前菜とジュレだけだ。まるまる残ったメインのポワレは、冷蔵庫の中に入れてある。

一花はいったん台所に引っ込み、残ったフルーツをポワレの隣にしまってから再びダイニングテーブルの横に戻った。

リヒトの食欲はメンタルとダイレクトに繋がっている。きっと、まだ美影の件を引きずっているのだろう。

とにかく栄養不足が心配だった。リヒトは昼食もまともにとっていない。残ってしまった料理は冷蔵庫に入れておけば美味しさを保てるが、適切な食事を欠いた人の身体はすぐに壊れてしまう。

「しかし、壱徹氏の自宅に死体が埋まっているとは……考えもしなかった」

ダイニングテーブルについたまま、拓海が難しい顔で腕組みをした。片や、リヒトは涼しげな表情で言い放つ。

「そんなのただの噂だと思うよ」

「なぜそう思う。壱徹氏の頑なさを、リヒトも目の当たりにしただろう。あれはきっと、何かを隠している。今日だけじゃない。私は多角的な方面から何度も説得を試みたんだ。壱徹氏の唯一の身内である甥に連絡を取り、一緒に話を持ちかけたこともある」

「へー、甥っ子さんの力も借りたんですか」

一花が相槌を打つと、拓海は力強く頷いた。

「壱徹氏の甥、岩山登志夫（としお）氏は、老齢の伯父の身を案じている。現在横浜に住む登志夫氏は、私と一緒に壱徹氏のもとを訪れ、自らの近所に越すよう説得してくれたんだ。立ち退き料で二世帯住宅を建て、伯父と同居してもいいとまで言った。もちろん登志夫氏の奥方も同様の意向だ。……だが、そこまで伝えても、壱徹氏の答えは『NO』だった」

壱徹は近所では孤立気味だが、心配してくれる親戚はいるようだ。

闇雲に説得するのではなく、親戚を味方に引き入れた拓海は、いい意味で策士なのかもしれないと一花は思った。

「あそこまで頑なだと、庭に死体を隠しているという説が俄に真実めいてくる」

「ありえないね。ホラー映画の見過ぎだよ、拓海」

「私はホラー映画など見たことがないぞ。リヒトは詳しいのか？　何か面白い作品があれば教えてくれ。今度一緒に鑑賞しよう」

「……何で僕が拓海と映画鑑賞しなきゃいけないの？　一人で見なよ」

リヒトは仏頂面だが、拓海は気にもせず慣れた様子で話しかけている。二人は知り合いではあるようだが、単なる知人よりもっと踏み込んだ間柄に見える。

どういう関係なんだろう……一花がそう思ったとき、拓海が膝にかけていたナプキンをテーブルに置いた。

「まあ、こうやって話していても何も解決しない。明日以降、社で今後の対策を練り直す。……一花くん、今日はこれで失礼しよう。ああ、見送りはいい。世話をかけたな」

「あ、待ってください、拓海さん」

一花は立ち去ろうとした拓海に駆け寄った。

「さっきから気になってたんですけど、手の甲のところ、ちょっと擦り傷ができてます」

壱徹の家の前で転んだときに擦りむいたのだろう。時間が経っているので傷口は乾いてきているが、ほんの微かに血が滲んでいる。

一花はエプロンのポケットを探って、小さなものを取り出した。

「これ、どうぞ。絆創膏です」

「そうか。いろいろすまない。いただいておこう」

拓海は受け取った絆創膏をその場で傷口に貼ろうとした。だが指が長すぎるのか、はたまた不器用なのか、パッケージを開けるのさえ四苦八苦している。

「あの……よかったら私、貼りますよ」

見ていてもどかしくなった一花は、差し出した絆創膏をもう一度戻してもらった。それをぱぱっと開封してから、拓海の手をそっと取る。

「――――!」

その瞬間、拓海は目を見開いた。顔が真っ赤になっている。握っていた手にどんどん熱が籠もってきて、一花は思わず尋ねた。

「どうしました、拓海さん」

「ああ、いや、その……女性に急に手を握られて驚――いや、なんでもない」

「絆創膏、このまま貼っちゃいますね」

男らしく節の目立つ手の甲に、猫の柄のアクセントがちょこんと加わった。成人男性にはあまりにも可愛らしすぎる代物だが、一花はファンシーな絆創膏しか持っていなかったのだ。

「はい、これで大丈夫です。拓海さん、くれぐれもお気をつけて」

「……あ、ああ。世話になったな」

拓海は貼られた絆創膏と一花の顔を代わる代わる見つめたあと、ゆっくりと踵を返した。

また転ばないようにと願いつつ、一花は部屋から出ていくスーツの背中を見つめる。

その長身が完全に消えてから、リヒトがぼそっと呟いた。

「家に上がり込むなんて、何を考えてるんだ、拓海……」

「え？　拓海さんがどうかしました？」

尋ねると、貴公子は長い指を額に当てて嘆息した。

「……なんでもない。それより一花、お茶をもう一杯淹れてくれない？」

手つかずだったデザートとは対照的に、一緒に出した紅茶は綺麗になくなっていた。一花はポットに手をかけたが、思い直してゆっくりと切り出す。

「お茶よりも、もっと栄養のあるものにしませんか？　私、何か軽く食べられるものを作ります。リヒトさん、お昼ご飯も少なめでしたし」

提案してみたものの、食べるかどうかは本人の意思だ。一花はそれ以上無理強いせず、黙って答えを待つ。

「そんなに食欲ないけど……少しなら」

静寂を打ち破ったのは、リヒトだった。

少しなら――そう言ってくれただけで、心の中に喜びが広がっていく。

「じゃあ、温かいものにしますね！　ちょっと待っててください！」

一花はすぐさまキッチンに駆け込み、冷蔵庫を開けた。

真っ先に目に飛び込んできたのは、さっき入れたばかりの鱒だ。その皿を手に取り、じっと見つめる。

（確か『あれ』が残ってたはず。……そうだ！）

閃いたあとは身体が自然に動いた。冷めてしまったポワレの皿を電子レンジに入れ、必要なものを取り出してからコンロに火を付けて……もろもろ終わるまできっかり十分。

「お待たせしました、リヒトさん！」

一花は小さめのどんぶりをテーブルにそっと置いた。途端、リヒトが息を呑みながら目を大きく見開く。

「器の真ん中に海苔が立ってる！　壁みたいだ」

「でしょう？　これは特製海苔茶漬けです！」

リヒトの言った通り、どんぶりには黒い壁がそびえていた。

出したメニューはお茶漬け。そのど真ん中に、二枚の海苔が逆さまのVの字の形で立ててある。

器の中に黒いテントが設営されているようにも見える。ルックスは奇妙だが、作り方は簡単だ。

まず温かいご飯を器に盛り、具材を小山のようにこんもりと載せてから、熱い緑茶と白出汁を混ぜたスープを静かに注ぐ。

仕上げに海苔を二枚、適当な大きさに切って壁のように置く。このとき具材の山に立てかければ倒れないし、見た目にもインパクトが出るのだが、それだけではない。

「その海苔、ただの海苔じゃないんですよ」

そそり立つ黒い壁をじっと見つめるリヒトの前に、一花はもう一つ小皿を置いた。そこにはどんぶりに入っているのと同じ海苔が数枚載せてある。

「これを、そのまま食べてみてください」

一花の指示に従って、リヒトは海苔を一枚口に運んだ。すぐさま、ぱりっと軽やかな音が聞こえてくる。

「普通の海苔よりパリパリするね。それに、なんだか爽やかな風味がする。……何だろう。どこかで食べた覚えがあるけど」

海苔を手にしたまま考え込んだリヒトは、やがて「あっ」と目を見開いた。

「分かった。オリーブオイルの香りだ」

一花は片手の人差し指と親指で丸を作った。

「その通りです、リヒトさん！　普通の焼き海苔の両面にオリーブオイルを少し塗って、塩を軽く振ったあとフライパンで炙りました。そうすると表面が乾いて、パリパリの食感が増すんですよ。油が水分を弾くから、お茶漬けの中に入れてもしばらくふやけません」

どんぶりをテーブルに置いてから少し経っているが、黒い壁はまだ健在だった。リヒトはそれをきらきらした眼差しで見つめている。

「海苔をどけてみてください。他の具材が出てきます。一つはディナーで出した鱈をほぐしたものです。さぁ、冷めないうちにどうぞ」

一花は木の匙と箸をさっと差し出した。

「いただきます」

リヒトは器の中に目を光らせながらまず箸を手に取って、そそり立つ海苔を一枚、手前に倒す。

「あれっ、何だろう、これ」

貴公子は綺麗な顔をどんぶりに近づけ、壁の奥から出てきたもの……お茶漬けの具材を凝視した。

ほぐした鱈と海苔。その二つだけでもお茶漬けとしては十分美味しいが、今回はさらに『あるもの』を加えてある。

「柿の種です」

一花の答えに、リヒトは「えっ、種？」と首を傾げた。ドイツ育ちの貴公子には意味が正しく伝わっていないようだったので、もう一度言い直す。

「柿の種と言っても植物じゃないですよ。日本で出回っている小さなおせんべいのことです。ピーナッツと一緒になってることが多いですね。お茶漬けには時々あられを入れたりしますけど、今回は代わりに柿の種をチョイ足ししてみました！」

柿の種はピーナッツごとご飯の上に載せた。それらがほぐした鱈とともに、どんぶりの真ん中で山になっている。

「へぇ、面白いな。本当に種みたいな形なんだね。こんなの初めて見たよ。お茶漬けなら食べたことあるけど、金箔と鯛しか入ってなかった……」

リヒトは箸を置いて木の匙をぐっと握ると、柿の種を含んだ具材ごとご飯をすくって一気に口に入れた。

そのまま二口(ふたくち)、三口(みくち)……もっと。

「美味しい！　お茶と出汁が合わさったスープに、魚の旨みが溶け出してる。海苔のオリーブオイルも効いてるし……何より、柿の種がいいね。いくら食べても飽きない」

あれよあれよという間に器の中身が減っていった。こんなに勢いよく食べるリヒトを見たのは久しぶりだ。

「ごちそうさま、一花」

数分後、どんぶりはすっかり空っぽになった。小皿に載っていた味付け海苔も、綺麗になくなっている。

満足げに微笑むリヒトを見ていたら、安堵で涙が零れそうになった。一花はそれをぐっと堪え、代わりに言う。

「お茶漬けは基本的にどんな具材でもいけます。お刺身を載せてもいいですし、梅干しとちりめんじゃことか、チーズとベーコンとか、和風・洋風いろいろ楽しめますよ！　それから、海苔を炙るときにごま油を塗っても美味しくなります」

今回は洋風の味付けにした鱒を加えたので、海苔にもオリーブオイルを使った。和風の出汁で割った緑茶と洋風の具材を、海苔で繋いだ形になる。

味付け海苔をわざわざ作るのが面倒なら市販のものを載せればいいし、味の付いていない海苔でも構わない。

ポイントは、何と言っても柿の種だ。

お茶漬けにチョイと足せば、あのぴりっとした辛さと独特の固さがいいアクセントになる。なお、塩気のあるピーナッツも、ご飯にとてもよく馴染む。

「おせんべいが入ってるなんて、最初は気付かなかった」

リヒトは匙を置き、しみじみと言った。

「あー、海苔が壁になって、具材が見えませんでしたからね」

海苔を器の中に立てたのは、緑茶出汁の中に完全に沈み込んでしまうのを防ぐためだった。味付け海苔のパリッとした感じを見た目でも味わってもらいたかったのだが、それが具材を目隠しする格好になった。

「海苔の壁が立ってるのを見たときは、ちょっとびっくりしたよ。……ん？　壁、見えない……あっ！」

次の瞬間、リヒトは椅子を倒しそうな勢いで立ち上がった。そのままスマートフォンを取り出し、画面を猛然とタップする。

「もしもし、林蔵？　ちょっと聞きたいことがあるんだけど。紐を結ぶとき……」

どうやら有能な執事に電話をかけているようだ。小さな機械越しのやり取りを終えた貴公子探偵は、やがてパッと振り向く。

「ありがとう、一花。お茶漬けに海苔と柿の種を入れてくれたお陰で――謎が解けたよ」

海苔と柿の種が謎とどう結びついたのか、さっぱり見当がつかない。

ただ、澄んだブルーの双眸があまりにも美しくて……一花はしばし、呼吸さえできなかった。

5

翌日。一花たちは再び壱徹の家を訪れた。

今日は林蔵も一緒で、交通手段は車だ。現地に辿り着いたとき、ちょうど拓海とはち合わせした。企業弁護士として、毎日恒例となっている立ち退き交渉に挑むつもりだったらしい。

というわけで、都合四人でちっぽけな平屋に押しかける構図になったのだが、壱徹は割とすんなり全員を家へ上げてくれた。

　これはひとえに、燕尾服に身を包んだ執事のお陰である。

「岩山さま、お初にお目にかかります。私、執事の服部林蔵と申します。突然の訪いにも拘わらず、ご尊顔を拝見できて大変光栄でございます。本日は我が主のリヒトさまがぜひ懇談したいとのこと。岩山さまほどのお方ならご多忙と存じますが、この愚生を助けると思って、何卒時間を設けていただきたく――」

　林蔵は呼び鈴を鳴らし、恭しく頭を下げた。完璧な口上、立て板に水のごとく。もう十フレーズくらいはゆうに続きそうだったが、壱徹が慌てて制してこう言った。

「何やらよく分からんが、話があるならとっとと入れ！　そんなに慇懃にされたら、却って落ち着かん！」

　こうして、一花たちは壱徹の家に上がり込んだ。通されたのは、居間と客間と寝室を兼ねた昨日と同じ部屋だ。カーテンが引かれていて中は薄暗い。それに、八畳足らずの場所に五人も集まると、かなり窮屈に感じる。

「適当に座れ」

　真ん中に置かれた卓袱台の前に、壱徹がどっかと腰を下ろした。リヒトがその向かい側に座り、拓海はリヒトの隣。一花と林蔵は二人から少し離れ、隅っこに正座する。

　リヒトはゆうべ何かを閃いたようだが、一花は詳細を聞いていなかった。ついさっきはち合わせした拓海も詳しいことは知らないらしく、黙って成り行きを見守っている。

そんな状況の中、探偵は満を持したように舞台の幕を上げた。

「この家って、古ぼけてるよね。おまけに狭いし」

開口一番、この言い様である。

壱徹の眉毛がピクリと跳ね上がった。怒鳴り声が飛んでくる前に、一花が慌てて腰を浮かせる。

「ちょっと、リヒトさん！　いくらなんでも言いすぎです」

金髪の美少年は、キョトンとした表情で振り返った。

「何で？　僕は本当のことを言ったまでだよ。この家は古くて不便で狭い。一花だって同じように思ってるんじゃない？」

「いやいや、そんな！　この家が古くて不便で狭くてボロいだなんて、私そんなこと全然思ってません………………はっっっっくしょん!!」

狭い部屋にこれでもかと響き渡る、猛烈なくしゃみ。リヒトが綺麗な唇を引き上げる。

「一花、僕は『ボロい』とは言ってないよ」

「うぅ……」

これ以上何か喋ったらさらに墓穴を掘りそうだったので、家政婦（仮）はすごすごと引き下がった。

リヒトはしばらく微笑んでいたが、やがて表情を引き締めて壱徹と向かい合う。

「壱徹さんがここに越してきたのは五年前。両親から引き継いだわけじゃなく、思い出がある家というわけでもないよね。古くて住み辛いし、こだわる理由なんてないはずだよ。なのに壱徹さんがここにしがみついているのが、僕はとても不思議だった。……だけど、分かったよ」

「小僧。お前はこの家を馬鹿にするために来たのか？　何が分かったと言うんだ」

とうとう壱徹が痺れを切らして身を乗り出した。怒りの形相を向けられたリヒトは、ふっと笑みを返す。

「壱徹さんがしがみついていたのは、ここじゃなくて――西之原家だったんだね」

「なっ……」

鬼のように恐ろしげだった顔が、みるみるうちに驚きの色で染まった。壱徹はそのまま呆然と凍り付く。

「西之原家とは、庭に面したあの豪邸のことか？」

今まで黙っていた拓海が静かに尋ねると、リヒトは軽く頷いた。

「そうだよ。ちょっと調べたんだけど、壱徹さんは十八歳のときから五十年以上、西之原家に出入りしてた。そこで使用人……というより、ある『専門的な仕事』をしてたんだ」

「専門的な仕事？　何ですか、それ」

問うたのは一花だったが、探偵は壱徹をまっすぐ見つめて口を開いた。

「ねぇ壱徹さん。壱徹さんは、『庭師』をしてたんだよね。西之原家で」

凍り付いていた老爺はすうっと音が聞こえるほど息を吞み、目を限界まで見開いた。その振る舞いは、リヒトの指摘が当たっていることを明確に示している。

「林蔵、『あれ』を」

張りつめた空気の中、リヒトがパチンと指を鳴らすと、忠実な執事はすぐさま立ち上がって部屋を出ていった。

……と思ったら、あっという間に戻ってきた。その手には古新聞が抱えられている。

もともとは玄関の脇に置いてあったものだ。林蔵によって卓袱台の上に置かれた紙の束に、みんなの注目が集まる。

「この古新聞をまとめている紐、結び方がちょっと変わってるよね」

リヒトの言う通り、紐はやたらとがっちり結んであった。結び目は複雑で、何がどうなっているのかよく分からない。

「実はこの結び方を、林蔵が時々やってたんだ。うちの庭でね。その林蔵の話によれば、これは『男結び』といって、庭師がよくやる結び方らしい」

リヒトに名前を挙げられた執事……普段から広い庭の世話を一手に担っている林蔵は、その場で軽く会釈した。

「僕はこの結び方を見て、壱徹さんがもともと庭師だったことに気付いた。そうしたら、いくつかのことが腑に落ちたよ。壱徹さんの行動は、庭師の経験に基づいてる。……去年の冬、公園で遊んでいた子供を壱徹さんが叱ったのは、その子供が花の種を植えた場所を踏んでたからだよね」

「………」

「えっ、そうなんですか?!」

探偵に見つめられたまま黙っている壱徹に代わり、一花が反応した。

「公園の花を世話していたのは壱徹さんだよ。近所の人は壱徹さんと付き合いがないから、誰も知らなかったみたいだけどね。……とにかく、壱徹さんは冬の間に土をほぐして種を蒔いておいた。そこを子供が踏んでたから怒鳴ったんだ。ついでに、壱徹さんが『ふらふら歩くな』とか『靴のかかとを踏むな』と子供たちに言ったのは、単にその子が事故に遭ったり転んだりするのを心配してたからだよ」

リヒトの説明で、一花にもようやく事情が呑み込めてきた。

芽が出ていなければ、そこに植物が植わっていることには気付かない。知らずに踏んでしまった子供は叱られ、そうでない子供は無事だった。二人の明暗を分けたのは、立ち位置だったのだ。

貴公子探偵は、すらりとした指を一本立てた。

「それともう一つ。壱徹さんが桜の樹の根元を掘り返していたことにも、ちゃんとした理由がある」

「え、それって、した……」

死体を埋めてたんじゃないんですか？　と言いそうになって、一花は慌てて口を押さえた。

リヒトはそんな家政婦（仮）に呆れた視線を投げてから、説明を始める。

「壱徹さんが桜の樹の根元を掘っていたのは、肥料をやるためだよ。これも林蔵に聞いたんだけど、土の表面に肥料を撒くと、樹の根が栄養を求めて地表に出てくるからあまりよくない。根元を十五センチくらい掘って、養分を埋めてやるのが一番いいんだ。つまり壱徹さんは、庭師として正しいやり方で桜の樹を大事に育てた。ここ数年、桜の花がよく咲いていたのは丹精込めて世話をしたからだよ。『妙なもの』を埋めたせいじゃない」

一花の脳裡に、『ざく、ざく』と地面を掘る壱徹の姿が浮かんでくる。

昨日とは違って、想像の中の老人は穏やかな顔をしていた。鬼ではなく、樹を慈しむ聖者のごとく……。

「壱徹さんはすぐ裏手にある西之原家に、庭師として出入りしていた。仕事をやめたあと、しばらくは別の場所に住んでいたけど、五年前にここに越してきた」

そこまで言うと、リヒトはゆっくり立ち上がった。そのまま掃き出し窓に歩み寄り、カーテンを一気に開く。

薄暗かった部屋に光が差し込んできた。窓の向こうに広がっているのは、色とりどりの花が咲いた明るい庭だ。

「見事ですな」

一花の隣で、林蔵が囁く。松濤の家の広い庭を一人でメンテナンスしている執事兼庭師が言うのだから、相当すごいのだろう。

リヒトはその綺麗な庭を通り越し、少し遠くの方……西之原家の屋敷を指し示した。

「あそこを見て。一か所だけ窓が開いてて、カーテンが揺れてる。多分あそこは……西之原家の最後の一人、瑞江さんの部屋なんじゃないかな」

小さな庭に面した大きな建物。

壁面にたくさん並んだ窓のうち、一つだけが今日も開いていた。遠目でもカーテンが揺れているのが見て取れる。レースがふんだんに使われているところからして、女性の部屋である可能性は確かに高い。

しばらく外を眺めたあと、リヒトは拓海の方を振り返った。

「拓海に一つ確認しておきたいことがあるんだけど。仮に壱徹さんが立ち退き交渉に応じたとしたら、ここにはどんなマンションが建つ予定なの？」

聞かれた拓海はすぐさま応じた。

「家族向けの集合住宅だ。全戸分譲タイプ。各部屋の広さは二ＬＤＫから五ＬＤＫ。エントランスにはコンシェルジュを設け、係員を二十四時間常駐させる。共用部分にはスポーツジムとラウンジを完備。高さとしては十階建てで……」

「十階建てなんだね？」

高級マンションのセールストークはまだまだ続きそうだったが、リヒトはそれを途中で制した。

「もし十階建てのマンションがここに建ったら、どうなると思う、一花」

名指しで質問された一花は、「うーん」と首を捻る。

「どうなると言われても……このあたりには素敵なマンションが結構建ってますし……」

セレブ向けの高級物件が増えるだけだ。

いまいちピンときていない一花を見て、リヒトはレースのカーテンがかかった窓を指さした。

「ここからじゃなくて、あそこから見てみたらどうなるかな？」

「あそこって、西之原家のお屋敷ってことですか？　あっ！」

たちまち、あるビジョンが一花の脳裡を駆け抜ける。

もし今いるこの場所に大きな建物ができたら、レースのかかった窓の前を塞ぐ形になる。

西之原家の屋敷はかなり広いが、二階建てだ。二階建ての建物の前に十階建ての建物が並んだら……。

「瑞江さんのお部屋から、外の景色が見えなくなります！」

一花の答えを聞いて、リヒトは満足そうに頷いた。

「そういうことだよ。十階建てのマンションができたら、あの窓から外が見えなくなる。それは西之原瑞江さんにとって、かなりの痛手なんじゃないかな」

そこで、拓海が「ちょっと待て」と口を挟んできた。

「西之原家の窓はあそこだけじゃない。他にいくらでもあるだろう。片側が塞がれたくらいでそんなに影響があるのか？」

「瑞江さんは病気で寝たきりなんだ。一日の大半をベッドの上……少なくともあの部屋で過ごしているはずだよ」

リヒトは淡々と答えた。言葉は少ないが、一花は表情の中にいたわりの気持ちが籠もっているように感じた。

病気で外出ができない瑞江にとって、外の世界とは窓から見る景色そのものだ。その窓の前に建物ができてしまったら、内側に取り残されてしまう。

「だからこそ、壱徹さんは自分の家を売りたくなかったんだ。瑞江さんに、いつまでも外の景色を楽しんでもらいたかったんだよね」

外を眺めていたリヒトの青い瞳が、壱徹へ向けられる。

だが、痩軀の老人は腕組みをしたまま黙っていた。しばらく続いた気まずい静寂を、拓海がゆっくりと破る。

「壱徹さんがここを売らないのは西之原瑞江さんのため……。私にはどうも実感が湧かない。確かに壱徹さんは西之原家の使用人をしていたのだろうが、今はもうやめている。かつて雇用主だったというだけで、そこまで義理を尽くさなくてもいいんじゃないか」

拓海の言い分はもっともだと一花も思った。

公園でマダムが言っていたように、壱徹からは『他人と関わるのがお嫌い』という雰囲気が漂っている。そんな孤高の老人が、以前の雇用主でしかない瑞江にそこまで気を遣うだろうか。

すると、リヒトは軽く溜息を吐いた。

「僕は林蔵に命じて、西之原家のことをちょっと調べさせた。……瑞江さんの両親は晩婚で、子供は瑞江さん一人だけだったんだ。西之原家は古くから続く名家で、跡継ぎが欲しかった。だから瑞江さんの両親は、瑞江さんに婿養子を取るように勧めたんだ」

　西之原家には財力もあるし、瑞江は聡明で美しく、人柄もよかったらしい。年頃になるとあちこちから縁談が舞い込んだ。

　傍から見て、とてもいいと思われる話もあったが……。

「瑞江さんはすべて断って、今まで独身を通してる」

「えぇ、勿体ない！」

　言ってしまってから、慌てて口を閉じた。リヒトはそんな一花をちらっと眺めたあと、壱徹の方に心持ち視線を移す。

「ずっと独身といえば、壱徹さんもそうだよね。西之原家を通じて壱徹さんにも縁談が持ち掛けられたみたいだけど、全部断ったと聞いてるよ。それで五年前、この家が空いたと同時にずっと住んでいた家を引き払って、壱徹さんは西之原家の様子が窺えるこの場所に移り住んだ」

「……それがどうした」

　壱徹は呻くように言って、また口をへの字に結んだ。

「瑞江さんは一人娘として大事に育てられていたから、関わる人間は限られてた。異性の交流相手となると尚更だよ。そんな中、壱徹さんは若いころから庭師として西之原家に出入りして、瑞江さんと接してた。壱徹さんと瑞江さんは六歳差。つまり、どちらかが年頃なら、もう片方も……」

「やめろ、それ以上言うな！　瑞江お嬢さまと儂は、何の関係もない！」

突然、ドン、と卓袱台に拳が振り下ろされた。

叩きつけた拳を握ったまま、壱徹は今にも牙をむきそうな表情でリヒトを睨みつけている。はぁはぁと荒い呼吸が漏れ、痩せた肩が震えていた。全身全霊で、探偵の言葉を止めたのだ。

容姿端麗な貴公子は、そこで再び窓の外に目を向けた。

「あの桜の樹、立派だね。壱徹さんが、一生懸命世話をしたから」

庭の片隅でしっかり根を張る一本の樹。

いくら元庭師とはいえ、八十を超えた身体で……しかも足を少し引きずった状態で、根元を掘って肥料を埋めるのは大変だっただろう。だが、壱徹はそれをきちんとこなし、あそこまで見事に育てた。

リヒトは緑豊かな樹を青い瞳に映しながら、静かに言った。

「西之原家の家政婦から聞いたよ。……瑞江さんは昔から、桜の花が一番好きなんだってね。毎年この庭で桜が満開になるのを、ベッドの上で楽しみにしているそうだよ」

貴公子探偵の話が終わったとき、壱徹はぐっと目を閉じた。

卓袱台の上に置かれた拳が、微かに震えていた。

6

西之原瑞江は、舞い込んだ数々の縁談を断るとき『心に決めた人がいるから』と言っていたそうだ。

その人物となぜ結婚しなかったのか。当時西之原家で働いていた使用人たちの間では色々な噂が飛び交ったという。

中でもとりわけよく語られていたのが、『瑞江は誰かと身分違いの恋をしているのではないか』という話だ。

その相手とは家格が釣り合わず、周りから結婚の承諾が得られなかった。

思い合った相手と結ばれないのなら、一生独り身で通す――深窓の令嬢は、そんな決意をしたと思われる。

リヒトが林蔵に命じて当時を知る人に聞き込みを行った結果、これらのことが明らかになった。かなり昔のことなので関係者はもう少なく、またみんな口が重かったのだが、そこは有能な執事兼探偵助手が頑張った。

代々続く名家なら、結婚相手にもそれなりの資質が求められる。時代背景もあるだろう。愛し合った相手がそこから外れていれば、結ばれることはできない。

その、身分違いの相手こそが、壱徹だった。

壱徹も、瑞江と同じように独身を貫いた。老いてなお、生まれ育った家を引き払ってまで傍に移り住み、心を寄せた相手を密かに見守ってきたのだ。

リヒトは一花が出した特製海苔茶漬けを見て……海苔の壁の後ろから柿の種が出てきたのを見て、真相に辿り着いたという。

窓の前に大きなマンションができれば、寝たきりの者にとっては『壁』となる。逆に、遮るものがないなら瑞江はいつだって外の景色を眺められるし、春には桜も楽しめる。

だからこそ壱徹は、古くて段差が多い不便な家を手放そうとしなかった。老いた身体に鞭を打って、桜の世話をし続けた。

それが、庭師として瑞江のためにできる精一杯のことだったから……。

長い間密かに互いを思い合っていた二人に、一花は感動を覚えた。壱徹にはぜひとも家を守り通してほしいと思った。

だが。

「壱徹氏が物件を売却してくれるそうだ。これでマンションの建設が進められる」

松濤の家のリビングで、拓海が紅茶のカップ片手に微笑んだ。

貴公子探偵によって秘められた恋が暴かれてから、すでに一週間が過ぎている。あれだけ頑なだった壱徹が、家を手放すことに同意した。

なぜなら、瑞江が屋敷を出ることになったからだ。長いこと一人で豪邸に住んでいた彼女は、近々医療設備の整った施設に移る。

瑞江の身体の状態からして、そもそも自宅介護に限界が来ていた。少し前から入居できる老人介護施設を探していたのだが、先日空きが出たと知らせが入ったらしい。

「瑞江さんは家政婦を通じて壱徹氏に手紙を寄越してきた。『横浜の施設に入る。今までありがとう。よかったら施設に顔を見せにきてほしい』と書いてあったそうだ。壱徹氏はそれを読んで横浜に転居すると決めた。甥夫婦と一緒に、二世帯住宅を建てるそうだ」

拓海の声は弾んでいた。嬉しくてたまらないといった様子だ。

「よかったですね、拓海さん」

一花も笑みを浮かべた。

壱徹が守り抜いてきたものを手放してしまうのは少し寂しいが、これからは段差の少ない安全な家で甥たちと一緒に住める。瑞江も設備の整った施設に入れるのだし、全体的にはいい方向へ進んでいるはずだ。

拓海は紅茶のカップをすっかり空にすると、さらに顔を綻ばせた。

「ちなみに、瑞江さんも屋敷を手放すそうだ。近々、西之原家の土地が売りに出される」

「へー、そうなんですね。……あ、紅茶のお代わり、いかがですか？」

「ちょっと待ってよ、二人とも」

そこへ、横から鋭い声が飛んできた。

発言者はリヒトだ。眉間に皺を寄せ、不機嫌そうに拓海を見やる。

「さっきから気になってたんだけど――何で拓海がうちに上がり込んでるの？」

聞かれた拓海はしれっと言った。

「何でと言われても、招かれたから上がったまでだが」

「僕、招いた覚えないけど」

「……そうだったか？　一花くん」

拓海とリヒトが向かい合って座るソファーの傍らに立っていた一花は、「はて」と首を傾げた。

「えーと、どうでしたっけ。何か流れでこうなったような……」

本日も、林蔵は明神家へ出向している。有能な執事に代わり、一花が庭や門の周りの掃き掃除を担当した。

そこに拓海が通りかかった。最初は立ち話をしていたのだが、急に強い雨が降ってきて、やむを得ず家の中へ……。

「もういいよ。用がないなら出ていってくれないかな、拓海」

不機嫌な顔つきのまま、リヒトは吐き捨てるように言った。

拓海は肩を竦めて苦笑する。

「ご挨拶だな、リヒト。私は今回の件の礼を言いに来たんだぞ。リヒトが謎を解いてくれたお陰で、話が上手くまとまった。心から感謝する」

「上手くまとまった……？　冗談言わないでよ。そうなるように、拓海が仕向けたんだろう？」

美麗な顔に怒りの色が浮かんでいる。一触即発の雰囲気が漂い、一花は慌てて拓海とリヒトの間に割って入った。

「リヒトさん、落ち着いて。拓海さんが仕向けたって……それ、どういうことですか」

家政婦（仮）に宥められたリヒトは、幾分怒りを抑えて話し出した。

「一花はおかしいと思わなかった？　瑞江さんが入る施設は横浜、壱徹さんの甥が住んでいるのも横浜。おまけに、ずっと順番待ちをしていた介護施設に空きが出た。……何もかも、タイミングがよすぎるんだよ」

「あぁ、言われてみれば、そうですね」

このご時世、老人のための施設は常に満員だ。瑞江のように完全に寝たきりの場合は、なおのこと入居が難しいと聞く。

「瑞江さんがあの屋敷に住んでいる限り、壱徹さんは古い家にしがみつく。だから拓海は、壱徹さんじゃなくて瑞江さんを先に動かしたんだ。横浜の施設を無理やり空けて瑞江さんを入居させせれば、壱徹さんがあの古い家にこだわる理由はなくなる。横浜なら壱徹さんの甥もいるし、転居のハードルはさらに低い。すべては拓海が仕組んだことだよ。そうやって、立ち退き交渉を成功に導いたんだ」

「……そうなんですか？」

「それだけじゃないよ。瑞江さんが施設に入ることで西之原家の土地が空く。そこを拓海たちが手に入れれば、壱徹さんの土地と合わせてあのあたりを一気に買い占めることになる。つまり、今計画されているものより大きいマンションが建てられるんだ。拓海はそこまで計算して、瑞江さんを強引に横浜の施設に入れたんだよ」

リヒトは形のよい眉を吊り上げて長身の弁護士を見据えた。

「そのくらいのことならできるだろう——拓海が所属する会社なら」

「拓海さんが所属する会社……？」

一花はリヒトの言葉を鸚鵡返しにして首を傾げた。

拓海がどこの会社に勤めているか、一花は知らない。しかしリヒトは詳しいことを把握しているようだ。そして拓海も、リヒトに対してやたらと親しげに振る舞っている。

「あの……リヒトさんと拓海さんて、どういう関係なんですか？」

かねてよりの疑問を改めて口にすると、拓海が胸ポケットから小さな紙片を取り出した。

「そういえば、一花くんには名刺を渡していなかったな。受け取ってくれ」

「はぁ。えーと東雲不動産レジデンス法務部、課長代理・東雲拓海……えっ、『東雲』?!」

渡された名刺に書かれている拓海の苗字は、リヒトのそれと全く同じだった。紙片に釘付けになる一花に向かって、当の拓海が僅かに身を乗り出す。

「私はリヒトの義兄（あに）だ。とは言っても、母親が違うがな」

「えぇぇぇぇぇぇぇ——っ、お、お義兄（にい）さん?!」

広いリビングに、一花の素っ頓狂な声が響き渡った。

ひとしきり叫んだあと、全力で容姿端麗な貴公子を振り返る。

「拓海さんがお義兄さんって……そんな大事なこと、どうして私に教えてくれなかったんですか!!」

リヒトは決まり悪そうな顔で答えた。

「……言う必要、ある？　拓海と僕は戸籍上繋がりがあるだけで、普段は何の関係もない。一緒に住んでるわけじゃないし……ほぼ、赤の他人だよ」

「赤の他人とはまた、随分な言われようだな」

拓海が口を挟んできた。

「一家で僕のことを除け者にしてるくせに、よく言うよ」

「いや、少なくとも私はリヒトのことを大事な家族だと思っているぞ。現に、たびたびこのあたりを通ってリヒトの様子を見ていただろう」

「えっ、そうなんですか？　私、そんなこと全然知らな……」

その一花の声は、リヒトによってかき消された。

「家族とか、心にもない嘘を吐くのやめてくれないかな?!　反吐が出そうなんだけど」

荒々しい口調で吐き捨てたリヒトは、肩を上下させて深く息を吐いたあと、拓海に向き直った。

「拓海が時々うちの周りに来てたのは知ってるよ。でもそれはただの『偵察』だろう？

おおかた誰かに命じられて、僕が東雲家にとって不都合なことをしないか見張ってたんだ。……違うかな」

「違うと言ったら、リヒトは信じるのか」

拓海ははぐらかすように口角を上げた。

「……僕は嘘吐きが嫌いなんだ。用がないなら帰ってよ」

すんなりした指が、部屋の出入り口を指し示す。

しかし、長身の弁護士はそれをまるっと無視して、傍らのアタッシェケースから薄い雑誌を取り出した。

「用ならある。そろそろ真剣に話をしなければいけないだろう。……この件について」

テーブルの上に置かれたのは週刊誌だった。表紙にはカラフルな文字がたくさん並んでいる。

その中に、こんな一文があった。

『東雲コンツェルン、内部分裂。後継者争い勃発か?! 株価にも影響』

数か月前から巷を賑わせているニュースだ。今までは軽く聞き流していたが、一花は改めて文字の一部に釘付けになった。

「東雲コンツェルン……東雲って……」

ここにも、リヒトの苗字と同じ文字列がある。

東雲コンツェルンといえば、日本でも屈指の規模を誇る企業統合体だ。元は財閥系で、銀行や不動産業、メーカーに映画会社など、あらゆる事業を統括している。

経済界の事情に疎い一花でも、名前くらいは知っていた。ここまで来たら、『東雲』というのが偶然の一致であるはずがない。

「まさかリヒトさんって……」

おそるおそる発した言葉を、拓海が引き取った。

「その通り。私とリヒトの父親は——東雲コンツェルン総帥・東雲辰之助だ」

「ええぇぇぇぇぇぇぇぇ——っ！」

再び一花の叫び声があたりに響き渡る。

東雲家の総資産は、国家予算を凌ぐと言われている。総帥の東雲辰之助は、世界の資産家ランキングで毎年上位に入るほどの大金持ちだ。

リヒトが裕福なのは知っていたが、まさかそれほどとは……。

一花の脳裡で札束が乱舞し、やがて真っ白になった。お金持ちの桁が外れすぎていて、想像が追いつかなくなったのだ。

拓海は、テーブルの上の雑誌に目を落としながら口を開いた。

「東雲コンツェルンで内部分裂が起きているのは本当だ。父の……東雲辰之助の経営方針に反対する一派がいる。その派閥は、次期総帥候補である私にもいい顔をしていない」

「拓海さんが、次期総帥なんですか？」

「私は一応、東雲家の長男だからな。今は系列の不動産会社で修業中の身だ」

一花にそう答えてから、拓海はリヒトに険しい顔を向けた。

「総帥反対派は、東雲コンツェルンの現体制を崩壊させようとしている。父の息がかかった私まで追い出して、お前を……東雲家のもう一人の息子であるリヒトを、次期総帥として担ぎ出す可能性がある。内部の揉め事はイメージダウンでしかないからな。反対派が直接実権を握るより、年若い実子を形式的にでも次期総帥に据えた方が収まりがいい」

「えぇっ、リヒトさんが総帥?!」

驚く一花を無視して、リヒトはぎろりと拓海を睨んだ。

「だから何？ 愛人の子だとか言って、東雲の本家に僕を寄せ付けないくせに。……僕は会社の後継者になる気なんてない。放っておいてくれるかな」

「いくらリヒトが拒否しても、流れは変えられないぞ。このままいくと、いずれ騒乱の場に引きずり出される。そうなる前に私と話し合わないか。あらかじめ経営権の分配について打ち合わせを……」

「断る。僕は拓海に用はない。もう帰ってよ」

リヒトの鋭い声が、拓海を遮る。

「だが、リヒト」

「帰って」

「……分かった。今日はここまでにしよう」

やがて、根負けした拓海が身を引いた。そのままアタッシェケースを片手に部屋から出ていく。

静まり返った部屋の中で、一花は何も言えなかった。ついさっき聞いた情報が脳内で溢れ、洪水と化している。

「……ねぇ一花、絆創膏、持ってる？」

やがて、リヒトがポツリと言った。

「絆創膏？　ありますけど、何に使うんですか？」

「さっきどこかで指の先を切ったんだ。ほら、ここ」

見れば、指先に少しだけ血が滲んでいる。

この間拓海に貼ったものの余りが、エプロンのポケットに入れっぱなしだった。一花はそれを取り出して、リヒトに手渡す。

「はい、どうぞ」

するとリヒトは不満げに眉根を寄せた。

「一花が貼ってよ」

「えぇー、リヒトさん、絆創膏も貼れないんですか？　今まで怪我したときはどうしてたんです？　大人の人に貼ってもらってたんですか？」

「大人の人って……僕も大人だけど」

「じゃあ、自分で貼ったらいいじゃないですか」

「……拓海には貼ってあげてたのに」

「ん？　何ボソボソ喋ってるんですか？　拓海さんがどうかしました？」

「——なんでもないよ。もういい。自分でやる」

リヒトは仏頂面で絆創膏のパッケージを開けると、猫の柄が入ったそれを指先に乗せた。だがしばらくして、何やらあたふたし始める。

「あれ、上手くいかないな……あっ、絆創膏の端と端が貼り付いた！」

ポップな絆創膏が、あっという間にぐちゃぐちゃになった。無残に変わり果てたものを見て、一花は思わず噴き出す。

「一花……僕のこと、子供っぽいと思ってるだろう」

肩を震わせている一花を、リヒトが恨みがましい顔で振り返った。

「そんなことないですよ……はっくしょん！」

「あっ、くしゃみした！　これで一花の考えてることがよく分かったよ。言っておくけど、一花はまだ仮採用だからね。本採用にするかどうか決めるのは、この僕だ」

本採用、という言葉を聞いて、家政婦（仮）はピタリと動きを止めた。

そう。この家の主はうら若き貴公子だ。リヒトが『是』と言わなければ、一花はいつまで経っても家政婦（仮）。……いや、それどころか家政婦（否）、つまりクビである。

「えぇー、そ、それは勘弁してください！　せっかくお風呂のある離れに住めたのに～！」

「やたらとお風呂にこだわるけど、一花って今までどういう家で育ったの？」

「ご想像にお任せします！」

一花は新しい絆創膏を取り出し、リヒトの指にぺたりと貼り付けた。

さっきまで雨が降っていたのに、窓の外は薄日が差している。

柔らかな光が、梅雨のあとにやってくる明るい季節を想像させた。

本書は第十回ポプラ社小説新人賞奨励賞受賞作を加筆、修正したものです。

貴公子探偵はチョイ足しグルメをご所望です

相沢泉見

2021年11月5日初版発行

発行者……千葉 均
発行所……株式会社ポプラ社
〒102-8519 東京都千代田区麹町4-2-6

フォーマットデザイン 荻窪裕司(design clopper)
組版・校閲 株式会社鷗来堂
印刷・製本 中央精版印刷株式会社

落丁・乱丁本はお取り替えいたします。

電話(0120-666-553)または、ホームページ(www.poplar.co.jp)のお問い合わせ一覧よりご連絡ください。
※電話の受付時間は、月~金曜日、10時~17時です(祝日・休日は除く)。

ポプラ文庫ピュアフル

ホームページ www.poplar.co.jp

N.D.C.913/342p/15cm
ISBN978-4-591-17179-0
P8111321

次巻予告

難解なほど美味しい謎——。
麗しき貴公子探偵のもとに、
厄介な事件が次々に
舞い込む。

とある絵本作家の秘密

セレブ私立学園の奇妙な噂

執事・林蔵からの依頼!?

そして、リヒトと一花の
関係に大きな変化が——!?

イラスト：雨宮うり